历史
民族
文化
宗教
旅游
新知

内文环衬装帧设计：杨 洋

记忆拉萨

JIYI LASA

戴京 著

时事出版社

历史　民族　文化　宗教　旅游　新知

记忆拉萨

戴京　著

时事出版社

写在书前的话

早在19世纪，一个名叫理查德·富朗西斯·波顿的著名旅行家在其《旅行日志》（公元1856年2月）中写道：“在我们呆板的日常生活中，所能享受的最大快乐莫过于经过了漫长的旅行后，置身于一个陌生的世界。在这里你可以摆脱世俗的牵挂、生活的压力、虚伪的假面具、家庭琐事的重负。这是一种重生的幸福。”他的这番话绝不是言过其实或哗众取宠的一种说教，而是经过切身体会后的畅言。相信今天每一位有过美好旅行经历的人，都会发出这样的感慨。我正是在经历西藏高原的旅行之后，像一头反刍的牛那样，在10年的岁月中不停地回味咀嚼在西藏的那段时光。在西藏的每一分钟、每一个细节，在我看来是那样的珍贵无比。直至《记忆拉萨》的问世，我就这样一刻不停地梦想着那个地方。

出版《记忆拉萨》的目的，只是想把有关西藏的东西，尽可能多地告诉那些还没有机会亲身到那里旅行的人们，同时还要做到不浪费各位尊敬的读者朋友的宝贵时间。这也是读者可能会觉得《记忆拉萨》抒情少而写实多的一个原因。

《记忆拉萨》是一本颇具特色的读物，在旅游日益成为人们生活中的一种必需的内容时，相信它一定会给大家带来某种提示性的东西。若果真使读者朋友们产生如此的共鸣，那么无论是我还是出版它的时事出版社，都会感到由衷的欣慰与自豪。

戴 京

2003年2月22日

目录

我认识的作者（序一）

见到朋友戴京的《记忆拉萨》清样后，我的心里别提多高兴了。我想，这是他对祖国和人民无限热爱，对生活、对事业不懈追求的另一个诠释吧。我认识这位作家朋友是在五年前。那时候，这个比我小十几岁的青年人很快就给我留下了深刻的印象。他相貌很出众，一米八几的个子，很潇洒、很英俊。我感觉他是个很善于思考和探索问题的人，他本来就是大学中文系的高才生，后来又参加了中国古代史硕士研究生班的进修。因此，我的感觉是他有很厚的文学、史学和哲学的修养功底。可与此形成反差的是，他的为人却十分谦逊、和气，不善于辞令，而且内心非常善良，甚至还有些单纯。他的诚实和率真的品质使与他接触过的人都觉得，他透明得就像一杯清澈的水，如果用一片冰心在玉壶来形容他的话，再恰当不过了。这与当今那种追求城府和老练的作风相比，实在难能可贵！

也正是他的这种坦白和真实，我想，在当今时代，像他这样的中青年人再多些就好了。他在人本意义上能够达到非同一般的人生境界，这其中的道理相信每一个善良的人都能够悟出的。

我相信，他在繁忙的工作之余努力探索、潜心创作的小说集的问世，无疑已经说明他对培育他的祖国和人民是深怀着责任感和使命感的。他曾说过，国家的安全和主权在他的心里永远是至高无上的。

戴京的工作经历还是比较丰富的，他曾经先后在不同的工作岗位上工作：科技工作、秘书工作、研究工作、报刊编辑工作、组织工作、社会宣传工作等。所有这些工作都与文字有着紧密的联系，因此，他渐渐地把从书本里、学校中和众多老师教授口中所学到的知识，与生活实践完全融合起来，形成了他独特的认知能力和实践能力。他思维敏捷、勤奋好学，工作能力出众，善于开拓创新，这一点凡与他共过事的人都有同感。与工作相伴的是，多年来，他一直未曾放弃对文学的热爱和追求，并始终在思考如何用文学来反映生活和事业上所面临的诸多问题。他曾经表示过，面对当今在有关题材的创作领域中那寥落的星空，他的内心是如何的焦急。于是，他在新世纪之初便出版了小说集《毒吻》，用他的切身实践对相关题材的文学创作进行了积极的探索。如何在这样的广阔天地里形成规模性的创作群体，如何推动其繁荣起来……这些问题虽然不仅仅是他一个人在思考，但他这种愿为天下忧的胸怀确实难能可贵。

现在，他的游记散文专著《记忆拉萨》又与读者见面了。这是他追求人生价值的又一次实践。读了《记忆拉萨》，我的感觉是，此书既是一部文学性游记，也是一部系统介绍西藏社会民俗的知识手册。书中语言文学性强，内容丰富多彩，不愧为一部好书。

文学作品的寓教于乐作用已被世人所充分认识。放眼世界，任何伟大的国家和民族，在其主流文化长河中，一定有非常流行、非常成功的反映其民族文化历史的文学艺术作品。古往今来概莫能外。

我爱我的这位作家朋友，我衷心希望他能够摆脱其他干扰、不断超越自我，为大家奉献出更多的无暇的美丽！

“桃李不言，下自成蹊”其是之谓也。

扎西平措

2003年2月28日

回忆是追求人生价值的一种体现(序二)

在人生的旅程中，人确实应该不断地向前看，只有这样，才会忘却过去的挫折和眼前的痛苦，甚至能够在充满遐想的展望中，把过去不堪回首的往事当作玩笑来品味。也只有在具备了这样的人生态度后，生活才会永远充满阳光，充满快乐和希望。这虽然是老生常谈，但当陷入到困苦艰难的境况中时，你还能够记住这句话，并且还能够这样做的话，你就会懂得这句老生常谈的意义了。

然而现实中却很少有人鼓励人们回忆自己的过去，不论是曾经带来快乐和益处的经历，还是那痛心疾首的往事。一般人会认为，人应该是一往无前地向前走的，回忆的本身只能表明衰老的来临。因此大多数人认为人生不应该回忆，只有向前看才对，这样生活才会更有意义。

然而我却以为，人应该学会回忆，懂得回忆。这其实才是一种真正成熟的标志。试问哪个儿童、少年甚至20

岁左右的青年人整日回忆自己的过去呢？对于他们来说，回忆似乎是多余的，甚至是不应该存在的。但是，随着生活的不断沉淀积聚和思想的日渐成熟，人才具有了回忆的需要和资本。也就是到了这个时候，人才有了回忆的资格。

所以，说回忆是表明衰老的那些人，只是从年龄角度做出的结论，仿佛回忆者都是中老年人，而年富力强的人一旦有忆旧的行为即会遭人嘲笑。其实，幼稚的倒是那些嘲笑者们。

只有能在咀嚼往事中提炼出新的知识和有用经验的人，才是真正走向成熟的人。这正是人类社会得以发展的重要原因。正是因为人类善于积累经验和总结知识，才使我们的世界发展到今天这样的文明程度。多少历史证明，我们每个人都是站在前人的肩膀上起步的，同时也是踏着自己的经验不断地向前的。如果不是这样，那我们又与那些动物们有何区别呢？！

我们的身体器官终究会伴着时光的推移，趋于衰老。人生到了成年阶段还不懂得回忆，这应该算是一件悲哀的事情。缺少回忆，不愿总结自己人生的过去，不愿从回忆中获得乐趣和进步，这样的人生岂不单一了一些？也许只有这样的人，在到了暮年的时候才开始回忆自己的过去，他们当然意味着衰老啦。

其实，无论过去的经历是辉煌还是灰暗，只要是自己经历过的便总会有价值；即使不去专门地“史海钩沉”，它还会在某些时候浮现在你的脑海。能遗忘的只是别人的经历与故事，而自己的，无论走到天涯海角，它始终要追随着你，直到永远。

人是在经历了许多之后才成熟起来的。这些个许许多多的往事总是以记忆的形式深深地印刻在你的生命里，随时随地影响着你即将发生的经历。那不可预测的未来就是凭借着曾经的然后才变成现实的。

正是因为如上面所列出的理由，我才想说：回忆往事对于人是一件非常有意义的事情。在回忆中总结人生，能够获得启发和知识。

我的作家朋友戴京根据自己的亲身经历所写的这本《记忆拉萨》，实际就是回忆的一种书面形式。我在此借个机会，有幸能够向读者说这些话，为的是想鼓励大家读一读《记忆拉萨》。我想，它只会给你们带来益处。

冯 良

2003年2月10日

心灵升华的妙方(序三)

当你正在旅行的时候，脚步延伸之处，目光扫描着万事万物，新的世界、新鲜的刺激，必然催动着你领悟乾坤自然的感觉，最终得以充实思想进一步完善生命。因而可以说，旅行使你漫长的人生也经历了一次精神行程。你可能因此而获得他人费尽周折都难以获得的生命意义。

这就是旅行的价值和真谛。常言道：“行万里路，胜读十年书。”

当旅行能够成为你生命行程中的一段的时候，请你一定要珍惜！因为在这样的生命体验中，不管你认真与否，行止间的精神领悟与新知新觉都会伴随着你。如果你认真了，它们便会浮现出来成为一种知识和理念。相反，你的心中则会多出一些复杂与烦恼，那种领悟和新觉也会变成一份累赘。

如果旅游成为了你人生需要的话，单纯的寻幽探胜便显得浅薄。这时，多一些人文色彩才会增添旅行的精妙。

风景，是景物与人文的结合；景为物，风为性情。只有物而没有性情，那是死景；只有性情而没有物，那是矫情。《记忆拉萨》一书，便是作者戴京将其亲历的胜景夹入深厚的情感后所完成的一部风景之作。它融情于景，情景交融，既是一部文学游记，也是一部介绍西藏高原文化知识的优秀读物。

在众多游记散文类书籍中，《记忆拉萨》可说是自领风骚颇具特色的。它尤其避免了单纯抒写个人情绪的那种注重自我感觉表现的倾向，而是在扩大读者视野的同时尽可能多地提供知识。他的出发点是，希望此书能够满足想要了解西藏风土人情的读者们的心理需要。

读罢全书，那高原上的苍山古树、湖岸旷野、寺庙山林，那随处可见的玛尼堆，那不停地召唤着你的风马旗和盘旋在高空的苍鹰，那风中传来的诵经声和满脸沧桑的藏族阿妈……它们都会让你浪漫的心立刻飞到雪域高原，在阳光下和奔涌的色彩中舞蹈。你会感到你的心灵仿佛澄清了许多，又仿佛丰富了许多，生命好像从这一刻开始了新的旅程。

沈力匀

2003年1月30日

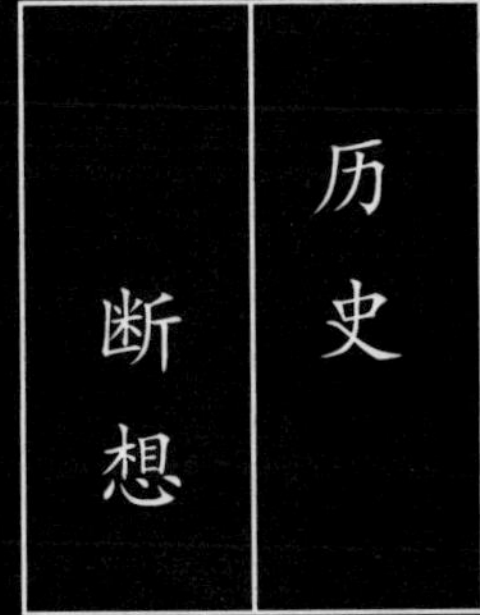

历史断想

我爬上山顶
俯瞰东方的灿烂
太阳闪耀在云间
金光撒向血色的家园
恰似我全身的肉体
赤裸着仰卧东西
因为我不曾袒露过隐私
谁还知道那伤痕的秘密
谁还懂得痛苦中我的那颗心

——如歌的历史

珠穆朗玛峰——神女峰远眺（扎西平措 摄）

在走进西藏高原的前后，我曾经仔细翻阅过许多有关西藏历史地理和人文风俗的专著。其中不乏一些杰出的西藏史学家、哲学家和佛学家的论述，如车明怀、赤列曲扎、金申等大师的专著。当然也包括一些旅行家记录下来的有关西藏的文学游记。从这些著述和我亲身的体验和思考中，特别是通过在西藏的所见所闻，我渐渐地坚定了这样一个信念，即：西藏无论从那个角度讲，都是我们中华民族大家庭的一员。在写作此书时，上述大师给了我相当的帮助，文中一些藏民俗的知识即引自他们的著述。在此谨恭敬地向这些师长们致以隆谢！

古往今来，旅游之所以魅力独俱，就在于它能够令人于欣赏美景的同时，把民俗、历史、地理等知识联结在一起，在一个更接近实际的层面上提升人的认识水平。我对西藏问题的认识即是如此。

近年来的大量考古发掘证明，早自新旧石器时代起，青藏高原和中原地区在文化上就存在着某些联系。唐代以后一段时期，西藏高原的部族社会有了较大的发展。至公元七世纪，吐鲁蕃王朝在西藏高原崛起后，唐、蕃关系、汉藏友好进入新的历史时期。历史延续到公元十三世纪元朝，藏族地区正式纳入到祖国版图。元中央政府在西藏设置乌思藏、纳里速、古鲁孙等三路宣慰使司都元帅府。从此，中央政权开始了对西藏高原实质性的管理。到了清朝时，中国疆域空前广大，中国大一统格局进一步巩固。只是到了这个时期，雪域高原才被清朝统治集团定名为西藏。据说这个名称其实就是康熙皇帝给起的：由于“藏”是满语圣洁的意思，又因这块圣洁的地方在中国西部，所以康熙皇帝便将其美誉为“西藏”。

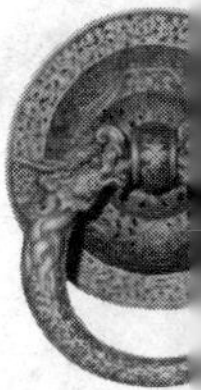

雅鲁藏布江一段宽阔的水面 （扎西平措 摄）

在我国广袤的疆域内，流淌着带给我们生命的两条大河——长江与黄河。西藏之行的巨大收获就在于它给我提供了一幅随时能够浮现在脑海的壮美画面：在中华民族数千年的历史长河中，勤劳的我国各民族不停地沿着长江、黄河上溯下行或向南北扩延。中华民族的融合与发展其实就是按照这样的规律逐渐演进的，并伴随着整个历史进程直到今天！

拉萨河宽阔的水面

试想当这样的画面呈现在眼前的时候，那一个中华儿女不会被震惊呢：在长江、黄河流域，不同种族的中原人循着这两条大河向上游移动，经过河套地区、蒙古草原，直到青藏高原……然后，在当地生根繁衍。与此相反，生活在黄河、长江发源区域的游牧民族，虽然逐水草而居，但生存本能也促使他们顺江河而下以寻找更丰足的牧场。于是包括西藏民族在内的草原游牧文明和高原文化顺流而下，与中原文明沿着黄河、长江碰撞、交融，直至相互接受——一种文化就这样得以形成。

曾几何时，我们的祖先们通过这两条发展带，携带着华夏最发达的文明由太行山、吕梁山向南北移动。在河湟地区又周旋南下，继续顺着青藏高原的东缘，一直远达云南西北的迪庆与西藏的昌都、林芝、山南地区，然后逐渐深入向四面放射。

当历史演进到公元六七世纪的时候，西藏高原上的各部落在向外传播和接受不同文明的同时，又经过几百年的争夺兼并后，最终形成了比较稳定的部落联盟。其中以实力较强的雅砻部落联盟为主，在西藏东部建立了奴隶制的吐蕃王朝。当松赞干布执政的时候，西藏社会开始走向强盛。

那时高原的赞普（吐蕃王）拥有最高权力。史料记载，当时的吐蕃社会已经有完整的制度。如，在赞普之下，就设有大论、小论，依靠他们管理全西藏的政务。还通过将、帅来管理各级官吏，掌握内外军政、刑法、度量等。赞普借助分封功臣强化统治力量，受封之臣在仪式上要宣誓世代忠于赞普，因此可以世袭官职。“其设官，父死子代，绝嗣则近亲袭焉，非其种类则不相伏”。可见，当时吐蕃的统治已经参照了较早的中原社会模式。吐蕃辖区共分如拉、叶如、伍如、之如四个军区。每区分上下两部，置千夫长数人。属部则分设节度使，每十节度使由一主帅统领。此外，吐蕃还制定了适于奴隶主统治的法律，著名的“十善法律”即是一例。

由于吐蕃辖境各部落原来没有文字，只有以刻木结绳为

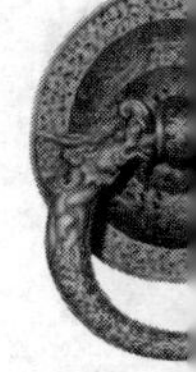

记号的简单符号。松赞干布命大臣参考西域文和天竺文，创造了三十个字母的拼音文字。西藏由此开始向文明社会迈进。

尽管后来松赞干布依靠强大的奴隶主军事组织，开始向北、向东扩张，与唐朝和其他民族政权经常发生冲突。但松赞干布十分仰慕内地文化，希望娶唐朝公主为妻，最终与唐结为“甥舅”关系。

“安史之乱”的发生，使得唐朝统治者将陇右、安西、河湟等地的军队调往长安。吐蕃势力乘机一度夺取河湟、陇右地区，并占据了西藏全境和川西一部分地区。唐朝衰弱之时，吐蕃还曾攻入长安，掠夺走大量汉族人口和珍宝帛缎。

人类社会就是这样完成它的进化的。正是由于部分中原民族为避安史之乱西迁，以及吐蕃奴隶主对中原各族人口的掠夺，才使得河湟、陇右、青海、川西等地的各民族的融合进一步加剧。从这个角度看，吐蕃奴隶制国家以这种方式对中华民族统一格局的形成做出了自己的贡献。

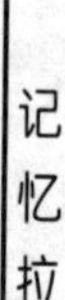

唐朝灭亡后，一度强盛的吐蕃王朝也分崩离析，逐渐退回到唐以前各部落纷争不断的局面。

到了宋代，西藏北部的一支部落联盟在青海、陇右地区的南部又建立了角厮罗政权。当然，那不过是纷乱时期的一个短暂的产物。后来随着佛教势力的影响，西藏社会历史基本上在政教合一的形式下推进。

当历史长河流过近现代以后，一个不容忽略的问题便开始引人思考：许多史学家认为，从西藏归属中原中央政权以后的一个相当长的历史中，西藏地区其实并没有出现过明确主张脱离中华民族大家庭的情况。直到公元20世纪之前，西藏也从未出现过“独立”一词或为实现“藏独”而进行的分裂活动。即便那些对中原中央政权地区的攻掠和对其他民族的侵扰，也不过是在一个中华民族框架内向心式的纷争而已，就像南北朝时期、三国时期各个政权之间的相互争夺一样。不仅如此，就是在西藏地区自身的历史发展过程中，人民群众和爱国的上层僧俗集团也不愿意看到时常出现的分裂割据局面。

从考察西藏地区历史中发现，各个时代的地方政权绝大多数是向往和忠诚于中原中央政权的，他们或希望娶公主为妻，以增强与其他地方政权抗衡的份量；或期待进入中原，取得支配全国的权力；或频繁入贡，以得到皇帝丰厚的赏赐；或求封号，以通过皇帝之权威来号令辖内部众。

以吐蕃王朝为例，自松赞干布迎娶文成公主之后，吐蕃首领与唐朝皇帝便出现了甥舅相亲的局面。赞普向皇帝执子婿之礼，恭顺忠诚，使唐朝实现了空前的统一。在其后相当长的时间，除短暂的攻伐外，历代赞普均希望与中央政权密切联系，不分彼此。

在文化方面当时仿唐之风盛行于西藏，就连赞普去世后的墓葬形制，也仿效唐皇帝的土葬模式。那些分布于山南地区琼结县境内的藏王墓群与墓碑，完全能够说明唐代吐蕃的内向情况。

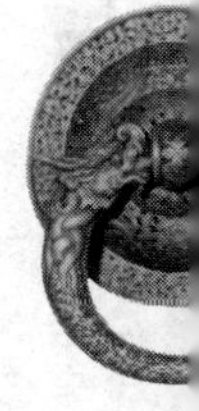

元明清代以后，西藏各大法王进京朝觐更是络绎不绝，除接受大量的封赏之外，许多人还在京谋得了一定的职务。特别在清朝，五世达赖和六世班禅等西藏佛教领袖，不辞千辛万苦跋涉万里赴京朝觐。他们世代尊奉中央，遥敬皇帝，始终自觉地同藏内怀有反叛之心的地方势力作斗争。西藏地方僧俗官员均以获得皇帝的封授和赏赐为最高荣耀。许多高级官员获得了郡王、贝勒、贝子的爵位，众多贵族以朝廷赏赐物品为贵，朝廷赐予的顶戴花翎成为他们光宗耀祖的资本。

应该说清代中期以前，除前期的第巴·桑结嘉措和珠尔墨特策划的个别骚乱外，西藏并没有出现过严重的反对中央政府、图谋自立的现象，即便那些地方势力暗中违抗中央的旨意，那不是为了获得对地方事物更大的自主权，就是为了向朝廷讨得更尊贵的封号为目的。

只是到了公元1912年，英国殖民主义者为了自身的利益，才利用清朝覆灭和民国初建中国内政不稳的机会，向当时的北京政府提出分裂我西藏地区的“五条”。

1913年，在印度召开的“西姆拉会议”上，英国政府把自己精心培植的西藏分裂分子推上前台，煽动西藏地方当局，乘孙中山发动反对袁世凯复辟帝制的二次革命之机宣布独立。

接着，英国人又授意西藏分裂分子搞了一个旨在把西藏从中国分裂出去的“六条”。自此以后，才第一次出现了“西藏独立”这个词汇。尽管如此，1914年7月，因民国北京政府代表陈贻范奉命拒绝在“西姆拉会议”上签字，“西藏独立”的闹剧只得草草结束。这就是“西藏独立”一词的由来。

由此可见，西藏分裂主义势力的活动是在帝国主义的挑拨、支持下产生的。后来的历史进一步证明了这一点。1937年，抗日战争爆发，西藏地方权力尚掌握在忠于中央政府的爱国官员手里。以热振摄政为首的僧俗官员坚决拥护中央，支持抗战，并聚僧徒诵经祈祷，希望早日驱逐日寇，保佑抗战的全面胜利。但此时英国人和西藏分裂势力相勾结，用阴谋手段篡夺了支配西藏地区的权力，热振被迫回寺修持。英帝国主义和藏内分裂势力相勾结，再次策划把西藏从中国分裂出去的阴谋。

1942年，西藏地区政府在英国人的策动下，竟然宣布成立“外交局”，公开打出“西藏独立”的旗号。“外交局”一成立，英国便派代表前往联系。美国在拉萨的战略情报局军官也趁机到来。而南京国民政府严令在拉萨的中央政府官员不与“外交局”发生任何来往。

1947年3月到10月，英国人进一步授意西藏分裂分子参加“泛亚洲会议”，派遣“商务代表团”赴英、美进行叛国活动。其间，他们竟然以“防共”为名，制造了“驱汉”事件，把国民党驻藏人员和他们的眷属强行赶出西藏地区，企图在新中国诞生前割断与中央政府的联系。这是西藏地区有史以来发生的最严重的分裂事件。但是具有反对分裂、维护祖国统一传统的各族人民决不允许分裂分子肆意作乱，西藏人民群众盼望着人民解放军早日进藏，驱逐帝国主义势力，打击分裂分子的嚣张气焰，彻底砸烂封建农奴制的枷锁。西藏和平解放和民主改革的重大历史转折时刻就这样到来了。

刚下飞机，站在贡嘎机场地面上

“西藏独立”一词的出现还不到一百年时间，这不过是历史长河中短暂的一瞬。风物长宜放眼量，当我站在布达拉宫金顶，遥望云海群山和奔流不息的莽莽江水，心想：分裂势力的丑恶行径不过是过眼烟云，它丝毫也阻挡不住中华民族统一格局的发展趋势。

如果说，在中华民族生死存亡之际和分裂主义势力最为猖獗之时，尚无人能将西藏从祖国大家庭中分裂出去的话，那么，在我们祖国日益强大、各族人民维护祖国统一的信念更加坚定的现在，西藏作为祖国领土不可分割的重要部分，作为中华民族大家庭中的一员，定将和全国各族人民一道，日益发展、繁荣昌盛。

当你的双脚踏上辽阔的西藏高原，在沉思中，你必然会找到中国统一格局形成并稳固的根本原因，必然会得出中华民族大家庭不容分裂和不可能分裂的正确结论。

我想这就是我把此文作为本书开篇的理由。

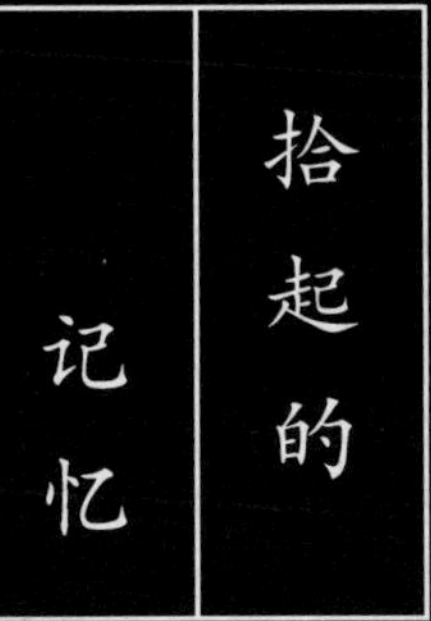

拾起的记忆

记忆拉萨

当我仰望拉萨的天空
高远的太阳
伴着蓝天白云游动
我的心激荡个不停
生命开始的那一刻
我就曾这样地单纯
如今皱纹已经爬到脸上
可秉性依旧
终究难以成熟

我恐怕一生是儿童
即使如今已为人父
但愿我的一生
如我的幼子那样
将真诚永恒

——写给我的女儿戴缘

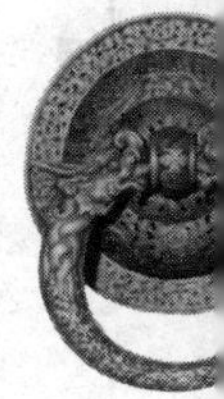

何时能到西藏高原游历一段时间，能够用自己的身体切身地感受那神秘土地上的一切，这一直是我的一个夙愿。1993年夏末，这个愿望终于实现了！那是我和妻子S第一次一块儿出远门。谁料到，这第一次就到了世界屋脊。

发源于冰川雪峰的涓涓清水，经过纵横交错的曲折缠绵的小溪大河，最终汇成汹涌莽莽的雅鲁藏布江这条西藏各族人民的母亲河。从古至今，雅鲁藏布江哺育着勤劳智慧的高原儿女。在的它的支流中，拉萨河、金沙江、澜沧江、怒江同它一起完成着这一伟大的使命。

无论在西藏的什么地方，西藏人民总是选择那些依山傍水的生存环境。他们是美好家园的可靠保障。

在险峻与美丽形成如此强烈反差的地方，西藏人民又以巨大的热情和丰富的想像，创造着自己的文明。在中华民族大家庭之中，西藏各族人民的传统文化永远放射着灿烂的光芒。

拉萨街头幼牛自由的游逛，无人干扰

这就是西藏，这就是世界屋脊迷人的地方。

十年前在我还比较年轻力壮的时候，那时候，说实话，作为一个国家公务人员，微薄的收入，要想实现这个梦想除了靠出公差借以解决昂贵的交通费用外，若完全自费到那个地方去旅游，确实还真得有一段时间的节衣缩食不可。除此之外当然还要有勇气。但是，由于当时的工作单位根本没有把到那么远出差的机会给我的可能，因而要想实现这个梦想就只有靠自己这一条路。所以，我们两人下定决心：咱们既然不逢迎权贵，那么也永远靠不上别人。完全靠自己的力量来实现这次旅行。

拉萨市林廓路上的铜塑牦牛——高原之宝
（扎西平措 摄）

现在回想起来，那个时候，西藏的交通条件还远不如今日，即使在著名的自治区首府拉萨也不例外。记得当时在拉萨的那段日子里，我们外出代步的工具，经常是那些跑在市内街上和郊区路上嘟嘟作响的农用手扶拖拉机或者牛车马车之类的运载工具。当然，有些时候只有喘着粗气，用比在内地步幅要大得多而且频率却慢得多的步伐，来完成许多旅游项目。因此，在那种高原缺氧的地区旅行，这种自费自助的个人行为往往为了节省开支（实际也要付出很多在那个时候许多人舍不得付出的钞票）所付出的体力，是任何没有去过那里的人所不可能想像到的。身体方面要克服强烈的高原反应，困难和意外的危险随时都存在着。这也就是为什么在文章或什么报道中，一提起高原的时候，总要加上“海拔多少多少”的后缀语的缘故。因为这说明了海拔意味着的是什么——危险和死亡！

试想，如果在北京，整天让你背着一个30公斤的米袋子走来走去，即使坐下躺下的时候那个米袋子也不离开你的身体，那会是什么感受？据科学测算，在西藏海拔3700米的地方，空气中的含氧量只有沿海地区的60%左右，如果海拔再高，含氧量还会更少。记得仅仅在拉萨的那些天里，我们即使躺在床上不动，脉搏也在102次左右。也正是因为这些原因，这次西藏之行给我留下的印象显得更加深刻，终生也不会忘掉。

位于布达拉宫后的白塔

说起西藏，一般人也仅仅停留在这样的地理概念上：它的简称叫藏，位于祖国的西南部，在地理位置上位于祖国三大高原——青藏高原的西南。面积约122.84万平方公里，占祖国大陆总面积的八分之一，仅次于新疆维吾尔自治区。西藏地区南北最宽约1000公里，东西最长达2000公里，平均海拔4000米，是世界上面积最大，海拔最高的高原，被誉为

"世界屋脊"。它的北面是新疆，东北与青海交界，东西接连四川，东南和云南相连。它的南面和西部同缅甸、印度、不丹、锡金、尼泊尔等国接壤。整个自治区的国境线长达3842公里，是祖国西南领土不可分割的重要疆域……仅此而已罢了。

当然，仅仅从这些枯燥的概念化逻辑化的叙述中，是很难想像出这块高原之地的空灵和神奇的。但是当我们的双脚落到拉萨贡嘎机场的地面以后，望着眼前巍峨苍凉的贡嘎山一直向远方绵延而去，那种巨大的震撼力立刻使我浑身颤抖。心里好像还不太相信地问自己：我真的到了西藏吗？这就是那个神秘的地域吗？心中怀着这些疑问，不禁立刻想起在万米高空时，还透过窗户寻找世界上最为著名的喜马拉雅山脉在哪里，盲目地断定远处连绵起伏的群山就是昆仑山脉和喀喇昆仑山脉呢。至于冈底斯、唐古拉、念青唐古拉等山脉由于横贯于西藏的中部，所以我还猜测到，飞机下面那如同一条条巨龙般嶙峋若动的庞然大物肯定就是它们！但可以肯定，著名的南迦巴瓦峰我肯定见到了。

据资料记载，在西藏境内，海拔8000米以上的山峰有6

拉萨河被无数经幡簇拥着

座，海拔7000米以上的有50座，海拔6000米以上的则难记其数。那些终年不化的雪峰与冰川，构成壮丽的群山奇观。如果从空中鸟瞰，西藏大地就像是一片山的海洋。如果赶上晴空万里的好天气，在苍穹之上那是不难看到这些壮丽景象的。我们赴藏的那天，天气就出奇地晴朗。

当然，对于一般人而言，提到西藏的山川，最为熟悉的还是被誉为众山之王，被全世界的登山健儿所朝拜、所追逐的地球之巅——珠穆朗玛峰。

脚踏在高原上

美丽的布达拉之地
多少次你为我弹奏妙乐
那温柔的旋律颤动着我的心房
让我不禁流连忘返
我多么羡慕那些藏狗
悠闲地徜徉在你的怀中
我不能失去的呦
佛陀扎西德勒
真愿意变做一只苍鹰
在高原的空寂中翱翔欢腾
遥望东方的黄土
人们啊
你们为何这般心肠

——为拉萨歌唱

当飞机在成都双流机场跑道上急驰的时候，我还在内心里问自己是不是从这时开始就已经踏上了去西藏的旅程，难道少年时曾经听人家讲过的故事也即将由自己亲身去叙述？我已经记不清有多少次梦游西藏，在雄伟的布达拉宫每个角落徜徉，在古老的大昭寺里参拜文成公主时代雕塑的佛像和制作的佛龛，在琳琅满目的八廓街上选购独具特色的手工艺品……转眼之间，这一切将展现在自己的眼前！千万次的遐想即将变为刻骨的经历，那种激动啊，简直让我在万米高空无所适从。

将近2个小时的空中旅程在拉萨100公里外的贡嘎机场结束了。我的双脚，不，那是我整个的人，第一次真正地扑进了雪域高原的怀抱！

早就听说过令人难以忍受的高原反应。我和S下了飞机后，小心翼翼地提着行李，用缓慢的步行来到开往拉萨的长途公共汽车站。坐到车上后不久，就在这时，第一次的高原缺氧反应突然降临在我的身上。那是刚坐在车上大约15分钟左右的时候，正在等待开车的我忽然觉得一阵心里发紧发凉，呼吸急促，心跳很快，浑身发软，脸色煞白。我强忍着，同时做着深呼吸。坐在身旁的S见状赶紧对我说，千万别慌坚持住，沉下心来放松自己。我就这样心里平静地做着深呼吸，大

寺庙维修时打夯的队伍

第一次转经

约10 分钟以后，我感觉不很难受了。但这以后，无论是S还是我，惟一的感觉就是头发沉特别想睡觉。因此汽车启动后，我们两人几乎睡了一路，只是快见到布达拉宫的时候才清醒过来。这就是高原反应给我们上的第一课。

经过大约2个小时以后，车子把我们带到了布达拉宫东南面的拉萨市长途汽车站。按照写在纸上的标识，我们乘坐了一辆人力三轮车来到了位于布达拉宫后面的西藏人民出版社大院——经朋友介绍的一位西藏朋友的家。我们将以他家为在拉萨旅游的起居处。当时，拉萨还没有今天全国各地几乎一致称其为“的”的出租车，但是这种人力三轮车却遍布在拉萨城的每个角落。两个人只要付一两块钱，就可以到达拉萨市区的任何角落。如果是一个人，价格还可以商量。当然，今天它的价格大概翻了恐怕不止一倍。不过想到在那种高原缺氧的环境里，人力车夫为了糊口所付出的巨大劳动，

这点可怜的钱，无论对于付出和收入的哪一方来说，都是过于微薄了。尽管拉萨市区比北京的一个卫星城大不了多少，可是吃饭穿衣的费用也没少多少。

推销首饰的藏族妇女

我们坐在人力车上，看着车夫敏捷的动作和很清楚的有节奏的喘息声，心里真有些酸楚。但也不知如何是好，我们惟一能做的就是在下车的时候在他开出的价格上加了一倍的钱给他。在拉萨干人力车这行的，大多数是来西藏打工的四川人，少数是内地其他地方来藏的人。由此可见四川人吃苦耐劳的品德确实名不虚传。不仅人力车这行，在西藏经营一般性行业的人是四川人居多。像个体饭馆的经营者、种菜贩菜的小商人、扫街掏厕所的工人等等。正是他们在维持着高原城镇人民日常的吃喝拉撒。也有人说，由于四川人在体质上更能适应西藏的生活环境，所以他们才会在这里扎下生活的根子。不知这种说法有什么根据，也可能是地理位置上更加接近的缘故？

一般来说，初到拉萨的人在4个小时后才会表现出明显的高原反应症状。为了避免身体上的过分不适，刚到拉萨的人当天都被主人安排卧床休息。来到藏族朋友家后，主人很快便为我们安排了午饭。之后，他们关照我们必须卧床，一切都不要去想！自然我们必须遵命，因为刚下飞机时的那种缺氧感受我们已经有所领教了。但是我们躺在床上却怎么也睡不着，脑子里都是关于西藏的种种奇怪的念头。同时也想，消耗这许多精力和时间来到这雪域高原却睡在床上，这不是莫大的浪费吗？可主人举了几个近日内发生的内地游客不听劝阻而导致死亡的事例，听得我们心里有些发怵，于是便安心地躺下。

由于缺氧，我们两人脉搏跳得都很快，因此根本睡不着。果然，一个小时后，阵阵的头痛开始折磨起我们来，脑袋胀痛，嗓子发干，恶心想吐……我看了看S，只见她嘴唇青紫，正躺在那里强忍着。于是，我起身从旅行包里拿出从北京带来的氧气发生瓶。按照配方倒进水和药，插上管子两个人开始轮流吸氧。20分钟后，氧气用完，我们两人的缺氧状况稍稍好转。但是仍旧睡不着，尽管浑身疲乏得很厉害。

就这样，我们一直忍耐到傍晚——北京时间晚上8点多。在拉萨，此时天还十分明亮。主人又安排我们起床吃晚饭。记得在晚饭进行中，我又一次出现心脏缺氧反应：心里发凉、发紧，心慌气短、浑身无力。这种感觉持续了大约十几分钟的样子，那个时候难受啊，我真想：干脆立刻回北京吧，实在受不了，怎么也不能就这样死在这儿呀！我真想把这个念头说出口啊，但内心却在想恐怕还没有到那个

主动让我们拍照的藏族青年不知你今天怎么样了

地步吧。所以一直坚持着没有说出口，心里只希望这种痛苦快点结束。从那时起，我认定我的心脏肯定有些毛病，否则就不会有那种要死的感觉。多少年以后，在北京我就是因为这个症状住进了医院。当然这是题外话了。我庆幸的是，从这次严重反应以后，在拉萨的日子里我们谁也没有再出现危险的反应症状。这使我们得以按计划完成了所有的旅游项目。

初次接触

她的外貌有些土气
摩登女郎定会笑她的粗鲁
但她的可爱我真正知道
那微微的一笑非同寻常
我看清她的面庞是那样的明亮
苍白的美丽哪里比得上质朴的健康
她的眼光热情似火
言谈举止诚恳昂扬
我永远无法回报
只有用寸心幽肠

——拉萨市貌初次印象

次日早晨（由于时差，其实已经是北京时间的上午10点多了）我们感觉身体很好，几乎没有什么缺氧症状，心情特别轻松。于是，我们从朋友那里借了两辆自行车，迎着朝霞去体会拉萨的美丽容颜。

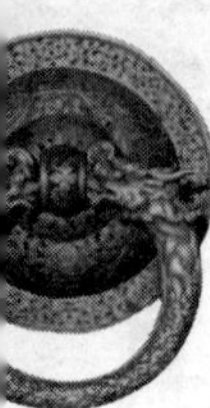

沿着北京路向东，远远就能够看见那仿佛神话中描绘的天宫——布达拉宫。只见它巍峨矗立在市中心的红山之上，雄伟的轮廓和高耸的金顶，在朝阳的辉映下异常灿烂。当时，布达拉宫广场还没有修建，宫殿前面只是一片低矮的藏式平房。偶然看见七八个藏族妇女围着一些游客，要求买她们的手工艺品：各式藏族妇女喜欢的挂坠，做工精美的转经筒，大小不一材质各异的串串佛珠……它们一下子引起了我们的兴趣。我们停下车，不由分说上前就从一个走近我们的妇女那里买了几件。可万万没想到，这一下子引来了几乎其他所有的卖主。那时尽管已经快11点了，但游客并不多，只有我们这里聚集了大约十几个人，其中大多为外国人，而外国人一般很少买东西。因

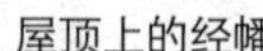
屋顶上的经幡

布达拉宫附近的一条街上

此，她们极为努力地向我们推销她们手中的物品。我感觉无数的手向我伸来，还不断地拉扯我的衣服和挎包，并且有愈演愈烈之势。面对这个阵势，我们简直束手无策，只得互相使个眼色推起自行车飞速地离开。可是，这群手提大包小包的妇女，跑起来却一点不比我们慢。

她们一个个伸直了手臂，嘴里用有些生硬的普通话喊着，别走，买些嘛，我的好！求求你，买我的吧！我们哪见过这个，也顾不得缺氧不缺氧了，骑上自行车飞快地蹬了起来。还好，那群妇女总算是放了我们一条“生路”。待我们气喘吁吁地停在三四百米以外准备大口呼吸的时候，忽然耳边传来“求求你们啦，买完我的再走吧”的声音。只见一位40来岁的妇女，手拿一个大布兜从另一个方向朝我们跑来。她伸出双臂，不断地哀求，苦苦地追随着我们。我们心想，反正也要买些东西回到北京好送朋友，就从她手里买吧。就这样，我们又买了很多骨头手链、佛珠、挂坠以及转经筒。这时我们才发现，那位藏族妇女心满意足地微笑着，她的笑容像春天的太阳般美丽灿烂。但是这却苦了我们，本来计划离开拉萨时再买东西的，今天只是单纯逛一逛市容。无奈，还得背上一大包东西骑车逛街。

这天上午，我们只是沿着拉萨的主要街道，大致地找到了大昭寺、小昭寺、罗布林卡、八廓街、药王山、龙王潭以及其他几处新的著名建筑和很有特色的餐饮小店所在地（那时还没有今日的各种娱乐场所，拉萨条件最好最大的酒店也

只有假日酒店、拉萨饭店等少数几家，其他的都是老式的旅馆招待所之类，连邮电局也仅有一家)。记得印象特别深的就是大昭寺门前人们磕长头的情景。当时我们已经累得喘不上气来，我们停车坐在寺门前的广场边，看着这些虔诚的人们，眼眶竟然湿润了。若不是第一次亲眼见到这种情景，我是绝不会相信世界上真有如此表达诚心的举动。我为忠诚的力量而震撼。

我们在下午两三点钟回到住处吃饭，然后在拉萨美丽的日光下一直睡到天黑。

坐在街上手摇转经轮的男子

细看拉萨

抚摸你的脸
用我的脸
仿佛你的嘴
亲吻我的脸
那些龌龊人
因你丢掉了魂
你美丽的光
成就了生命的桥
你是这般地爱
今生来世不论何方

——对圣城说

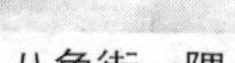
八角街一隅

拉萨，是我所知道的这个世界上最具特色、最富魅力的城市。这不仅因为它海拔高，还因为它的悠久历史所留下的无数文化遗迹和浓重的宗教氛围。尤其后者给予人们的那种如梦如幻般的感觉，仿佛到了另一个世界。她虽然与现代化的其他著名城市相比并算不上什么，但它特有的古典与纯朴所流溢出的田园般宁静的情调，却能赠予人们独特的快慰与欢愉。

今天的拉萨作为西藏自治区的首府和政治、经济、文化中心，在西藏人民和祖国同胞的心目中，已经成为一个名副其实的旅游胜地。市内和郊区名胜古迹众多，布达拉宫、大昭寺、哲蚌寺、色拉寺、小昭寺和甘丹寺等等宗教性建筑驰名中外。考据拉萨城的历史，可知道她自建城算起距今已有1300多年了。

拉萨城的位置在雅鲁藏布江支流拉萨河北岸，平均海拔3650多米。公元7世纪中叶以前，拉萨还没有成为西藏的中心城市。那时，它还是一片荒芜的草泽湖泊，称为“吉雪卧塘”。由于此地人烟稀少、野羊出没，因而成为西藏的部落首领们狩猎的乐园之一。她只是因为一个偶然的机会才成为人类文明史上的一座圣城。

那是一个晴朗的夏日，已经从雅砻河谷崛起的吐蕃部族首领松赞干布，这天正带领部下在“吉雪卧塘”狩猎。由于天气异常燥热，中午时分他便脱下战袍，在清澈的吉曲河（拉萨河）中沐浴。玩得正在兴头上的时候，他忽然被眼前的景色深深地吸引住了。他仰望平原中央，两山突兀而起，巍然对峙，地形十分险要。心想若在此创基立业一定会统一全藏。于是，这位雄心勃勃的部落首领，毅然决定将统治中心由墨竹工卡迁往“吉雪卧塘”。并依红山之势建筑宫室居住。

在八角街前的大昭寺广场上

公元641年，已完成统一大业的松赞干布迎娶唐朝文成公主。谁知公主带来的风水先生观天察地，却认为“吉雪卧塘”乃女魔心脏所在，需建庙镇之；还要填土以塞其血路。根据五行相克原理，于是唐朝的风水先生建议用白山羊背土石填湖建庙。这也

是大昭寺的来历。

大昭寺建成后，因为规模宏大，矗立在当时地势低洼的拉萨盆地之上，显得异常的辉煌灿烂。因此松赞干布将其视为王权的突出象征，于是，他命人把西藏这座最早的城市命名为“惹萨”（藏语“山羊背上”的意思）。这也是拉萨古称

“惹萨”的来历。多少年以后，由于汉藏语音的演变，“惹萨”又被汉译成了“逻些”。最后又由于“逻些”在传扬佛教的过程中起着越来越突出的作用，渐渐地人们就把她视为“拉萨”也即“圣地”了。而一千多年来，这里也确实曾几度成为西藏政教统治的中心。在历代藏王和达赖喇嘛的统治下，经过藏族和其他各族劳动人民的不断建设，拉萨宫殿寺庙数量不断增多，规模更加宏伟壮观，重大法事活动层出不穷，人民普遍率真虔信佛教。于是，拉萨成为名副其实的“神圣之地”。

桑烟缭绕的大昭寺广场

“惹萨”演变为“拉萨”的过程，实际上也是西藏社会变迁的过程。由此不难理解“教化”对于人文地理的变迁所

起的作用。

拉萨城的历史虽然悠久，但由于历史上一直处于封建农奴制和僧俗贵族政教合一的统治之下，经济发展几乎停顿。1949年以前的一千三百年，拉萨城的发展以寺庙和官邸为主，没有现代意义上的建筑。即使金碧辉煌、雄伟壮丽的布达拉宫，也不过是至高无上政教合一政权的象征。多少个世纪间，它面对的不过是一片白色低矮的简陋房屋和破旧不堪的贫民帐篷。

绣者吉祥物的门帘

进入20世纪的前50年，拉萨的交通还主要靠人背畜驮。拉萨解放前没有公路，主要靠牦牛驮运。经过近50年的发展，拉萨目前已成为西藏自治区的交通枢纽：川藏、青藏公路、中（中国）尼（尼泊尔）公路干线交会于此，新藏、滇藏等多条干线与支线公路相连接，可通往全自治区97%的县。市内道路越来越宽敞，交通管理越来越规范，市容市貌越来越美丽，对促进拉萨经济和各项社会事业的发展，起到了重要的作用。由于没有加工工业，城市居民生产和生活用品完全依靠外进。消耗型的极端落后经济使拉萨无法容纳更多的人口。直到1959年民主改革前，拉萨城区仍然只有3万余人，其中乞丐就有4000人左右。几乎六分之一的人口是靠要饭生存的。城区面积不足3平方公里，总建筑面积22万平方米。街道狭窄，住房简陋，没有上下水设施，城里垃圾遍地。由于环境污染严重，城内恶性疫病不时流行。

1951年5月23日，西藏的和平解放使拉萨城迎来了一个崭新的时代。50多年来，拉萨城的各项事业获得了较大的发展，城区建设发生了巨大变化，在保护古建筑的前提下，在改造旧城的同时，扩建新市区。1960年，国务院正式批准拉萨为地级市，1982年又将其定为国家首批公布的24座历史文化名城之一。1983年，国务院批准了拉萨市的城市总体规划，拉萨市的发展更加迅速。1984年开始的内地省市援助西藏建设的43项工程，其中有18项安排在拉萨。这些工程绝大多数是公共服务设施建设，相继在1985年底竣工交付使用。43项工程以后，拉萨的北区和西区建筑群迅速崛起，与古老的布达拉宫、大昭寺交相辉映，使拉萨变得更加多姿多彩，显示出勃勃生机。

近10年来，西藏自治区政府和拉萨市政府投入大量资金对破旧民房进行改造，现在人均住房面积将近10平方米。

布达拉宫、大昭寺及拉萨著名的三大寺哲蚌寺、色拉寺、甘丹寺等历史悠久、历经风雨桑沧，都有不同程度的破损。为保持拉萨历史文化名城的风貌和民族特色，几十年来，国家拨出巨款，先后对这些寺庙进行了修缮和修复，其中布达拉宫维修工程耗资累计已达1亿元人民币，仅20世纪90年代的维修投资就有5000多万元，成为1949年以来中国对古代文物建筑保护投资最大的工程。同时，布达拉宫广场建设工程也已完成。

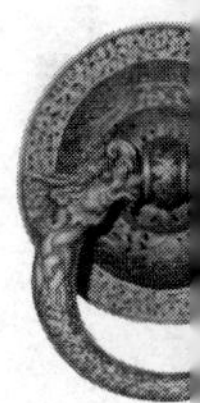

今天的拉萨市下辖七县一区。全市总面积约3万平方公里，市区面积45平方公里，与50年前相比扩大了17倍。全市总人口约47万，其中市区人口约16万多人，包括藏、汉、回等31个民族。其中藏族人口占87%。各类建筑面积约250万平方米，是50年代的12倍多。公路四通八达，各种车辆穿梭不息，成为西藏自治区交通枢纽。当初明朝、清朝的官员从北京到拉萨要走上几个月，而现在乘坐民航班机只需三个多小时。

1993年，新扩建成的贡嘎国际机场，可起降波音747等大型客机，配备有先进的通讯导航系统、供电系统、气象保障系统、市区售票处和地面卫星通讯站等，整个扩建工程国家投资2.72亿元人民币，耗时5年。

现在拉萨共有各类学校500多所，包括专科及大学。西藏大学设有7个系、15个专业，在校生1400多名，藏族和其他少数民族占70%以上，教职工700余人，每年向社会输送300–400名毕业生。

昔日的拉萨，普通百姓没有起码的医疗条件。据史料记载，1925年拉萨流行天花，一次就死掉7000人。1934年和1937年两次伤寒流行，死亡5000人。现在，拉萨市三级卫生防疫网基本形成，有各类医疗机构120多个。拉萨妇幼保健院是西藏第一家专门为妇女提供医疗保障服务的专科医院，开展保健、临床、培训三大业务。而西藏妇女在过去得不到起码的卫生条件保障，婴儿成活率只有15%左右。

拉萨邮电通讯业的发展更为迅速，市内已安装程控电话交换机近500部，总装机容量1万门，并开通了国际国内直拨电话和国际卫星通讯电话。在开通无线寻呼后，现在又率先在西藏开通了移动电话。电报通讯由单一的无线电“莫尔斯”人工作业，发展到电传电报。电报、电话已先后进入全国自动转报网和程控电话交换网。拉萨还建有卫星通讯地面站，1989年10月31日，拉萨卫星广播教育电视上行站开通，

八角街民居建筑样式

从此，全国电视观众可以通过卫星收看到西藏的电视节目，西藏所有的县可以收看到中央电视台和西藏电视台当天的节目。在拉萨市郊农民的新房顶上，与四季常换的经幡杆在一起的是电视天线。

拉萨城由于建在沼泽地上，因环境干燥，人口较少，使得这座千年古城一直没有完善的上下水系统。大街小巷晴天尘土飞扬，雨天软泥粘脚。43项工程中的拉萨上下水工程项目，把供水、排水和道路建设三者结合起来，共完成上下水工程管道总长30多公里，与原有管道并网后，使拉萨基本形成给水网和地下排水系统，为居民创造了清洁、宽敞、舒适的工作和生活环境。

1978年以来，祖国实行的改革开放政策，同样给拉萨市

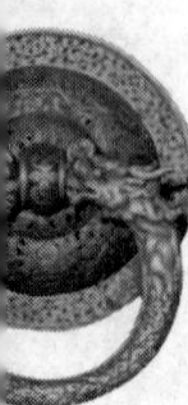

民带来了实惠，现在拉萨新建的商业街——朵森格路已正式开业。朵森格路原是通往荒野的一条崎岖不平的泥泞之路，而今却店铺林立，成为拉萨市民购物、休闲的繁华之地。拉萨由于海拔高，长期以来吃菜是困扰拉萨人的一大难题，而现在每天有上万公斤的新鲜蔬菜空运至拉萨，与此同时，拉萨还加快了蔬菜基地的建设，使常年菜地面积由80年代中期的200公顷，增加到现在的300多公顷，其中日光温室面积80公顷。

1993年1月，位于拉萨中心地段的拉萨证券交易营业部正式开业，260多平方米的交易大厅里，数台电脑终端和大型电子显示牌上的数据在闪烁翻动，上海、深圳证券交易行情变化一目了然。

现在，拉萨已初具现代化城市规模，并保持了浓郁的藏民族传统特色。拉萨街头，雍容华贵的藏袍和西装革履者摩肩擦踵。柏油路上，有叩长头的虔诚教徒，也有风流倜傥的俊男淑女。在拉萨无论哪所寺庙，都是香客云集供火不断。五彩缤纷的酥油花盛开，酥油灯彻夜长明。

细看拉萨，她更像一颗点缀在雪域高原上的美丽明珠，以极具民族特色的崭新面貌面向世人。

逛八角街

千年万年难以说尽
瞬间的短暂如同长久的永恒
无论何时的朦胧
流转在空气中
西藏是地上一座城
地球是天上一颗星
佛陀永在
你我的心中

——藏密赞

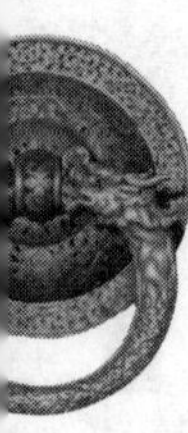

当金色的阳光照耀在拉萨的寺庙尖顶上时，我已经在西藏高原上度过了第一个难眠的夜晚。的确，因为高原缺氧反应，前一天深夜躺下后久久不能入睡，大概黎明前的时候才迷迷糊糊地睡着。按照拉萨与北京的时差，这时应该是北京时间早上7点钟左右。这天，我们上午11点多才出门，准备好好感受一下拉萨明媚的阳光，体验初到高原时的那种无比畅快的感觉。

于是，按照主人的指点，我们怀着激动的心情首先去了八角街。出了住所的院子以后，举目四处望去，阳光下的拉萨，天高云淡，空气十分清洁凉爽。由于当时正是雪顿节，政府机关和厂矿企业放假的日子，因此休闲逛街的人很多。只见从眼前迈着大步、摇着转经轮晃晃悠悠走过的人们都很开心。他们的脸上带着散淡的神情。不时地还经常有身穿红色僧衣，手持经轮的喇嘛经过。他们的脸庞被长袍映得更加通红，表情平和露着太阳般的微笑。西藏很有特色，西藏的便是这种特色的重要承载体。对来自遥远的祖国东部地区的内地人来说，这种特色完全会是一个新的世界。

藏居的窗

街上的一切，到处是被太阳照耀得一尘不染的样子，鲜光靓丽地十分耀眼。我想，几天后我们的皮肤也会健康得像当地人一样黑中带红。其实这样才好，很真实，不像在大城市里矫揉造作。这样走在拉萨街上我开始有了一种与灿烂的光融为一体、毫无拘束放松之极的感觉。

价钱便宜的三轮人力车到处都是，它们不间断地在北京中路上招摇而过。骑车的人吹着口哨，同时摇着车铃叮当做响。我们招手拦下了几辆人力车，同行的几个内地来的朋友依次坐上车后，我们便浩浩荡荡地向八角街的方向进发。

我们上车的地方在布达拉宫后面的龙王潭附近。这里到八角街大约2公里远。我们十几分钟后就到达了八角街的入口处——大昭寺广场。从远处望去，只见大昭寺广场上人头攒动，摩肩接踵，烟雾缭绕，旌旗招展，音乐不断。一打听才知道，这是雪顿节期间拉萨市放假的缘故。

其实八角街在拉萨一般叫八廓街，它的具体方位在拉萨旧城区的中心，是当年随着大昭寺的建设而逐渐发展起来的。史料记载，公元7世纪，吐蕃赞普松赞干布在决定修建大昭寺后，为了亲自监督工程的进展，他率领大臣和王妃们住到了当时叫涡汤湖的这块地方。为了表达对藏王的尊敬，人们在湖的北面、东面、东南和西南建起四片房舍，供松赞干布和臣相嫔妃居住。应该说这些房舍就是八角街最早的四处建筑群，也是八角街最早的一批王公殿宇。大昭寺建成以后，由于四方游僧、各地信徒大量来此聚集朝拜，在这四处王公建筑周围又建成了十八座贵族式的馆舍，为远道来朝佛或做买卖的商贾提供休息的住所。几百年以后，尤其到了公元15世纪时，随着大昭寺逐渐变成藏传佛教的传播中心，围绕大昭寺周围而建的僧人住所、宗教学校、小寺庙等建筑已经形成规模，完全把大昭寺包围起来了。于是，更多的虔信佛教的人干脆背井离乡来到大昭寺周围永久地住下来。与此同时，相应的吃穿购物等货摊店堂和手工作坊也发展起来。

近代以来，这里则成为拉萨的集贸中心。

我们在大昭寺前的广场下车后，来到大昭寺右侧的八角街入口处。八角街以大昭寺为中心呈环形从寺庙的右侧也就是面向寺门的左侧起，转一个圆圈以寺的另一侧为终止。出门前我们曾被主人告知，逛八角街必须依规矩随着转经的人流按顺时针方向自左口走入八角街，这是佛教信徒转法轮的旋转方向。否则，会被视为不懂礼貌，为当地人看不起。我们从左侧进入八角街后，只见街道两旁商店一个挨一个，货摊连绵不绝，货架上摆放待购的全是具有浓厚藏民族文化特色的各式各样精美物品（十多年以后的今天，随着时代的变化，不知八角街的商人们是否还会像当年那样朴实，因而所售商品也比较纯正)。应该说，当年的八角街的确称得上是国内任何一个城市都没有的一道独具特色的风景。

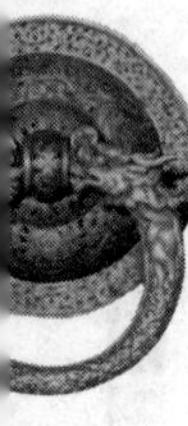

记得当时我们仅凭从小店铺内传出的歌声和乐曲声，就能判断出它的主人是印度人还是尼泊尔人，或者是藏族人。因为这里的常驻商人除了以拉萨人为主的国内人外，尼泊尔、印度和不丹等邻近国的商人也很多。这里印度香料、尼泊尔铜佛、缅甸绸缎、阿富汗毛料和干果等等外来货应有尽有，让人目不暇接。还有许许多多代表藏民族传统工艺品的转经筒、木制小碗等琳琅满目，令人掏钱欲购。

从八角街的房屋状况和街道的拥挤程度看，它显然是一条非常古老的街道，恐怕比北京和上海任何古老的商业街都要年长百年以上。

据了解，直到拉萨和平解放前，由于贵族们的住宅大府都建在八角街的外围，因此这里的住宅和商业街道还算比较宽敞。但那时，八角街却早已是包罗万象、无所不有的西藏

八角街一角

城市社会生活的缩影了。从眼前的街面上看，仅有四五米宽的道路两旁，是三四米到十一二米高的一幢挨一幢的藏式房子。这些房子中，有的是白墙红顶，显得气派宏大；有的则披满灰尘颜色灰黑，墙体歪斜，显示出岁月的沧桑和店主人的无奈。

这也很合乎道理，因为当年的八角街里既有噶厦政府、地方法庭、监狱等机构，又有商店、摊点、手工作坊。既住着贵族、僧人、学者，也住着木匠、银匠、铁匠、画匠、裁缝等手艺人和平民百姓。因此，各种房屋建筑的用材和规模等次肯定区别很大。再加上建造年代的不同，时至今日必然表现出参差不同的状况来。从八角街的整个面貌看，可以说它完整地保存了拉萨古城的传统生活面貌和居住方式。听拉萨的朋友讲，当站在布达拉宫顶上向拉萨全城俯瞰时，你一定会发现整个拉萨市区到处是一片片掩映在绿树中的新式楼房，而惟有八角街一带飘扬着经幡，荡漾着桑烟，还保留着古老的景象。我看着眼前的那些手摇经轮进入八廊街的藏族群众，即使不登上布达拉宫也能想像到那种俯瞰的美景。

正在思索当中，我一下子又被街上的热闹气氛打断了思路。只见那些游客们在无数的小货摊、小帐篷底下，或在一间间小店里，表情生动地、动作滑稽地进行着各式各样的交易。在一间手工作坊里，我看到那里正在生产氆氇、地毯、藏被等藏族传统生活用品。

挑选首饰

我突然被一个声音叫了一下，先是吃了一惊。扭头一看，原来是在西藏街上少见的尼姑，她“喂”了我一声，然后将手上的东西全放到我手上，在我还未反应过来时，她已经转身向前走。我慢慢摊开手心，才发现原来全是贝壳，一种在南方经常见到，在西藏却是罕见的，寓意吉祥意思的贝壳满布在我的手上。真是奇怪，一个与我素不相识的人，竟然将她最美好的祝福送给了我。我顿时感到一股暖流涌上我的心间。又往前走了一段路，一些藏民涌上来向我兜售项链、骨头制品等小玩意。一身旅游打扮的我们恐怕早被盯上了，因此他们一直围着我们转，叫我们买这买那，否则不肯离开。

被他们缠烦了，我们干脆与她们讲起价来，将我们已买的东西拿给他们看。目的是为了进一步压低价格。当我将一把很小的藏式弯刀拿出来炫耀时，其中一位两眼放射嘲笑的目光，硬说我买贵了，并坚持要我买他贴身的弯刀。结果因为他出价太高而没有交易成功。在另一个摊位上，我被一个热情的藏族摊主所感染，购买了一尊仿制的铜质地藏佛像。摊主可能是对我有好感，当我们已经走开了以后，他还特意叫住我，考虑再三地很认真地将他原来向我们兜售的其中一条绿松石项链戴在我的脖子上，边戴边用藏语念佛经。他真诚地为我祈福保佑的举动，至今还使我记忆犹新。

如果实话实说，当时我逛八角街时，其实对藏刀是最感兴趣的。这可能是因为当年还比较年轻或是为藏刀的优美造型所吸引？两者到底是哪一个至今也搞不清楚。藏刀作为喜食肉类的藏族人的日常生活用具，充分体现了藏民族文化的特质。它那精美的手工雕刻，坚韧的钢板材质以及由传统的家庭作坊制作，都充满了生活在高原上的藏民族文化的内涵。这些可能就是它最迷人的地方。

我们的一个同伴，是来自北京的一位民族工艺品收藏家。他不仅非常喜欢藏刀，而且还对各地藏刀的特性了解不少。他见我也对藏刀感兴趣便告诉我，说他已经买过不少藏刀，大小形状都不一样，体现了不同的风格。他指着我拿在手里正在挑选的一把刀刃非常锋利的藏刀说，这种藏刀是产自西藏谢通门县卡嘎村的，刀鞘上雕有龙凤，刀把镶嵌宝石且做工精致，刀刃不但坚硬而且锋利无比。他又拿起另外一把劝我买下，说这种藏刀产自西藏拉孜县。它的优势是钢质出众，经久耐用。我二话没说，当即买下了这把藏刀。但是回到北京后我便把它送给了一个好朋友，因为那个朋友实在想要。

现在，随着通抵西藏的交通日渐发达，越来越多的人都有机会前往高原旅游观光，包涵藏族文化特质的藏刀也越加受到广泛的流传。这样，原来零星生产、只供用来食肉用的藏刀，已经逐渐变成了旅游市场的宠物，内地人对藏刀的稀罕感已经淡化。现在，盛产藏刀的日喀则地区拉孜县孜龙村

和谢通门县卡嘎村，因为生产藏刀在西藏乃至全国都享有盛誉。

那位出售藏刀的摊主对我们说，在旧西藏，打铁的人被视为最下等的人，连喝酒都只能用自己的杯子，不能与别人混用，更不能与他人一起共同畅饮。如今不同了，藏刀已经成了很好的东西，很多人还得求我们帮着给他们做刀呢！这样不仅有了很可观的收入，而且也没人再看不起我们了！

据他讲，面对旅游市场带来的机遇，谢通门县在1993年，成立了卡嘎民族工艺藏刀厂，召集全村藏刀生产技术较好的工匠，集体进行生产。一年能生产一千多把，销售额十来万元。

我在撰写本书的时候，曾专门打电话给西藏的朋友，询问了藏刀生产的现状。朋友告诉我，西藏可了不得了，藏刀已经成了谢通门县和拉孜县增加农牧民收入的重要途径，也是西藏自治区和日喀则地区2002年提出的发展特色经济的重要举措。

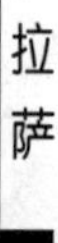

我望着八角街上悠闲购物的人们想，在传统精湛的手工艺术品制作方法上，再采用现代技术的支撑，西藏的藏刀生产必将拥有更广阔的市场空间。

当我们步入一个店面比较高大的由藏族人开的木器商店时，立刻被里面陈列的一件件雕花镂卉、富丽典雅的藏式家具所深深吸引。那式样布局合理，图案千姿百态，色彩鲜艳明快的藏桌藏柜，以及雕花的门楼窗梁，都洋溢着幸福、吉祥、热烈的气氛。藏式木雕家具是藏族特有的民间传统工艺品之一。藏式木雕家具和楼窗梁柱雕刻的内容丰富，题材广泛，人物、花卉、虫鱼、鸟兽图案、花纹等等，无所不包。其中红莲怒放、龙凤呈祥、白鹤寒松、菩提翠叶、莲台金座、舒云卷彩等吉祥图案种类繁多。他们构成西藏民间木雕艺术表现的传统主题。

西藏民间木雕艺术，风格健康、朴实，它的表现手法简练，既有浓厚的装饰趣味，又颇具艺术魅力。像那件镂空雕刻有菩提翠叶图案的藏柜，结构严谨，线条流畅，刚柔得当，不仅体现了画面的自然美，还让人感受到画外之象。此外主要是发挥了藏桌藏柜装饰透光通气的功能。

我们从观赏中了解到，西藏民间木雕家具及门窗雕花的着色，多数人家都喜欢用对比色和原色来渲染。最为常见的就是金碧辉煌、红火富丽的色调，因为它们最适宜表达藏族人民的生活情趣。

康巴汉子

从我们在西藏那段日子所见的建筑装饰木雕来看，它们往往把丰富的内涵与物品的坚固耐用功能和谐地统一结合起来。许多佳作虽经千百年风沙雨雪的侵蚀，但仍雄姿不减。在法器模具木雕上，主题划一，但形式手法各异。刻工们在不足盈尺的面积中将实用、想像、趣味三者完美结合，令人叹服。我们在一个摊位上居然还见到了属于西藏民间经书封板的木雕，那简直更是精美绝伦。但由于不可能将天下美物都收归已有，所以我们只能饱饱眼福而已。

在八角街的手工作坊里，藏族工匠艺人们还生产日常生活中使用的酥油桶、炊具、食具、服装鞋帽等生活用品。

可以说这里是西藏各类商品、物资的集散地，也是西藏民族文化的“百科全书”。

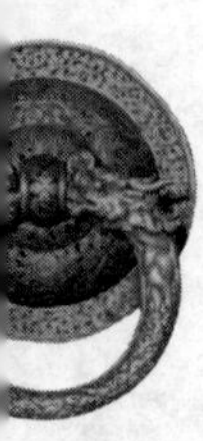

直到午后时分，我们一行人才饥肠辘辘地转悠到大昭寺门前。这时我们才发觉我们已经围着大昭寺转了一大圈。再看每个人的手里和肩上，大大小小、滴里嘟噜地都买了不少零七八碎的手工艺品。我们实在太累了，由于刚到高原更不适应那种缺氧的环境，所以除了累之外，还要加上头痛的折磨。我们都坐在广场边的石阶上开始休息。

这时我们能够定下神来看看大昭寺前的人们和这里的一切。此刻眼前的那些藏民正在大昭寺门前五体投地地拜佛：跪下、趴下、磕头，他们周而复始地做着同一套动作直到筋疲力尽。大昭寺真是全西藏香火最旺盛的地方，我们来到西藏的这第二天就亲身领教了。

再看大昭寺更是名不虚传，无数的人在排队等候进入到里面围着转经桶转圈。我们由于计划再过几天才到里面参观，所以并没有立即想跟着人流进去的念头。这时在出口处，我看见一个藏族老奶奶身上背着一个一岁多的男孩，手上还牵着一个三四岁的女孩，蹒跚地走出来。远远地看着她们，那个情景真是感人。

忽然这个老奶奶停下脚步，面带慈祥地向我们走过来。我们正感到困惑之际，她已经走上前来，拉住我们的双手，然后将自己手上带的佛珠摘下来，带在我的手上。但正当我们在纳闷并用藏语对她说谢谢时，却发现她伸手递向我们面前。我们终于明白，她这是向我们要布施——钱。当看着一个老人带着两个小孩，是那样的虔诚那样的辛苦时，我们必须完成这个布施，否则哪还有什么人性呢。

广场上穿什么衣服的人都有，而且手里都拿着他们喜欢的东西。广场斜对的一个伊斯兰餐厅播放着阿拉伯风格的乐曲。从敞开的门望进去，只见里面有着更宽的吧台，人很少，因此很安静。我想，在拉萨以藏族居多的地方，这种餐厅恐怕总是人很少吧。

我们就这样坐着安安静静地凝视眼前这美丽的广场。又过了一会儿，只见一个盛装的女子，如一道彩虹般地走来，她的表情和举止是那样的自在和端庄。她穿着干净的白色衬衣，打出长长的衣袖，外面是一件天蓝的长袍，腰间搭的也是蓝白相间的挂裙，银首饰和绿松石点缀在脖子和手腕上，她灿烂的微笑在明媚的阳光下显得更加妩媚。我们仔细观察发现，她的脸上丝毫未施粉黛，但却给人以浓妆艳抹的感觉，不知是因为她红彤彤的双颊，还是因为弥漫了她整个身体的那灿烂生辉的蓝色。

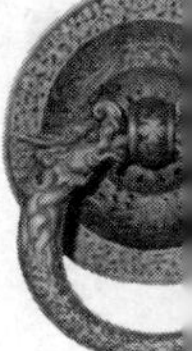

大昭寺金顶

身旁的朋友说，藏族女孩总是这样盛装来朝拜佛陀。这两天就是她们的节日，她们因为信仰而快乐。确实，在这样的蓝天和白云下面，她们是最美的，也是最快乐的。从这时起，我才发现蓝色也是那么迷人，难怪西方人喜欢蓝色呢。

这时许多形状各异的风筝高高地翱翔在天空。我们坐在那里发呆地望着它们时高时低地飞，心情也无端地轻松得想飞。几个同行的人在旁有一句没一句地聊着。我悄然等待着，等待落日的辉煌洒在大昭寺迷人的金顶上，让天上的风筝和我们，都可以沐浴在这样的霞光里面。

这里的时差比北京晚两小时，因此虽然已经临近傍晚，但日光仍强烈，好像才下午三点钟的样子。这时我看见一对老年藏族夫妻双双席地坐在大昭寺门前不远的地方，他们像是刚刚朝拜完寺内的佛像，正在休息。即使此刻，他们也没有在窃窃私语中停止摇转手中的经轮。此情此景让我感想无限，我立即站起来气喘吁吁地快步走过去，用随身的照相机为他们拍下了几张照片。我想照片的名字应该叫做：寺前的藏族老夫妻。

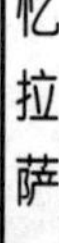

我们就这样坐着足足休息了三四个钟头，当然在这个过程中，我们也零零星星地分别起身离开到附近的店铺、街区转悠，然后再回到这里汇合。当阳光下的喧嚣消失殆尽的时候，附近不知哪里飘来的手抓羊肉的味道越来越浓，在秀色可餐的景色面前，我们的肚子也实在抗不住了。我们决定解决吃饭的问题。

夜色虽然开始降临，却降不低人们脸上的热情。大昭寺门前的两只大狗，它们依旧悠然自得地躺在那儿，在来往人群中，半眯着慵懒平静的眼睛。

我们走进友谊商店附近一个藏味十足的小酒吧，准备用餐。它是一位热爱拉萨的四川人经营的，里面装饰颇具藏族风情。我们喝着啤酒为这顿晚餐拉开帷幕。此时，房间一角的一台电视机正在播放中央电视台的新闻联播节目。当时拉萨还不能收到北京台的节目，因此中央台就是北京台的感觉很强烈。在这里见到北京的东西，心情那份亲切简直无法形容，好像在国外见到中国的亲人那种感觉。

吃过饭后，我们决定先走一段路再坐车回住所，以便能够第一次感觉一下拉萨的夜晚。不一会儿，我们就来到一条开夜市的路。只见路边那些小小的冷饮店、茶肆和露天的饮食店，都是藏族风味十足。空气中弥漫着淡淡的烤羊肉和酥油的气味。此时我们才感觉到拉萨空气虽然稀薄但有一种舒缓轻盈的味道。但那个时候由于拉萨的开放程度还远不能与今天相比，夜幕降临后，拉萨市大部分地区基本上是静悄悄的，晚间生活比较繁华的地方也就集中在朵森格路和北京中路到北京西路之间的区政府招待所到西藏宾馆、假日饭店那一段。说繁华也不过有几个烧烤小吃摊位和咖啡厅、藏菜馆、酒吧、茶馆而已，哪能和今天拉萨的夜生活相比啊。

我们沿着朵森格路走了一段之后，缺氧的感觉可能由于劳累的关系更加强烈，于是我们便又乘坐人力车像来时那样返回到了住处。我们决定次日晚上再到北京路那边看看。

剩下的一段路上，我看着远近建筑物窗户里漏出来的点点灯光，心想：拉萨是美的，拉萨的夜晚因宁静更加美丽！

月亮高挂，这里的星星要比北京的夜空中的星星多多了。

藏族村落

逛罗布林卡

太阳照在拉萨河上
碧波荡漾在欢乐的家乡
微微的涟漪里诞生着爱情
甜美的船里正在歌唱
在白云与蓝天之间
游戏的人们如在梦中
在金色的阳光下欢娱遐想
这里没有懒散
休闲安逸永远是家常
拉萨河畔的乐土
你啊像大海一样宽广
在风平浪静的浩瀚里
我愿永远躺在你的胸膛里

——献给美丽的雪顿节

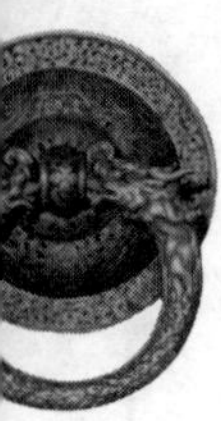

我们到达拉萨的那几天，正赶上是藏族人民的传统节日——雪顿节期间。一来为了让我们感受藏族人民如何欢度自己的喜庆日子，从中真实地体验西藏的文化；同时也为了减轻我们的高原反应，主人特意不让我们再调整休息，在第三天一早就把我们带到拉萨最大的公园——罗布林卡。据主人讲，由于这里植物茂密，光合作用强烈，每年夏天，空气含氧量要远远高于拉萨的其他地方。

这天早晨，我们从西藏人民出版社门口乘上一辆农用卡车。来到罗布林卡门口时，只见门外人山人海，人们络绎不绝地依次进入大门内。从人们的穿着服饰看，有生活在拉萨和西藏其他地区的各族群众、有到此旅游的国内外宾客。相比之下，居住拉萨的藏族群众他们的服饰最为讲究、打扮也最为精心。因为这毕竟是在家门口过藏族的传统节日呀。按照规定，拉萨全市的职工干部一律放假7天。这7天里，他们可以载歌载舞、饮酒聚会，以尽情欢娱。当然，首选的方式就是“过林卡”。罗布林卡是拉萨城内最主要的“过林卡”之地。

罗布林卡的围墙

罗布林卡藏语意为“宝贝公园”，位于拉萨市西郊，以前一直是达赖喇嘛的夏宫，现在则作为对公众开放的园林，也叫人民公园。罗布林卡一带原为灌木林，是拉萨河故道经过的地方。这里河道曲回，水流平缓。夏日时分，鲜花芳草和松柏垂柳异常茂密，空气中含氧量大增，景色更是秀美宜人。

达赖夏宫顶上的飞檐

当年七世达赖格桑嘉措在哲蚌寺学经期间，时常到此搭帐消夏。七世达赖参政后，当时的驻藏大臣秉承清廷旨意，在这里为他修建了乌尧颇章(帐篷宫)。这就是罗布林卡成为达赖喇嘛夏宫之前的情况。等到七世达赖晚年时又在附近修建了格桑颇章，并为这里起名“罗布林卡”。后来，经过清朝皇帝世宗批准，七世达赖每年夏季在格桑颇章处理政务。从此，罗布林卡才正式由疗养地演变为处理政教事务的夏宫。以后的历代达赖均在每年的藏历三月十八日从布达拉宫移居罗布林卡，至藏历九十月之交再返回布达拉宫。每一个亲政之前的达赖则常年在此学习佛教经典和有关治理天下的知识。

达赖夏宫顶上的人面兽身金刚像

罗布林卡全园占地约36万平方米，分为宫区、宫前区、森林区3个部分。森林占地一半，是西藏最富特色的园林。

曾是贵族的老阿妈

罗布林卡的建造过程，以七世达赖兴建乌尧颇章为始，十四世达赖修建达旦米文颇章为止，历时二百余年。在此期间，大规模的兴建活动有两次，一次在八世达赖期间，另一次是十三世达赖期间。八世达赖时期扩建了辩经台、观戏楼、湖心宫、龙王宫、阅经室等，明显具有了园林建筑的特点。十三世达赖对罗布林卡的扩建活动，主要是辟建金色林卡，在园林西部修建金色颇章和格桑德吉等建筑。

我们跟随主人，与成千上万欢度节日的各族群众一道，边参观林卡内的各种宫殿建筑，边听着主人的详细介绍。同时还深切地感受着藏族人民对自己美好理想的追求和希冀，对幸福生活的热爱与向往。看着他们满脸洋溢着的幸福微笑，我发自内心地感到，勤劳勇敢而又历经千辛万苦的藏族人民是非常可爱的民族，她同我们汉族真正是一家人！他们诚实坦白的美好品德不就像是我山西和山东老家的乡亲们吗？！夹在无数的藏族群众中间，我们不由自主地同他们一样，在一尊尊佛像和尊位前，顶礼膜拜真

与老阿妈合影

心祈福。

罗布林卡内最吸引我们的是新宫壁画。新宫是个两层的木结构建筑，宫内壁画详细介绍了西藏历史的发展。最具代表的画面表现了猕猴变人的传说、松赞干布和赤松德赞的生平、五世和十三世达赖赴北京晋见清朝皇帝等。壁画共计301幅，它构成了一部生动形象的史诗。

七世达赖的宫殿格桑颇章则是一座三层楼房的典型藏式建筑。一楼的房间用于宗教仪式和接待来客，二、三楼则是卧室和经房。房间内墙上皆是壁画。

建于1922年的十三世达赖宫殿称作金色颇章。它是由一位名叫金色坎布的富人专为十三世达赖修建的，现称为“金色宫殿”。

格桑德吉则是一座小型建筑，里面供奉着释迦牟尼、观音等雕像和画像。

在罗布林卡中，最美丽的地方是湖心宫。这组建筑包括湖心宫和龙王宫。据说达赖喇嘛当年常在位于湖畔的湖心宫会见和宴请僧俗官员。试想，在碧波荡漾的湖边听着音乐看着藏戏，与宾客们享用着美酒佳肴的达赖是何等的逍遥与雍容啊，尤其在生活环境并不理想的高原！那真是杯中一滴酒，农奴一家泪啊！观赏着园中的宫殿、亭台池榭、经堂、正副经师堂、噶厦、泽仓、车德列空、则尼尔仓等，不仅对藏族统治阶层的兴衰历史发出由衷的感叹，“舞榭歌台总被雨打风吹去！”

置身罗布林卡，听

罗布林卡内圈地而坐的狂欢家庭

达赖夏宫顶上的宝幢

达赖夏宫顶上的镀金法轮和神鹿

主人讲述最多和印象最深的还是有关雪顿节的话题。那天是雪顿节第二天，来自拉萨娘热乡的藏戏团在罗布林卡为欢度节日的藏族群众演出八大藏戏之一的《诺桑法王》。主人的讲述就是从观戏开始的。

在藏语中，“雪”是酸奶子的意思，“顿”是宴的意思，“雪顿”节就是吃酸奶的节日。雪顿节的由来，可以追溯到公元17世纪以前，那时雪顿节是一种纯宗教活动。藏传佛教格鲁派（黄教）祖师宗喀巴为僧徒制定了一条夏安居制度，即僧徒在夏季只准在室内修习，不许到户外活动。因为夏季是高原上各种生物最活跃的季节，以免无意杀生。这种禁戒要持续到藏历6月底7月初。到开禁的日子，僧徒纷纷出寺下山，除享受世俗百姓施舍的酸奶子佳宴外，还要尽情玩乐。17世纪中叶，清朝皇帝正式册封五世达赖和四世班禅。据五世达赖的旨意，“雪顿”活动增加了在罗布林卡演出藏戏的内容，并且允许百姓入园看戏。这样，雪顿节便逐渐成为一年一度的群众性节日。由于雪顿节的主要内容逐渐演化为藏戏演出，所以又被称为藏戏节。

在耳闻目睹中，我逐渐了解到藏族人民是非常喜欢过林卡的。每逢雪顿节的前七天，人们或集体或一家人，拿上绳子或石灰在林卡的草坪上围上一圈，意为此地已被占据。这几天的每天上午从早晨开始，人们便纷纷来到林卡内，搭起色彩斑斓的帐篷，在地上铺上卡垫、地毯，摆上各种酒和饮料、菜肴等节日食品。生活困难的也要备上低廉的酒、酥油茶和糌粑之类的藏食。

一连几天内，我们在挺拔的白杨树和高耸的松柏树下，在绿茵茵的草地上和美丽的湖边河畔，都可见到身着艳丽服装的藏族群众，或合家或约请亲友，人们三五成群，在帐篷内狂歌畅饮，同时还玩耍诸如藏棋、藏牌等游戏。跳舞、唱歌更是他们抒发情感的主要方式。自娱自乐的情景随处可见。商贩们也乘机把各种货物和节日食品运到林卡内，摆摊设棚，供应游人。下午，各家开始串幕做客，主人向客人敬三口一杯的“标准聂达”酒，在劝酒时，唱起不同曲调的酒歌，各帐篷内，相互敬酒，十分热闹。

在西藏一年一度的传统节日——雪顿节期间，每年拉萨还要举行哲蚌寺晒佛、藏戏演出、文艺汇演以及商品展销等活动。全藏各地群众只要想在这一天到拉萨，他们就会背上行囊，爬山涉水，一路化缘，几千里地也在所不辞地奔向他们心中的圣地。我们眼前就有无数个从千百公里之外赶来过节的藏族农牧民群众。他们虽然脸上挂着征尘和劳顿，但面对佛祖、高僧和欢乐的人群，他们依然开心地微笑着，尽管他们的肚子可能已经没有什么消化物，身上也并没有什么钱币，还不知道一会儿怎么弄到吃的。可能他们在想，酸奶的节日一定不会饿肚子的吧。

老奶奶

树上的挂物

游龙王潭

音乐将冰融化为水
使水在大地上流淌不断
地球上最原始的根源
陪伴我们直到永远
她和你先后来到我的眼前
这里是你们发出音乐的家园
无处不在的五线谱
无数条河流与你相连
大家都是宇宙地球之子
为何伴着光阴进行欺诈屠阉
曾经淌下多少血泪
也不知有过多少离合悲欢
不管家园还会旋转多久
音乐和水还会流转向前

——龙王潭畔遐想

到拉萨的第四天下午，我们离开住所的大院门口，向西步行了大约15分钟便到了位于布达拉宫所在的红山之阴（背面）的龙王潭。当年的龙王潭并没有开辟成像今天这样的规模，但那时已经成为拉萨人休闲的主要场所了。就我的目测，整个龙王潭景区方圆大概有天安门广场那么大。因在雪顿节期间，这里的人很多。草地上、湖水旁、亭台里，到处是藏族群众。许多藏族家庭甚至全家出动，在草地上搭起布棚，围起围栏，铺上卡垫，摆齐吃喝食品，整日在那里享受阳光和清新的空气。当我们进入到这欢乐的海洋时，眼前的藏族男女就在跳舞，耳边回荡着悠扬高亢的藏族歌曲。

我们的拉萨朋友早就告诉我，龙王潭是拉萨人最喜欢的娱乐休闲地，来到这里喝了一杯酥油茶之后，更能够充分体会到龙王潭对于拉萨人意味着什么。

龙王潭藏名鲁康，也叫龙王塘，初建于传奇人物六世达赖仓央嘉措时期。初建时期，六世达赖仓央嘉措在湖心建了一座三层八角的琉璃亭，经常到此游乐休息。

关于龙王潭的来历我曾经听到过一个神秘的传说。置身于草木青翠的龙王潭，不禁让我想起那个故事来。

龙王潭内巨大的遮阳篷

想当年，莲花生大师抛弃了至高无上的王位继承权，

藏戏

毅然在印度的坟地里苦修密法。在那里他目睹了一切形态的尸体与鬼怪。在月光之下，面对这些阴森恐怖的一切，他作到了寂静，那些张牙舞爪的魔怪丝毫无法撼动他的真如觉悟。

取得这样的修炼大成后，大师接受了立志恢复佛教的西藏人的邀请，来到雪域高原。凭着自己修成的挟宝剑飞行、飞速行走、眼药（眼上涂上特殊药物，可透视千里之遥）、土行、可摄取物质能量的金丹功、隐身术、长生术、灭病术等八种成就和大无畏的勇气与大慈悲的精神，他决心在高原弘扬佛法。

但是，无所不能的大师却在拉萨，遇到了墨竹龙女的挑战。大师战胜过阿里的苯教战神木赞梅；降伏了绒果茹以岗盖玛为首的十二地母；收服了雅拉香波山神所幻化的白牦牛……

可是没想到墨竹龙女与他曾经收服过的一切鬼神都不同：她美丽而多情，能以自己的魅力，构筑起佛法无法摧毁的世界。

与这个极其诱惑的墨竹龙女搏斗了三天三夜之后，精神疲惫的大师开始后悔自己的选择：墨竹龙女只不过与一个王子进行两情欢娱而已，为什么自己对他们要“降妖除魔”呢？

莲花生大师竭力保持着禅定，他继续挥舞着金刚宝杵与龙女搏斗。龙女令脚下的潭水灼热沸腾，她要熔化一切阻挡

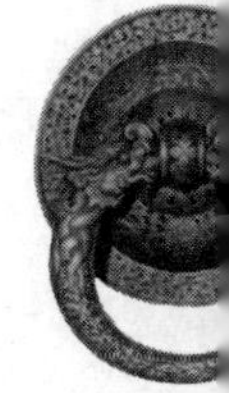

表演藏族口传文学的艺人

她快乐的敌人。但大师的金刚慧眼，还是识破了龙女在霓裳玉貌后所隐藏的危机，他精神振奋，鼓足神力，用金刚杵抵挡。

这场身心的激战持续到五天五夜的时候，大师几乎丧失取胜的信念。就在大师准备放手而去的时候，墨竹龙女终于重重地跌落到地面，跪在禅定了的大师跟前，泪流满面地恳请大师成全她与王子的婚姻。大师惊疑地答应了龙女的恳求。龙女现出龙的原形，让大师将她彻底变为人身。

但由于连日鏖战的疲惫，大师仅仅使龙女的上半身变为人形，下半身仍为龙尾。

表演跳鬼的人

这样的结果是无法挽回的。不久，莲花生大师返回天竺，而悲叹自己最终未能成人的龙女从此便停留在布达拉宫后，掘地成潭而居。为了报复人间的不公，她便时常化作龙形魔怪兴风作浪。

这就是龙王潭形成的传说。但是，传说终究是人们对于未知事物寄托的美好期望而已。当年六世达赖仓央嘉措，大概就是因为在这一点上同情墨竹

表演藏戏的藏族少女

龙女，所以他才从龙女的故乡墨竹工卡请来了龙神的塑像，供奉在龙王潭心小岛上阁楼中。他绝对没想到，今天的龙王潭一带已被修建成一座大型公园。

我们登上阁楼，望着草地上潭水边欢声笑语的人群，那些两情相乐互相爱抚的青年男女，心中不禁发出由衷的感叹。物是人非，即使莲花生大师在世，恐怕他也想不到西藏会发生如此天翻地覆的变化吧。

龙王潭的那潭水，东西长207米，南北宽约112米，呈长方形。水潭其实是由于修建布达拉宫时，在这里大量取土而形成的大坑经过多年的积水和自身地下涌泉而成。它之所以叫做龙王潭，就是因为传说六世达赖仓央嘉措从墨竹工卡迎请墨竹赛钦和八龙供奉在潭中之故。潭中的圆形小岛，直径约42米。岛上按照佛教仪规中的坛城样式建造了楼阁。小岛经一座五孔石拱桥与潭外相连。

龙王潭景区绕布达拉的山势随形布局，四周用围墙圈起。围墙东西长610米，南北最宽处303米，最窄处20.5米。东南各开有了一个门，供人们自由出入。

沿龙王潭和布达拉宫之间还有一条小路，可通往环绕布达拉宫的转经道。在这条路上，可经过几处摆着转经筒的亭子，以及壁画、玛尼石。转经路的起点入口在布达拉宫东侧的宗角禄康菜市场，出口在布达拉宫的西侧。

拉萨小景

目睹晒佛

我用我的眼神向你致敬
你用你的圣尊为我祝福
愿把无限希冀留在空中
普天之下莫非佛土
率土之滨莫非佛臣
天下的美酒向你举起
啜饮一口心神甘爽
众神欢呼佛祖显灵
我心挚诚胜过洁白哈达
摒弃荣誉和钱财
只为大众安康永驻
五彩长巾抛向空中
漫天花朵艳吐芬芳
祈求幸福万世辉煌

——观晒佛有感

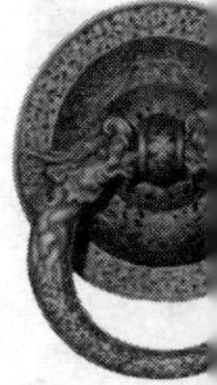

听主人介绍，哲蚌寺晒佛是雪顿节期间一项主要的佛事活动。届时，哲蚌寺附近的一面山坡将被一幅巨大的释加牟尼佛像覆盖，附近山坡凡是能够站人的地方，都会被成千上万的喇嘛、信教群众和观光游客占满，场面十分壮观。

为了能够实地目睹整个晒佛的过程，也为了能够占据比较好的地势位置，在主人的带领下，我们在凌晨天还黑的时候就出发了。坐在手扶拖拉机上，经过大约半个多小时的行程，我们来到了位于哲蚌寺附近举行晒佛活动的地方。这里完全是山野之地，周围一片漆黑，真是伸手不见五指。我不清楚自己究竟在什么地方，两眼不停地往前寻找着什么可以充当参照的物体，但却什么也看不见。不久，我才清晰地感觉到旁人沉重的呼吸声和由于呼吸急促而拉长的谈话声。于是，我努力地追寻着他们的声响随着其他人往高坡上走。在行进中(其实是爬行)，只觉得土和碎石从脚下不停地往下滑动。我们就这样在黑暗中攀登着，同时大口大口地喘着粗气。

走着走着，前面的人群逐渐地停了下来。我们也累得赶忙坐在地上，抓紧时间喘口气。拉萨由于昼夜温差很大，凌晨的山地温度接近零度，坐在上面感觉好像是坐在一块平整的冰块上一样。但缺氧带来的疲劳早已胜过冰凉的不适，我们依旧坐在地上不以为然。心想，太阳一出来就会暖和的。此时，仰望苍天，寥廓的星空中，只有稀疏的一些星星在眨着眼睛嘲弄我们。偶尔还能看到流星划过天际产生的光线。我忽然对茫茫宇宙产生了无限的迷惑与崇敬之情。

天渐渐地有些发亮了，这时我们终于看清我们呼出的那些气体在眼前变成白色的雾汽，有些甚至凝结成霜挂在鼻尖

桑烟缭绕的晒佛现场

上。我发现，在我们前后，无数的人似乎都在往同一个地方聚拢。我们也看清了对面是一座不算十分高大的山，它的山坡非常平整开阔，隐约可以见到临时搭起的简易支架。那大概就是晒佛的地方吧。

虔诚的藏民为什么对佛教那么痴迷，为什么许多藏民头天晚上就露宿山头、路边等待着大佛在阳光下显现。我想，在神秘的雪域高原，在这世界的顶峰和边缘之上，只有洁白的心灵才能与蔚蓝的天空共存，也只有远离狡诈欺骗的善良纯朴之人，才能把自己全部的精神崇拜和对智慧的渴求奉献出来。我对他们肃然起敬，没有理由不这样！眼前的人和景物是庄严与美丽的，它可以使人产生无穷无尽的联想和期待。

很久很久以前的这一天，勤劳善良的藏族男女老少们提着盛满酸奶的罐子纷纷来到各个寺庙或是在高山上的山洞，将酸奶送给闭门苦苦修炼的亲人。然后，再把一年来深藏庙中的巨大毛织佛像搬出来挂在阳光下接受天光的沐浴，以此也让佛光普照大众，给人们带来好运。在这一天，除了“晒佛”还要跳藏戏，还要进行一系列的法事活动。年复一年的这项活动的确也给生活在高原环境中的藏族人民带来了不尽的欢乐。

天边的星光渐渐暗淡下去，太阳即将升起。我这时才发现我们几个人正坐在山坡上的一块平地上，那其实是一块巨大的岩石，难怪刚才觉得那么冰凉呢。我们往下一看，这里距坡底大约有几百米远，即便相对高度也有100米以上，而且山的坡度也有四五十度。刚才爬山的时候因为天黑看不清，所以没觉得有这么高这么陡。现在看清后，心里才觉得有些后怕，如果稍一闪失，就会滚到山下，后果难以预料。但是担心归担心，等我们看到漫山遍野都是来此观佛的人群时，什么危险啊统统丢到一边去了。

这时，不远处的建筑中忽然升起一股白烟。主人说这是寺里的僧人做早饭的炊烟。随着第一道炊烟的升起，天开始大亮了起来。远远望去，只见寺庙里开始有身穿红衣的僧人来回走动，他们似乎在忙碌着什么。我仿佛也闻到了这几天常喝的酥油茶的味道。天越来越亮，主人开始给我们分配早餐——每人一个牦牛肉夹烧饼（完全是汉族吃法）和一杯酥油茶。直到这时我们才发现，这些东西都是主人连背带提地带到山上来的。我们内心里一阵感动，不知说什么好。主人

身上那种藏族同胞的热情诚恳和吃苦耐劳精神直到今日回想起来，还令我心潮起伏。

不久，哲蚌寺寺顶上挂着的象征蓝天、白云、红火、绿水和黄土的五色经幡（藏族的天地组成五色象征与中原文化的天地五色象征完全不同）的鲜艳颜色映入眼帘。此时，朝霞在东边红得像一团火焰，远远看见寺中的男女僧人们正把一些草拢在一起点燃，呛人的烟气很快传到我们这里，味道有些刺鼻。这时，只见山下的信徒们开始诵经。

又过了一会儿，远处僧人们排好队，整齐地向对面山上走去。深红色的袈裟，杏黄色的高帽十分耀眼。到底有多少僧人我也不知道，反正成群结队地来来往往走个不停。从远处望去，在灰白色的石头山的衬托下，他们就像一条长着金鳍的红色巨龙飞舞在蓝天白云下。忽然，眼前出现一队抬着

抛满白色哈达的大佛像

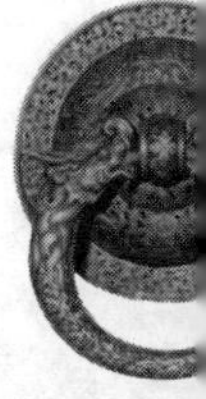

一条长长的卷成长筒的唐卡——巨大的释加牟尼坐像。这便是要在太阳下发出佛光的圣物。

唐卡是藏族传统的手工艺品，它与天珠、藏药并称西藏三宝。三十二代藏王松赞干布迎娶唐朝的文成公主后，将中原的纺织技术、刺绣工艺和赤尊公主从尼泊尔带来的绘画工艺融合起来，逐渐形成西藏特有的手工艺术——唐卡艺术。后来逐渐地又成为表现佛教内容的主要装饰品。巨大的佛像往往绘在唐卡上。眼前的僧人们抬着的就是西藏最大的一幅唐卡佛像。现在，一位喇嘛（高僧才称作喇嘛，意思是上师、高师）正在用高声的诵经声伴着唐卡缓缓前行。

片刻后，像是预先约定的一样，满山遍野的藏族群众忽然纷纷将许多五彩的、写有经文的正方形纸片撒向空中。主人告诉我，这些彩色纸片叫风马旗。人们撒风马旗是为了表达美好愿望，他们要向佛祖祈求来年风调雨顺。

这些彩色的纸片像漫天飞舞的花朵，随着微风飘荡在晴朗的空中。穿着红色袈裟的号手们吹响阵阵法号。这时，抬着唐卡佛像的僧人走过聚集的人群，走向对面山头。附近的人群涌向僧人的队伍，同时不停地向空中抛撒着风马旗。也有一群群的人向唐卡献上洁白的哈达。望着那一张张激动与迷醉的面庞，使我感到眼前的情景就像是神话中所描写的那样：佛祖圣地，在永恒的力量感召下，众生被超度的情景。从此以后，他们所经受的苦难、折磨不复存在。他们的灵魂正在得到升华和解脱。

人山人海的场面

红色的长龙继续往山上移动，我发现其中的一些红衣人已经留在了山脚下。当队伍走到山顶时，他们停了下来，并用绳子把一块巨大的白布挂在平滑宽阔的斜坡上，主人说这个山坡就是“展佛台”。这时，所有的人不知是受什么人的带动，一齐欢呼起来。我们也欢呼着。顿时，空中的风马旗又像花瓣般飞舞起来，一时间人们仿佛置身在一片花的海洋之中。这时我四处张望，看到的是人们在谈笑、在念经，整个天地都沉浸在神圣和欢乐的氛围中。

太阳已经出来了，那种特殊的草被燃烧后散发浓烟缭绕着升向苍穹。一声低沉浑厚的法号声向人们宣布晒佛开始了！只见号声中，人们开始欢呼雀跃。在山头上守着唐卡大佛像的僧人拉紧系住唐卡的绳子，而山下的僧人同时把唐卡往上送，十几分钟后，巨幅唐卡释迦牟尼佛祖像全部打开。人们看到，释迦牟尼佛祖，慈眉善目，面容清秀，栩栩如生。据主人介绍，这幅唐卡是用矿石作颜料描绘的，它可以五百年不退色。

金灿灿的阳光照射在唐卡上，它使唐卡的颜色更加鲜明。这时，山上山下的所有法号一起吹响，不同级别的僧人包括喇嘛、沙弥、比丘等聚在一起，高声诵念祈祷。在缭绕的烟雾中，虔诚的朝圣者们，争先恐后地挤过人群，来到佛陀像的跟前，用激动得微微颤抖的双手捧起一条条洁白的哈达，献给佛祖，然后用期盼的目光长久地凝望着佛祖，祈求佛祖解救他们脱离苦海，早日成佛。他们五体投地全身趴在佛像前，额头碰在佛陀像的边缘，默默地祈祷……

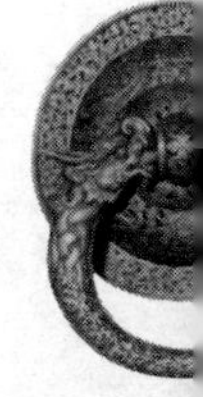

大约上午10点钟，我们开始下山。这时，依旧有成群的慕佛者身着藏族节日盛装，如潮般涌来。山路两旁寻求布施的人如同夹道欢迎（或欢送）的人，伸着手接受着任何人的钱币，他们以一种理所当然的神态微笑着。在他们看来，他们的言行正是为了使布施者履行对佛的诺言，同时也是帮助他们挣功德，让他们早日走近佛国。我们也将早已准备好的“布施”一一放到他们的手里。其实，这些人只有极少数是乞丐，而大多数都是寺里的僧人等。我们身边的藏民们手中拿着的基本上都是以一角为单位的纸币，他们非常认真地分发着，是那样的虔诚，就像是在完成一项重要的工作。

不久，我们穿过人群来到山下。在我们耳畔，法号的鸣响和念诵佛经的声音回荡在山谷间，悠远嘹亮。西藏，这个被世人当作离天最近的地方，就这样变换着她的美丽，让人为她魂牵梦绕。《金刚经》云：“是人行邪道，不能见如来。”山冈上的那些人，他们在用最纯洁、最透明的心面对如来。他们勤劳善良、不懂名利、无凡无俗地生活着，直到永远。观晒佛后，我对西藏的美丽和遗憾有了一层更加深刻的认识，我就是从那时开始，与西藏和佛教的问题有了一种难解难分的关系。

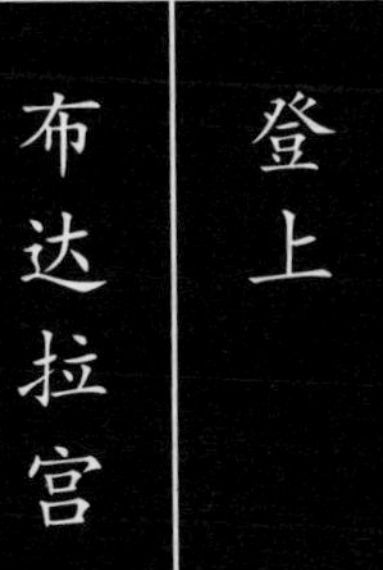

登上布达拉宫

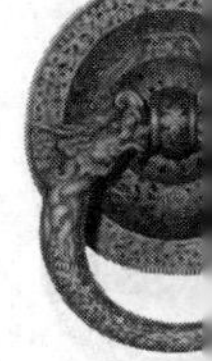

一抹彩虹跨向天边
没有风没有雨
亘古的宏伟辉煌
金光灿烂照耀寰宇群峰
芸芸众生匍匐前行
盼望佛陀哪怕瞬间悠然显现
清爽的空气中绽开娇艳玫瑰
红墙金顶露出粲然的笑容
白云在晴空万里中欢愉地放歌
山峰和山峰相拥而舞
于是
我抽出一条洁白的长练
当空挥舞

——爬上布达拉宫

雄伟的布达拉宫在蓝天白云衬托下，显得更加神奇

在朝阳的涂抹之中，最为耀眼的红白色块将鎏金宝幢托举向天空。每位仰视者不得不眯起眼睛去翻看那沉重的历史。我们沿着巨石铺就的层层阶梯拾级而上，美丽的布达拉宫逐渐走到我们的脚下。

但是，它经过了虔诚的匍匐……

布达拉宫不仅是一个象征，更是一个奇迹。

矗立在拉萨市区中心红山上的布达拉宫，不仅是拉萨，而且是西藏的标志。完全可以这样肯定地说，登上“世界屋脊”的人，如果没有去过布达拉宫，他还是等于没有到过西藏。

这座世界上最为著名的佛教建筑，被称为地球上最高的宫殿。它共13层，高117.19米，东西长约360余米，南北宽270米，面积13万平方米。相传，藏族吐蕃王松赞干布好善信佛，迁都拉萨后，经常在拉萨近旁的山上诵经祈祷，给这座山取名为“布达拉”。“布达拉”是梵语音译，译作“普陀罗”或“普陀”，原指观音菩萨所居之处。

公元641年松赞干布迎娶唐朝文成公主后，欣喜之余，为公主造了布达拉宫。当年所建的布达拉宫高9层，共有999间宫室，加山上修行室共1000间，堂皇壮丽。然而1000年中，布达拉宫饱受雷、电、战火劫难，历尽沧桑，破败不堪，仅存法王洞和主殿帕巴拉康。

而史料上也确实记载了吐蕃英主松赞干布因迎娶大唐宗室文成公主，而“别建宫室，以居公主”，遂选址在红山之顶的这个史实。应该说，这就是布达拉宫诞生的过程。但布达拉宫真正开始进行大规模的建设，则是在1000余年后的公元1645年。当时，五世达赖喇嘛令第巴·索南饶丹主持这项浩大的工程，但经过8年的艰苦建设也只建成了白宫部分。公元1653年，五世达赖喇嘛自哲蚌寺甘丹颇章迁居布达拉宫。

直到1690年，布达拉宫才继续由第巴·桑结嘉措负责经营，调集全藏人力、物力开始建造红宫部分。经过3年的修建，红宫终于1693年建成。

从我们亲身的所见所闻可知，在西藏所有的宫堡式建筑中，布达拉宫是最令人叹为观止的。它不但拔地而起，依山而建，而且宫内有大小殿堂上千座，总建筑面积约13万平方米。远远望去，鳞次栉比的梵宫玉殿由红山南麓蜿蜒而上，壁立辉煌。它居高临下，气势巍峨，即使远在十几公里之外也能看清它的宏伟身姿。“布达拉”正像它的梵文意思“普陀罗”（意喻佛教胜地普陀山）那样，真是佛所在的地方啊！

现在，为了不和南海普陀山相混淆，布达拉宫也有“第二殊胜普陀山”的美誉。

布达拉宫的整个建筑分为白宫和红宫两部分。就其功能来看主要也分成两大部分，白宫是达赖喇嘛生活起居和政治活动的地方，红宫则是历代达赖喇嘛的灵塔和各类佛殿。

始建于1645年的白宫，以松赞干布时原有的观音堂为中心，沿东西修建有巨大的殿宇群。整个殿宇的墙面均被涂成白色，远远望去，分外醒目，故称之为“白宫”。白宫高7层，位于第4层中央的“措木钦厦”(也叫东有寂圆满大殿，简称东大殿）面积717平方米，由48根大柱支撑，历代达赖喇嘛均在此举行坐床、亲政大典等重大宗教和政治活动。第五、六两层是摄政办公和生活用房。最高的一层(第7层)是达赖喇嘛冬宫，这里采光面积很大，从早到晚，阳光灿烂，俗称“日光殿”。殿内陈设豪华、金盆玉碗，珠光宝气，显示出主人高贵的地位。宫殿外，有一个宽大的阳台，从这里可以俯视整个拉萨城。远处是起伏连绵的群山，美丽的拉萨河宛如一条缎带，从天边飘来。近处是片片田陇阡陌，绿树村舍，还有古老的大昭寺金碧辉煌的金顶。

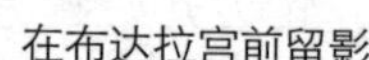

在布达拉宫前留影

于1690年兴建的红宫，则是在清中央

政府康熙帝的旨意下调集了内地114名汉、满、蒙工匠的参与下，精心扩建而成的浩大建筑群。它的主体建筑主要有8座存放各世达赖喇嘛法体的灵塔。

红宫中最大的殿堂也是整个布达拉宫最大的殿堂“司西平措”大殿(简称西大殿)。大殿内正中上方高悬乾隆所赐“涌莲初地”匾额，设有达赖喇嘛宝座。殿中还存有清康熙帝赠送的大型锦帐一对，是布达拉宫的珍宝之一。

布达拉宫内部精美豪华的装饰一方面是藏族艺术的宝库，另一方面也折射出旧西藏贵族与占人口95%以上的农奴之间的巨大差别。

由于红宫主要功用在于宗教活动和灵塔祭祀，而白宫则为达赖喇嘛的居住和进行政务，两宫在色彩形式上又用红白两色加以区别，形象地体现了旧西藏政教合一的社会特征。自从白宫落成后，五世达赖喇嘛即由哲蚌寺移居这里，一直到他去世。此后的历代达赖喇嘛都将布达拉宫作为自己居住和进行宗教活动的地方，这里理所当然成为喇嘛及信教群众顶礼膜拜的圣地。

据陪同我们的活佛朋友介绍，布达拉宫作为西藏“政教合一”政权的中心其历史有300余年。因此它收藏保存着极为丰富的历史文物和工艺品，是名副其实的西藏历史文化艺术博物馆。其中5万多平方米色彩鲜艳、人物形象栩栩如生的壁画便是布达拉宫的一绝。宫内壁画可分为4类：宗教故事，风俗民情，人物传记，历史事件。

值得一提的是，就连布达拉宫历史上扩建的情景也被壁画生动地记录下来。此外，文成公主进藏的壁画位置十分突出，表明公元7世纪汉藏两民族和睦相处的重要史实。另外，西大殿一侧墙装饰的1652年五世达赖进京觐见顺治皇帝的壁画、十三世达赖灵塔殿内壁绘的十三世达赖赴京觐见光绪皇帝和慈禧太后的场面等，都一再强调西藏与中央政府的密切关系。

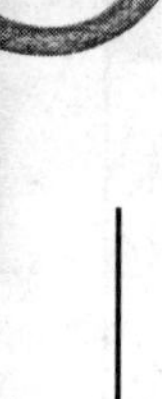

宫中珍藏的近千座佛塔、上万座塑像、大量的唐卡以及贝叶经、丹珠尔经等珍贵文物典籍，都是西藏文化中的无价之宝。历史上表明西藏地方政府与中央政府关系密切的明清两朝皇帝封赐达赖喇嘛的金册、金印、玉印、诰命等也珍藏在宫中。应该说，这些实物正是一个多民族统一国家的历史见证。此外，布达拉宫中还珍藏有许多华美精致的卡垫、华盖、法器、帐幔、锦锻、金银器皿，瓷器和石器等。完全可以断定，布达拉宫独特的文物珍藏量是举世无双的。

在参观中，我还从宫殿的斗拱结构、雕花梁架、殿顶藻井及外饰龙头鳌角等方面明显地看出，汉族建筑风格对其的巨大影响。这也说明，前后两次兴建布达拉宫时，唐朝和清朝政府都曾派遣过大批内地工匠赴藏协助参与设计和修建。1988年，中央国务院也拨出专款4000多万元对布达拉宫进行全面维修，历时五年，至1994年才胜利竣工，这就是我们今日所见的布达拉宫。

记得那天，我们站在拉萨市中心的广场上仰望布达拉宫，内心感到十分的空寥和激动。望着从颜色上分为两大部分的宫殿，红在当中，白在两翼——红白两宫，我们了解到白宫里外如一都是7层，而红宫则外表为13层，实则9层，其余4层为装饰用的假窗。

现在当我开始写下关于西藏关于拉萨的记忆的时候，回想起来，我们当时真是怀着一种急于要登上这座“第二殊胜普陀山”探密的心情，开始这次参观的。

布达拉宫的背面

那天早晨，我们沿着“之”字形由巨大石块垒起来的石梯蜿蜒而上，首先到达了画着巨幅壁画的彭措多朗大门（东大门）。需要时，此门用整棵树干做成的巨大门闩把守。进入大门，要经过一条曲折而狭窄幽暗的过道。此处完全通过墙洞来采集光线照明。借助墙洞，能够看到厚达数米的宫墙，墙基深入山体岩层。据说为了坚固牢靠起见，部分墙体的夹层内还灌注了大量铁汁。

经过进宫门道，一个宽阔平坦的大平台首先展现在灿烂的阳光之下。它就是“德阳厦”，是从前供达赖喇嘛及高级僧俗官员观看跳神舞表演的地方，此处位于山腰中部，也就是红山的相对高度70米处，面积约1600平方米，地面由西藏特有的阿嘎土夯打而成。据说当年只有四品以上的僧俗官员才能踏足。在每年一度的“古多尔节”（跳神节，每年藏历十二月二十九日），德阳厦与仁乃贡萨殿都会举行跳神法会。

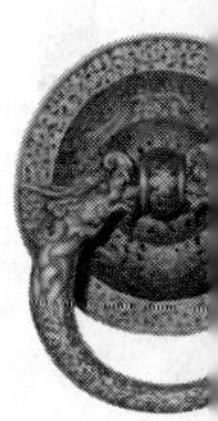

由于我们这次在拉萨期间，正赶上布达拉宫正在进行维修。因此当我们登上这座宏伟的殿堂之后，经常能够见到那些施工的场面和一群群正在劳动的藏族男女。尽管施工会给参观带来许多不便，有些殿室也由于施工不能进入，但是我们因此却见识到了更多的东西。比如布达拉宫的建筑结构情况、壁画的绘制方法、藏式木器的雕琢过程以及富有藏族民族传统的阿嘎地面的夯打方法等。印象特别深的就是阿嘎地面的夯打场面。

记得就是在德阳厦广场附近的一个平台上，当时足足有五六十位藏族男女。他们穿着自家的日常旧衣服，带着手套和草帽。每个人手里拿着一根由一条长杆与一块或石质或铁质的大圆砣构成的夯子，整齐地排成几排，口中唱着助力歌，举起放下，不停地夯打着地面。还有人同时往地面上洒水、涂抹一种类似油漆类的液体。这种近乎原始的劳动场面极富想像力，使我们仿佛看到了我们的祖先们早期劳作的一个画面。布达拉宫的维修为了达到保持文物原来风貌的效果，专门采用了这种古老的施工方法。没想到的是，我们还能有幸亲眼目睹藏族文化中的这种很地道的内容。这可能是一个好的开头，以致在以后的那些天里我们能够更加深入地了解到许多陌生的东西。

德阳厦的西侧，便是达松格廊道和排成三列的木质扶梯。此梯虽不高但却很陡。中间的那个梯子是专供达赖上下使用的，一般僧众和官员，则只允许从两边扶梯上下。登上梯子便进入到达各个宫殿的必经之路达松格廊道。所以这里的重要性非同一般，如果有一个卫兵守在这里，那才叫一夫当关，万夫莫开呢。上了梯子后，面向南边的一个展柜的玻璃罩内供着一只手印。它十分引人注目。因为它是17世纪中期，五世达赖大规模修建布达拉宫时留下的印记。

据说，那时五世达赖喇嘛年事已高，已经很少过问政事，一切事宜委托给第巴·桑结加措管理。因为第巴威望不高难以服众，于是，这位五世达赖便按了手模，用来证明一切请第巴代为制约全体僧俗官员的最高证明。此手印作为历史文物，就这样保留下来了。

达松格廊道四壁均绘有壁画。在东西墙壁上，描绘精美的松赞干布请婚及文成公主进藏图历历在目，色彩十分鲜艳。绘画表现了吐蕃精英松赞干布第一次统一西藏，建立强大的吐蕃王朝后，他派出自己的得力大臣禄东赞来到唐朝长安，向唐太宗请求联姻的故事。从壁画上可以看到当时唐朝国都长安的示意图，也可以看到唐太宗如何在周围各少数民族同时派使者入朝请婚的情况下，五次提出难题，考各藩来使的情景。

“五难婚使”可以说是西藏最为流行的民间故事之一。当年，聪明机智、富有才干的吐蕃大臣禄东赞，奉令出使唐朝长安为赞普松赞干布请婚时，吐蕃的竞争者包括来自突厥、高丽、尼婆罗等诸多国度的求婚者。爱慕贤才的唐朝皇帝尚未见到禄东赞，便已经赏识了他的不凡气度，准备传旨封他为右卫大将军，并将琅公主的外孙女段氏嫁给他为妻。

不料禄东赞得知此事后却坚决推辞：“臣国中有妇，为父母所聘，若然遗弃，则为不孝。且我主赞普尚未与公主谋面，陪臣先娶、则为不忠。不忠不孝之人，岂敢蒙大唐天子之爱？祈求天子成全微臣忠孝之心吧。”如此深通忠

节日中的布达拉宫装饰美丽

孝节义！唐皇喜出望外。怎奈许配公主，兹事体大，岂可轻率从事？于是唐皇召集全体求婚使臣，决定用出题考试的方式，择优选婿。

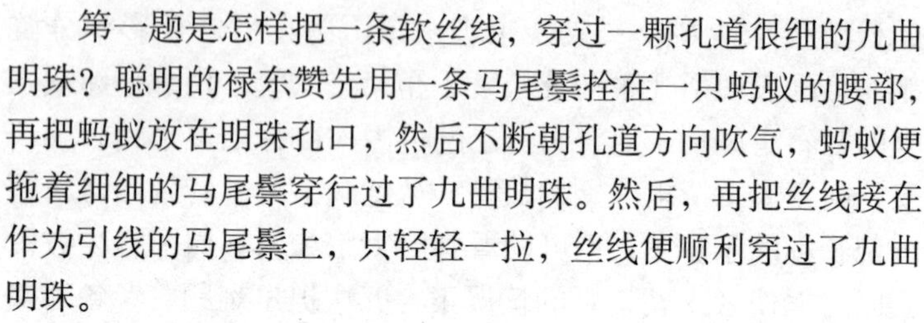

第一题是怎样把一条软丝线，穿过一颗孔道很细的九曲明珠？聪明的禄东赞先用一条马尾鬃拴在一只蚂蚁的腰部，再把蚂蚁放在明珠孔口，然后不断朝孔道方向吹气，蚂蚁便拖着细细的马尾鬃穿行过了九曲明珠。然后，再把丝线接在作为引线的马尾鬃上，只轻轻一拉，丝线便顺利穿过了九曲明珠。

第二题是让所有使节各领一只羊、一坛酒，要将羊杀了，剥完皮，吃光肉，喝光酒，揉好皮，看谁最快。众使节有的先喝酒，活没干完先醉倒在地；有的先揉皮，酒未沾唇先累倒在地；只有禄东赞不慌不忙，命令随从小碗喝酒，小块吃肉，边吃边揉皮子，终于率先完成任务。

第三题是要大家分清混杂在一起的一百匹母马和一百匹马驹的母子关系。禄东赞先把母马和马驹分别圈养起来，并且暂时断绝了马驹的草料和饮水供给，隔了一天一夜之后才把他们都放出来，一百匹小马驹各自奔向自己的母亲那儿，仰颈吸奶，偎依不离。于是，母子关系一目了然。

第四题是准确分清一百根头、尾一般儿粗的木棒，哪端是头，哪端是尾？禄东赞将木棒抛入水中，头重尾轻，一清二楚。

第五题是看谁能从三百位打扮得一样的美女中，找出真正的文成公主。禄东赞先找服侍过公主的一位女佣了解情况，得知公主眉心有一颗朱砂红痣，据此辨认出真正的公主。

禄东赞五题皆胜出所有使节，令唐天子大悦，当即将文成公主许配藏王。

宫中100多名喇嘛居住的僧房。扎厦建筑依山就势自由布置，故十分曲折。通往扎厦的通道又长又陡，攀登也比较困难。每间僧房的面积很小，走道内光线昏暗，北侧部分紧靠山岩，只能从天井透进一些微光。这些僧房，与同在一座建筑中的达赖喇嘛的寝宫形成了强烈的对比。

此后我们便进入红宫参观。前面说过红宫是在五世达赖圆寂之后，由第巴·桑结嘉措主持修建的。在红宫的下面，有几层殿堂是靠从山岩上砌起来的地垄墙支撑着的，故真正可以利用的建筑空间，比外观要少得多。

在红宫灵塔殿内，我们见到了那著名的8座灵塔。它们由于红宫主要由达赖的灵塔殿和各类佛堂组成，因此这里气氛十分庄严肃穆。红宫内，从五世达赖开始，几乎每世达赖圆寂后，都要修建一座灵塔，存放在这里。其中，以五世达赖和十三世达赖的灵塔最为豪华。

1690年修建的五世达赖灵塔，是殿内最大的一座金塔，塔高14.85米，塔身用金皮包裹，显得辉煌耀眼，塔上镶有珍珠、翡翠、钻石、松耳石、珊瑚、琥珀、玛瑙等各种宝石18677颗，据说仅黄金就用了3721公斤。为此而修造的灵塔殿也高达三层。五世达赖喇嘛遗体为坐式，两侧安置着十一世与十二世达赖喇嘛遗骸的小灵塔。

红宫最西部的殿堂是十三世达赖喇嘛的灵塔殿，殿内的那座灵塔也高达14米，仅次于五世达赖灵塔。它也是布达拉宫内最后建造的一座灵塔，从工艺上讲也是最精致豪华的一座。它共耗用黄金1.8万余两，塔前那座“曼扎”坛城（珍珠塔）是用20多万颗珍珠和珊瑚珠等串缀而成的，更是价值连城。

在西藏享有塔葬待遇的，只有达赖、班禅等高级僧人（在

内蒙古则是呼图克图)，其他僧俗官员是没有资格享受的。而用金灵塔，则是“神王”达赖的专利，其他人只能分别用银、铜、泥质材料制作灵塔。

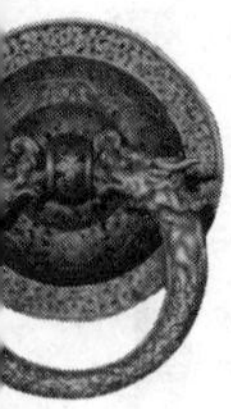

从灵塔殿出来，我们又来到殿外的“享堂”即称为“措钦鲁”、“司西平措”、“西有寂圆满大殿”的西大殿。如前所述，它由于面积达725平方米，因而成为整个布达拉宫的最大殿堂。殿内挂有乾隆皇帝御赐的写着“涌莲初地”四个金字的大匾。大殿四周的壁画，主要是记录五世达赖一生的丰功伟绩，尤其是他在17世纪中叶去北京朝见顺治皇帝一段，被作为其一生最光辉的一页而画在墙上。

非常值得仔细观看的司西平措二楼画廊，堪称是一个壁画陈列馆。真难以想像里面的壁画竟然有698幅之多。他们不但反映了西藏社会的风貌和民俗，也描绘了当年修建布达拉宫的艰难情景。因此这个画廊堪称是一个壁画博览馆。据记载，17世纪布达拉宫的重建，仅壁画一项艺术工程，就集中了当时全藏66个最著名的画家，总共耗费了他们十多年的辛勤劳动。

从司西平措画廊登上三楼，我们便来到布达拉宫最早的建筑物——布达拉宫现存最古的建筑是法王洞——曲结竹普。9世纪时，布达拉宫因吐蕃内乱遭到破坏，仅存法王洞。

据史料记载，在上千年的历史中历经兵燹、雷击和两次大规模修建，布达拉宫在光阴流转间面貌不断变化，原始建筑仅有顶部的“帕巴拉康”（意为超凡佛殿）及其底下的“曲结竹普”（又称“曲吉卓布”，俗称观音堂、法王洞）两座佛殿得以残存。帕巴拉康主供的是帕巴·罗格夏然佛，即自在观世音，此为松赞干布的密宗“本尊佛像”。可惜此殿因历经维修，现也已失去原貌。只是佛堂前悬挂着清朝同治皇帝御赐的“福田妙果”匾额，倒是曲吉卓布保存完好的见证。这座岩洞式佛堂内的两根柱子均雕有兽面、摩尼宝珠及卷草纹等图案，有明显的吐蕃时代风格。室内四壁，粗糙的岩洞残迹依然清晰可见，风格与其他殿堂迥然不同。环壁四周，陈列着赞普松赞干布、他的两个“外来”妻子文成公主及尼泊尔赤尊公主（松赞干布此外还有三个出身于本部落的妻子，却未能在任何场所随之共享供奉的命运）、他的两个大臣对汉藏联姻居功至伟的“大相”禄东赞（也译为噶尔·东赞）及藏文的缔造者吞弥桑布扎等五尊造像。它们泥塑彩绘，生动古朴，虽越千年而栩栩如生，音容笑貌依旧，当是吐蕃时期遗留下来的珍贵艺术品。据说，这里还是松赞干布与文成公主成亲的洞房之地。

由于这个洞穴式建筑是为纪念早年松赞干布在此修行而修建的，所以它应该算是7世纪时松赞干布初建布达拉宫的产物。而据记载，一千三百年前的布达拉宫，建房九百九十九间，加上这个洞穴式的建筑物，一共有一千间房子，规模应该是十分宏伟壮观的。只是后来因雷电火灾和战火的原因，那些早年建筑才只留下曲结竹普和帕巴拉康。我环顾曲结竹普，这座不到三十平方米的宫堂，一下子把我带到一千三百余年前的吐蕃时代。

帕巴拉康（圣观音殿）在曲结竹普上面一层楼，也是宫中早期的建筑物之一。里面的佛像，就是松赞干布的本尊像。里面悬挂着清朝同治皇帝题书的“福田妙果”匾额。从五世达赖以后，清朝对西藏的管理加强了，达赖也进一步密切了与中央政府的关系。这些都可以在布达拉宫内找到有力的证据。如，萨松朗杰供有乾隆皇帝的画像和用汉藏蒙满四种文

字写成的皇帝牌位。历代达赖每年都要定期向画像和牌位朝拜，履行君臣之礼。

布达拉宫金顶前留影

红宫中的最高殿堂是萨松朗杰佛堂，也叫“殊胜三界”、“三界兴盛殿”。建于1679年，殿内供奉清康熙帝长生牌位及乾隆帝的唐喀画像和汉、藏、满、蒙四种文字书写的“当今皇帝万岁万万岁”的长生禄位。历世达赖每届新年都要在此朝拜，以示其对中央朝廷的臣属敬重之意。

参观布达拉宫的高潮是登上金顶。所谓金顶，其实便是历世达赖灵塔之顶，它们穿殿堂而出，为数有七，金光熠熠，相当眩目。金顶上有四个大飞檐，上面缀着人面鸟身金像，下面系着满布浮雕的铃铎。风中的铃声可以响彻九霄。白云蓝天衬托着整个金顶参差错落，金碧辉煌。

从17世纪中叶至1959年前的300年中，布达拉宫一直是历世达赖喇嘛生活起居和从事政教活动的中心，是西藏统治权力的象征。它将西藏各族人民创造的辉煌历史和今日西藏各族人民的幸福生活承接在一起，构成了一部浓缩的西藏史。

在布达拉宫内，我所看到的无数珍宝虽不能一一细说，但我想那些用人间最有价值的东西做成的一件件器物之所以为人们所看重，绝不仅是因其价值连城吧。

当我从布达拉宫下来之后心里忽然明白了一个问题：为

什么人们将布达拉宫视为顶礼膜拜的地方。因为这座建筑在吐蕃时期开始兴建，那时西藏还不是政教合一的社会。这座雄伟建筑，只是作为王宫依山而筑。宫内也没有那么多的佛像佛塔，当然更不会有人焚香拜佛。但自从五世达赖受清朝皇帝的册封，成为政教领袖之后，他便从哲蚌寺搬到布达拉宫居住。于是，布达拉宫的性质发生变化。不仅变为地方政权机关的所在地，同时也是西藏佛教最大的活佛住持寺。于是，它自然就成为人们拜佛的圣地了。

随着西藏政教合一政治统治的发展，布达拉宫不仅是政府、机关、宗教庙堂所在地，而且又是军事首脑机关和监狱所在地。西藏和平解放前，藏军地方部队的指挥机构设在这里，它的下面还设有一个大监狱。

我被整个宫殿的分层合筑、层层套接、高低错落、起伏有致的建筑形式而震惊。进入其内部后更是被其曲曲折折、弯弯绕绕、迂回参差、纵横交错，看似无序，实则天成的景观所震惊。我想，任何进入过布达拉宫的人都会具有同样的感受，当然，因个人修养和对佛教文化的悟性，可能也会存在哲学意义上的差别。

石块铺就的小路

细看聚宝盆

我在你的心中
看到了永恒的东西
你在人类历史的长河中
金光闪耀充满神奇
阳光果实悲欢共存
还有文明与智慧
留给收获者
群鸟也为你歌唱

——瞻珍宝有感

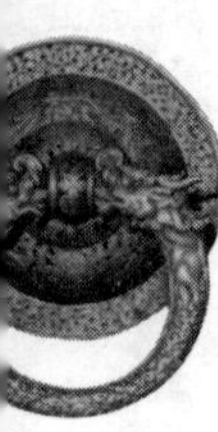

由于我们此行由一位活佛陪同，因而很容易地能够目睹旁人因受限制而无法见到的珍宝，甚至在一些特殊的地方还可以拍照。我可以完全有资格毫不夸张地说，布达拉宫不但是西藏的佛教圣地，它也是名副其实的“聚宝盆”。

先说布达拉宫的镇宫之宝吧。它们就是8座用纯金包裹的历世达赖埋骨灵塔。其中那座高14米多的五世达赖灵塔，被藏族人称作“赞木林耶夏”，意为其价值抵得上半个世界。该塔耗黄金3700多公斤，是8座灵塔中耗用黄金最多的。塔身上镶嵌的各类钻石珠宝近2万颗。我们见到的一颗比成人大拇指还大的珍珠，据说是在大象的头颅内生成的，是无价之宝。我们注视着灵塔上镶嵌的那些红宝石、绿宝石、绿松耳石、珍珠、珊瑚、猫眼石、祖母绿、松石、海螺、鱼骨、琉璃等珍异宝物，心里估量着其价值，很快，一个天文数字便浮现在脑海。

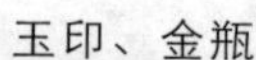

玉印、金瓶

活佛还领我们来到另外一座十三世达赖灵塔前。令人惊奇的是，这座灵塔镶嵌的珠宝竟然达10万余颗，而且是用金线串连22万颗珍珠编织成的一座六层重檐珍珠塔。估其价值，活佛含蓄地说它不会比五世达赖灵塔低。

接下来，我们继续听活佛介绍和观瞻了一些无法估量价值的宗教和历史文物。活佛讲，在五世达赖灵塔内还藏有许多稀世奇珍：如1颗释迦牟尼的舍利子，1块释迦牟尼的大拇指骨，松赞干布的靴子，阿底峡的法帽，藏传佛教格鲁派创始人宗喀巴的碟子等。活佛说，这些塔里的东西，比塔外的珠宝更珍贵。

给我留下很深印象的是一批反映汉藏交往的文物。如至今仍悬挂在宫内的清朝同治皇帝题写“福田妙果”匾额、乾隆皇帝所赐的“涌莲初地”匾额，特别是那对由康熙皇帝下令专门建造作坊，费工一年才织成的大型锦绣幔帐。据说这份贵重的赐品是经专使历尽艰辛送到拉萨的，只有在达赖坐床和亲政大典时才会隆重悬挂出来。在参观中，见到最多的是明清两朝皇帝馈赠的玉如意。我粗略一数，竟有几十柄。就连宫内壁龛和廊道摆放悬挂的檀香木雕五百罗汉和巨幅绢画“八仙过海”图，也是明清皇帝所赠。当然，中央政府赠予达赖的东西远非这些，听活佛讲，五世达赖灵塔中的释迦牟尼舍利，就是元世祖忽必烈所赠。

布达拉宫内所有墙面琳琅满目的壁画，是集中雪域高原各画派最优秀的画师创作完成的。西大殿二楼画廊的那698幅壁画，记载了藏族的历史、文化、艺术等无比丰富的内容，还对藏汉交往的一些重要史实作了艺术性的描述，是非常珍贵的艺术品。除了艺术价值和史料价值外，布达拉宫壁画还有一种独特的价值，即特殊的材料价值。因为其本身就是用金银珠宝为原料绘制而成的。

布达拉宫内绘制壁画的情景

其实在布达

拉宫的1000间殿堂房舍的墙壁上，均绘有题材丰富、寓意深刻、绚丽多姿的壁画。有人说壁画才是这个“聚宝盆”中最珍贵的部分，因为它们不仅色泽艳丽，而且每幅或每组壁画都讲述了一段历史或是佛教中的故事。

金塔

布达拉宫还收藏有许多唐卡。唐卡，是最富有藏族特征的画种。“唐卡”为藏语音译，即彩缎装裱的画卷。我们这次有幸见到的唐卡就有5000多幅。据活佛讲，布达拉宫内保存的近万幅唐卡，大部分为明、清以来西藏地区各画派著名画师的作品。其中还有两幅堪称世界“之最”的巨幅唐卡佛像。布达拉宫甚至专门建造了一幢340平方米的二层楼房做其收藏库房。每年藏历二月三十日的“晒佛节”，达布拉宫的晒佛台上都会展现出这两幅巨大的唐卡佛像，让数万信徒顶礼膜拜。可惜我们这次没有看到那庄重热烈、蔚为壮观的场面。

应该说灵塔是布达拉宫内最辉煌、信徒朝拜最多的地方，也是供奉佛像最多的地方。布达拉宫内不计其数的大小佛像，特别是宫内珍藏的隋代和唐代的释迦牟尼像，更为珍贵。另外，还有大量金、银、铜、玉、犀角、泥制成的佛像和佛教大师们的塑像。

从参观中我们知道，布达拉宫收藏有卷帙浩繁的经书，其中许多已是孤本。最珍贵的是那一百多卷难以保存的贝叶经。据说我国贝叶经总收藏量的一半以上在布达拉宫。这里最早的贝叶经已有5000多年的历史。不要说那上面的经文内容，单是它的书写材料也已经成为无价之宝了。

带我们参观的活佛告诉我们，这些经书上的经文有用金水写的，有用银水写的，还有的是金银凸字。其中最珍贵的藏传佛教大藏经重要典籍《丹珠尔》，就是用黄金、珍珠、松耳石、白银、珊瑚、铁、红铜、白海螺等八种材料做成的颜料写成。在光照下，它呈现出7种颜色。据说《丹珠尔》的用纸是一种名为“汀梭”的特制纸张。它是把内地产的硬纸叠成两层，中间再夹一层藏纸，用熬开的面糊粘合在一起，然后两面抹上藏皮胶、牦牛脑浆和黑色藏制墨水。经过压、砸、磨，把三层合为一层。最后用光滑的猫眼石反复磨擦，直到光可鉴人的程度为止。此纸防腐、防蛀、耐潮湿，质地既硬又韧，使书写在上面的各色经文清晰悦目永不脱色。

参观中活佛还给我们讲了一个关于宫墙的趣闻。传说宫殿东墙是由拉萨一带的工匠修建的，墙角尖如刀斧。而西墙却是由后藏石匠完成的，墙角力求圆滑。从东墙上扔下一只整羊，到墙底羊能被劈成两半，而从西墙上扔下一只鸡蛋，滚到下面却完好无损。这座宫殿之所以1300多年后巍然不动，原因是部分墙体的夹层内灌注入了大量铁汁。

珍珠塔

柱饰

体验
情绪

畅饮拉萨的太阳
体验高原的土石
越过蓝天和白云游逛
手持相机不断地寻访
龙王潭的鱼儿多么安静
柳树上的鸟语伴着花的芳香
我找到了太阳唱歌的地方
看到心满意足的胸膛
酥油茶青稞酒风干肉
洁白的羔羊偎在我的怀中冥想
我忽然被一只苍鹰告知
在另一个拥挤的地方
人们正在凶狠地争抢
眼前的世界是多么的宽阔
目光美好令人神往

——心灵体会

在拉萨的日子里，我对以拉萨为代表的西藏地区独特风土人情有了些微的认识。在此我想把有关感受奉献给大家，假如概括得不够准确、描述还欠细微的话，也多少会让大家知道些许皮毛吧。请读者海涵！

这要从到拉萨的一次吃饭说起。那是在一家想不起叫什么名字的藏式餐厅。在拉萨的几天，一直没有吃过一顿正规的藏餐。所以，感觉这顿饭的菜好吃极了。喝的酸奶据说是牦牛奶，很稠很浓很地道，味道比北京的酸，要放许多的糖才好喝；羊肉末是鲜肉捣烂后将筋剔除，调上作料制成的，需要生食；糌粑是青稞面经过炒作后的熟食，需要粘上羊肉末或酥油吃；咖哩土豆，是有点西化的东西，切成小丁，粘满黄亮的咖哩酱，味道很美；烤羊排完全是羊肋骨，肉非常嫩，飘着西藏羊肉特有的香味，撒上一层孜然，令人垂涎欲滴；麻辣牛肉是将牦牛肉切成一寸大小的方块，加上辣椒、胡椒、孜然等烹制而成；拉萨鱼的作法基本和内地一样；生牦牛肉则完全是新鲜的牦牛肉经过风干后再切成小块……其实我平时在北京家里极不讲究吃，只要能饱肚子，只要不用浪费时间，什么都行，怎么吃都行。可是，我被眼前的藏菜所吸引，有种饕餮一番的冲动。其他人包括随行的藏人，他们的食欲更加高涨。顺便说一下，历史上，藏族的食谱很简单，主食为糌粑、酥油

寺庙前的藏族老夫妻

野外制作陶器的匠人

茶和牛羊肉，但一般平民还吃不上。现在他们的食谱丰富起来，尤其拉萨等城市中的年轻一代对吃也更为讲究。改革开放以来拉萨等地区人民生活的变化也体现在这方面。实际上，藏族人更加注重的是聚会和传统娱乐方式，他们尤其对朋友或宾客十分热情。因此，好朋友在一起，同餐共饮应该是一种友谊的重要标志。我看到他们被这美味调动起来的表情，恨不能立刻上前拥抱他们。他们淳朴得太可爱了！大家一顿饭下来，我们13个人都非常满足。陪同我们的活佛说，这是从前西藏贵族才能够享用的大餐。这不禁使我由衷地感叹：时代的变化多大啊，从前的农奴，今天的主人，眼前的活佛……这一切真是说不清道不尽。何时能够让食不果腹的现象从地球上彻底根绝，应该是各民族人民的奋斗目标。

我们在拉萨的那些日子，位于药王山下面的一家川菜馆是我们几乎每天要消磨一两个小时的地方。毕竟藏菜在拉萨属于奢侈品，即使在今天它依然是“贵族”食品，而川菜则便宜得多。那时，青海、甘肃等藏、回民族的人在拉萨开的面馆占很大比例。1984年中央西藏会议以后，大量的民工涌入西藏，川菜馆也随之多了起来。当时拉萨的餐馆绝大多数就是川菜馆，那是因为拉萨四川人居多的缘故，四川人包揽了拉萨的大量饭桌。里面一般常挤满人，大馅饺子是打工者的日常主食，因为它除了省事省钱外，还因为它三位一体：肉、菜和面（粮食）都有，营养齐全。当然我们这些旅游者也对它挺感兴趣。四川人包的大馅饺子好吃极了，有腊肉酸

闲工时的藏族妇女

菜的，有鲜肉鲜菜的，菜的种类有十几种，都是在拉萨栽培的四川菜种。

肉汁糌粑咖喱饭依旧是川菜馆里的常见食物，不过我更喜欢的还是用干肉沾着辣椒下酒，那才是绝妙的美味呢。听店主介绍，干肉来自日喀则或者山南地区的牦牛肉风干晾制的。现在想起它来，西藏那种原始的味道会立刻浮现在眼前。真企盼能够再次去药王山下那家餐馆！我曾经不断地想起在拉萨的每一天及每一个细节，盼望着哪天能够重返拉萨，再次品尝西藏的干肉辣椒和酒的滋味。

那些天里，我们有时也自给自足，自己做饭吃。记得在一个温暖的傍晚，我走在布达拉宫的转经路上，拎着油瓶子、菜篮子，伴着吱吱作响的经筒声音，去菜市买做晚饭的原料。看着眼前的景致，在北京时的那些烦恼统统地远离而去。我一心一意地只想着那些菜、肉和油。那些与我同样采买的藏族妇女，看着我这个外地人纷纷流露出好奇的目光，她们可能会想：奇怪，这个斯文的汉人怎么到这里来了？拉萨的农贸市场各种菜果应有尽有，与内地成都的农贸市场没什么两样。记得那个市场就在布达拉宫的东边。回想起来，那真是一段很有意思的经历。

拉萨的午后是理想的喝茶时间。布达拉宫的后面有一间小茶馆，它每个下午都是人满为患。不仅远道而来的朝圣者们给它带来风尘仆仆的味道，更有转经完毕的人群送来洋溢的轻松。一天我又一次坐在那里，慢慢啜饮着一杯浓郁的酥油茶。这时旁边的一位藏族中年妇女引起了我的注意。她正在吸鼻烟、打喷嚏与人说笑。我下意识地点燃一根“肯特”烟，轻松地吸了起来。在北京我是几乎不吸烟的，但在此时，那种环境就让你想起了烟，特别是看到她吸鼻烟的动作。她懂汉语，于是我跟她聊了起来。我请她抽一支我的烟，她摆摆手说家里男人不允许女人抽烟，还说拉萨藏族有这个传统。但她又说，现在年轻妇女就不同了，她们可以抽烟喝酒，男人们管不了，这是时髦吧。她看着我的烟盒，很认真地对我说，他们拉萨人绝不抽外国牌子的烟，国产烟比外国烟好多了，为什么抽外国的呢？你们汉族人就是这样有些奇怪。我无言以答，只对她笑笑说，你的鼻烟不也是印度的吗。她却说，那是因为西藏和内地都不生产。听了她的话，我内心有一种触动，她虽然说的是个很普通的话题，但其内容却很不一般。一个普通的西藏妇女能够提出这么深刻的问题，说明什么呢？任何民族都不容忽视，不管她贫穷还是落后。我们确实应该深刻地反思自己，应该实在地树立一种精神，而不要空谈。

与少年僧人合影留念

从那个下午后，我又去了几次那个茶馆。有时除了酥油茶外，我还喝甘肃产的“三炮台”茶。我发现西北省份的特产在拉萨还是很有市场的，比如兰州啤酒和这个“三炮台”。有时茶馆内打麻将的人很多，这把川味浓郁的茶园闹得不像样子，“拖拉机”（他们把麻将叫做“拖拉机”）打得气壮山河。一次我发现两个藏族对手竟然偷偷用手势互通消息，看得我在一旁暗自发笑。

除了喝茶之外，逛夜市也能从一个侧面体验拉萨的生活。那时的拉萨还不像现在这样繁华，所谓夜市也就是在位于布达拉宫东侧的一两条街道上那零零星星的一些个体摊位。夜幕降临后，这些地方烤羊肉串的浓烟便逐渐向附近扩散，这就是夜生活的开始。

我觉得最惬意的活动还是骑着自行车逛街。夜幕下的布达拉宫显得格外高大，骑在车上心里感觉特别的自由舒畅，佛教文化营造的空灵感荡漾在其间。那挂满繁星的夜空，会使人长时间地凝望，因为拉萨的天空异常洁净，人似乎能够与繁星融合在一起。

拉萨深夜的街上悄无人息，拉萨寂寞空灵的夜晚寂静美丽。深夜的拉萨，空旷寂寞自由，如果能够漫步其中，则每一步必定会给你带来醒悟。等你回到内地后，你一定会感觉同以前大不一样，似乎你的精神境界升华了一个档次（也许并不是似乎，而是实实在在的一个进步）。你肯定懂得什么才是“自在”、什么叫做“法无定法”、何谓“亲密无间”……你会永远把矫揉造作、哗众取宠、虚张声势、拍马溜须视作世间最为可耻的事情。

据说，护法金刚只在夜间出现……

死亡与灵魂

夕阳的余辉照在群山之颠
晚风深吻着摇曳的树木
生命在壮丽的早晨歌唱
太阳回报给大地
一切都在颂扬永恒的自然
欢呼像泉水一样甘甜
面对生命的周期
在佛光的彩霞中祈愿
苍天发出巨大的呼喊
群山在沉寂后表达着心愿
难道人就不能笑对明天

——生死之感

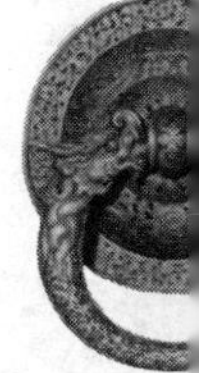

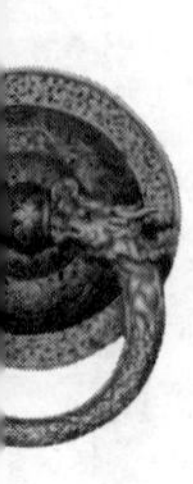

苍穹下的永恒

生存或是死亡的确是值得每个人必须思考的问题，因为它不单纯是宗教的或者哲学的问题，它是一个非常实际的我们每个人都要面对的现实。但就是这个问题古往今来一直在困惑着人们的思想。

在西藏，在苍茫的辽阔大地，在世界上海拔最高的社会，我们看不见死亡或者说是那样有意识地把死亡与再生，也就是灵魂的存在紧密地联系在一起。因为藏族人用自己的方式消灭了死亡。他们那种用灵魂将生命获得永生的力量震撼了我们。

在西藏，你见不到真正的坟墓，那偶尔见到的土堆或其他什么也不过是寄托灵魂的地方而已。那无处不在的玛尼堆和风马旗，它们就是灵魂的居所，人与神相沟通的工具。在西藏，人们对于灵魂的信仰最坚定。他们去世的那一天，一个永恒的美妙无比的灵魂将在来世出现。

佛教主张人死灵魂永在，直到有一天灵魂就会醒悟，知道旧的肉身已经腐烂了，应该转世到另一个肉身了。

记得那天上午，阴云笼罩，群山很快被一片雨雾覆盖，从附近色拉寺金顶射过来的金光，忽然落在了那个移动的红色上，一个肉身准备上路了。

它的前面，是层峦叠嶂的黑暗和永恒的寂静。悠扬的诵经声蔓延过来。

云开日出，天光出现，竟然是那样的寂静，天光中淅沥的小雨依旧下着。

雨停了，天边出现了金色的霞光。

诵经声又一次传来……

天空晴朗，一个灵魂被送走了。

在西藏，人们永远相信，一条神秘的通道，如同彩虹般通向天堂，灵魂就从这里离去。

所以说，在西藏那些高耸的玛尼石堆和迎风而舞的五色轻幡，象征着灵魂世界的无所不在。在这里，你永远寻找不到死亡的痕迹，只有灵魂永驻。

天葬台附近山坡上随处可见的岩画

由于相信灵魂，于是就有了我听到的一个传说。起因是那些日子里，我们经常见到在一些住宅的门框上挂着破鞋或粘贴着牛粪。藏族朋友为我们答疑解惑，说这是一种驱魂的习俗。因为有秽物，灵魂就不会进入房间。

这使我不禁想起西藏的寺庙里，僧人们要按期举行声势浩大的驱鬼仪式，要驱除丑恶的鬼魂。

在西藏的一些地区，亡故的亲人遗体仍然要在停放三天后的第四天凌晨三四点送走。邻居们也要早早在自己房屋的窗下、门前和水渠边，洒上弧形的白灰或黑沙。那是因为他们坚信灵魂惧怕白色，而黑沙很滑，像蜘蛛一样的灵魂永远爬不过去。

朋友讲到：从前，一对恩爱夫妻，当妻子熟睡时，总有一只毒蜘蛛从她的鼻孔里爬出来，在夜深之时外出游荡，可妻子本人却不知道发生的事情。

忽然有一天夜里，丈夫半夜醒来，发现了这只毒蜘蛛正从妻子的鼻孔里往外爬。他吓得不知所措，眼睁睁看着蜘蛛出来后朝外走去。

他愣在那里一直坐到天亮，这时，蜘蛛又回来朝着他妻子爬。丈夫这才惊醒过来，他立即抓了几把黑沙撒在妻子身边，蜘蛛无法爬过沙堆。糊涂的丈夫又可怜起蜘蛛来，于是就用手指划了一道沟，蜘蛛就又爬进妻子的鼻子里。

妻子醒来问丈夫：昨晚我梦见自己在拼命爬一座沙丘，可不知怎么就是爬不过去。

丈夫听了这话，认为那蜘蛛就是妻子的灵魂。

这个故事传开后，人们就用黑沙来驱赶魔鬼。

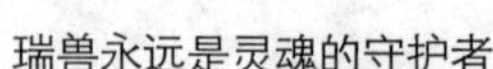
瑞兽永远是灵魂的守护者

正是因为藏族人对于灵魂非常敬畏和虔诚，所以每一座寺庙都要为辖区内的百姓作法驱鬼。每年的某一天，寺庙里都要举行庄严的驱鬼仪式——驱鬼节。

宝幢是守护灵魂的象征物

驱鬼节当日天还未亮时，寺庙里便开始吹奏法号，油灯全部点燃。僧人们齐聚大殿，团团围住一个秸杆搭的巴林，诵经念咒。僧人们还戴上各色面具，以此代表牛神、羊神、鹿神，各种金刚、护法神，还有阎罗王等。

巴林则是个高大的三角架，上面贴满各种颜色的纸带，架的顶部是骷髅头像。在天亮的时候，巴林被抬出寺庙，被人群簇拥着绕寺一周，然后放在寺院中央。之后，僧人们围着它开始举行跳神仪式。接着，一种由糌粑做成的人形怪物，被手拿大刀的僧人扔到院外，众僧人面对怪物诵经作法，举刀僧人以刀砍剁。最后，鼓乐齐鸣，众僧人将巴林和鬼怪用熊熊大火烧掉。

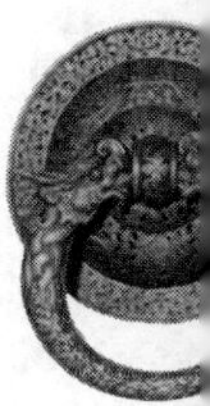

藏民们深信灵魂无处不有无时不在，以至每一棵树，每一块石头，甚至脚下的每一块土地，都成了神灵或鬼魔的寄居处。这就是在西藏凡是重要的日常活动都必须驱鬼迎神，进行净场的原因。祭神成为藏民生活中必不可少的内容。于是，人们制作了各种极富想像力的面具，代表神和鬼的面具成为宗教仪轨的主角。面具里面常常贴着密咒经，经高僧的夹持后，它会具有生命和神的灵性。

令人感到与汉族等其他民族具有相同审美意识的是，在色彩方面，西藏人也认为黑为恶，白为善，红象征王权与神明，而黄色则象征智慧，绿色则代表母性。可见各民族之间对大自然的特性是认同的。

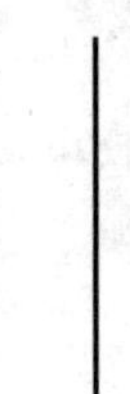

西藏还有一种人被称做“通灵人”，其实他们就是已经被神灵附体的巫师。据说他们的身体是神的附着物，可代表神与普通人进行交流。

总之，我们不论走到那里，总会时时感到灵魂的存在。即使是一座高山，一个湖泊，或是一块石头，一副面具，一条经幡……因为在虚幻营造的时空里，灵魂当然四处飘荡了。

玛尼堆和经幡

深沉的微笑需要年轮来鼓励
旷野中迸发出无穷的神力
那是被狂风吹过的树木
可以给我们千言万语
然后化作美妙的歌声
穿过所有的暮色和晨曦
为了生存必须超越死亡
生命永存的方式
便是留下一个结实的记忆

——玛尼堆赞

经幡下老人的期盼

记得有一天我们离开拉萨，向西南方向的泽当路上行进。公路四周，一望无垠的大地，布满银灰而光秃秃的石头。使我们仿佛进入了一个没有生命气息的星球，宇宙似乎变得荒芜而令人窒息！汽车默默地向前狂奔，有一段路，没有房屋，没有人影，甚至没有动物的踪迹。

但是，在一些简易的道路两边，却不时地见到那些连绵不断的用大小石块垒起的石头堆，这些人为的景观是那么壮丽，强烈地表明，人的生命力的存在！它与苍茫大地一样延伸直到天际尽头。

这些石堆有的虽然只由石头垒成，但却无法掩饰住它们蕴藏的悠久与沧桑。据说这都是藏民从数百甚至数千年前就开始垒筑的！这是一种对于天地神灵的持久叩问，更是对生命秘密的不懈追寻！我知道，藏民把这堆积的石堆称作玛尼堆。

我们所见到的大多数玛尼堆石头上一般没有什么符号或图画之类，但比较高大的玛尼堆的一些巨石上却刻有六字真言。一般的玛尼堆上面均插着木棒和树枝，有的还插上羽箭和公羊、羚羊、牦牛等牲畜的双角或整个带角的头颅骨。我们常常看见西藏人每经过一处玛尼堆都要低头检拾石头往上面丢，以此进行祈祷。据说，丢一次石子就等于念诵了一遍经文。没有石子也要以土块、树枝、布头、骨头、兽皮、鞋子或畜毛、头发代替，总之，一切物体均可。

我们见到，面对着玛尼堆的一些西藏人，除了丢石头之外，还要口中念诵着什么。玛尼堆就是这样年复一年地增高，如同小山，如同神墙，完成着人与神之间的沟通。

恐怕世界上只有藏传佛教徒们用堆石头这种简便易行、因陋就简的方式来表达对神灵的敬畏了。这实际是在那种特殊的恶劣环境下产生的一种独特的表达方式，实实在在地折射出西藏人对大自然力量的敬畏心态。

大部分的玛尼堆上，往往飘扬着五彩经幡，也就是风马旗。一些相连很近的玛尼堆之间干脆用木杆或树枝将挂着经幡的绳子连接起来，就像内地节日悬挂的横幅彩旗一样。所有经幡上都有黑字书写的经文或咒语真言什么的。看着它们迎风飘动的样子，一股强大的宗教氛围似乎降临到你身边。我想，假如有神灵的话，它一定会在这里驻足，向虔诚的人们祝福，把他们体内的灵魂带到通往圣地的天路。

车子在跨越一片高山时，我们仍能够看到，在最高的山顶上也飘扬着五彩经幡。在他们的下面，玛尼堆巍峨屹立！尽管四周空无一人，但我想任何旅行者只要能够看见它，即使再孤独的人，也会立刻感到瞬间的温暖，并随着飘动的经幡所散布的神气而心中舒缓异常，胆量大增。

经幡是一种印有诸多经文并裁成长方形的丝织物，由白、黄、红、蓝、绿五种颜色的方布串联而成，用来象征地、水、火、风、空五大要素。室外的经幡一般都挂在山巅、路口、湖边或屋顶上，使之能够在风中飞扬。因为西藏人相信漫天飞扬的经幡可以将不尽的祈祷和祝愿，送往十方虚空的诸佛菩萨的耳中。经幡的藏语叫“隆达”，直译为“风马”。我猜想这也可能是因为一些经幡的中间常常绘着驮宝的马的缘故吧。

的确每块经幡的方布上面不是印着佛像、菩萨、护法、宝马驮经、宝塔、曼陀罗（坛城），就是印着经文、六字真言、咒符等图案。

当然，印得最多的还是宝马驮经。从画面看，那是一匹矫健的宝马，佩饰缨络，背上驮着象征气运兴旺的“喷焰末尼”，四角分饰虎、狮、鹏、龙，它象征的是天地万物众神。

一般认为，五色除了上面说的代表地、水、火、风、空之外，还将白色代表纯洁的心灵，黄色代表大地，红色表示火焰，蓝色代表天空，绿色代表江河湖海。而鹏、虎、龙、狮则象征的是生命力、身体、繁荣和命运，马则是人的灵魂的象征。

据说在西藏高原哪怕最险峻最荒僻的地方，都有五彩经幡在迎风飘扬。

尤其在牧区，牧民每一次迁徙，搭好帐篷后的第一件事就是系挂经幡，以祈求天地神灵的护佑。朝圣者不远万里走过荒漠和高山湖泊时，也一定扛着经幡。神灵是他们免入迷途遭受灾祸的保护神。

刻着六字真言的玛尼石

而在农区，藏民春天开犁播种，耕牛的角上一定披挂着经幡，以此向大地母神祈祷，恩赐当年的五谷丰登……

西藏的一些地

方，用丝质经幡层层系挂，有一种漫山遍野地、遮天蔽日的气势。甚至叠制成如擎天巨伞的经幡塔，供人们祭祀祈福。还有些地方，将无数经幡做成一面面竖立的旗帜，由它们再组成壮观的旗林。用无尽的经幡飘动代替人们诵读无数遍的经文。

经幡蕴涵着生命原初的幻想与追求，它是对于未知世界的张扬和昭示。无论在哪里，经幡同玛尼堆都与你同在。初到西藏的人，感受最深的就是西藏浓郁的宗教气氛。而最初给打下这个印记的就是经幡。当你一踏上西藏土地的时候，在家家户户的房屋上、帐篷上迎风飘扬的写着经文或绘有佛像的各色经幡；在节日的布达拉宫，那从宫底一直挂到宫顶的经幡；从药王山直挂到布达拉宫的长达100多米的经幡；拉萨市内许多街道跨街拉着的一串串像北京长安街上节日时挂起的彩旗一样的经幡；架在拉萨河上远看像开满了鲜花的经幡；马路上奔驰的汽车上挂着的经幡……

挂经幡的习俗由来已久，和煨桑、转经一样，是西藏人民生活中重要的内容之一。我在拉萨曾问一个街上遇到的藏族小伙子，他说，它源于藏地从前的一种宗教。这种宗教认为万物有灵，无论在任何时间和空间，人们周围都存在着比其自身要强大的无形力量，所以总要举行一些仪式以奉之。尤其是新年期间，藏历正月初三，人人都要在自家的房顶上燃起桑烟，用一根挂满经幡的新树枝，换下飘荡了整整一年的已退色的经幡。同时一边高声向神佛祈求，一边抛洒糌粑或青稞，然后再到周围的神山、圣湖插旗挂幡。据说经幡联结得愈长，而且挂得愈高，这一年的运气就会愈好。

其实，代表信仰与崇拜的经幡，最初建于噶举教派(白教)的“牟沓”之上。牟沓，是藏文“雾”和“绳”的合写。

实际生活中，“牟沓”则是指一种从地面引向空中的牛毛绳子，绳子上挂着绘有经文及图腾崇拜的白布幡旗，用来象征好运与平安。经幡上的图案以龙、凤、雪狮、神鸟和佛像等图腾为主。

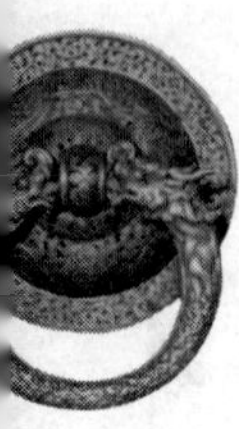

随着藏传佛教的发展，经幡的适用范围从“牟沓”发展到挂在屋顶、山头、大树、桥梁、佛塔寺院，从白色发展到红、黄、蓝、白、紫、绿等多种色彩；形状从正方扩大到长方、大宽条，甚至还有组合式的。描绘的内容也越来越丰富。

经幡发展到今天，实际上它和玛尼石、壁画一样，不仅有宗教意义，还具有艺术价值。应该说，它已经成为中国民间版画中的一个正在为越来越多的人所熟悉的品种。我有一种感觉，似乎西藏人个个都是天生的艺术家。只是他们并未意识到而已，其实也不必有此自觉的意识，因为真正的艺术都是与生活紧密相关的，只不过后来才由脱离生产劳动的寄生阶层“垄断”起来罢了。西藏的广大信众们就是在生活中，把自己的心交予那风中的马，请它驮着，不停蹄地奔向空中。他们把经幡称作“命运之幡”，暗含着祈求得到护佑以增加各种福德的愿望。

经幡艺术的内容确实十分丰富：历代高僧、贤圣的传记画、肖像画，如莲花生大师、米拉日巴大师、宗喀巴大师和藏戏的创始人唐东杰波等。另外，表现佛经中的故事和传说的题材，在经幡艺术中也占相当多的比例。经幡表达着藏族同胞的宗教信仰。寄托着他们对新生活与幸福愿望来生的愿望，起着一种通往极乐世界的凭证作用。

记得在拉萨我第一次挂经幡是跟几个藏族人一起去的，那是我们刚认识不久。他们说要去的是位于拉萨市西南的药王山。凌晨6点，拉萨的天还挂着星星。我们提着满满几包

家门口的玛尼堆

经幡和桑枝叶坐着一辆手扶拖拉机出发了。路并不太远，一会儿就到了。但是药王山非常陡峭，我们几人呼哧带喘、嗓子眼发干地登上了将要悬挂经幡和燃烧桑枝的地方。这时，同行的一位藏族姑娘激动得眼泪都快流下来了。那个皮肤黝黑爱唱流行歌曲的巴扎啦，一个十分英俊的藏族小伙子，与其说是为我们领路，不如说是把我们拽到了山顶。就是这样，我们还不是来得最早的，我们到山顶时，已经有人从山的这一头至那一头拉了长长的几串经幡。原来那些人是康巴人。我们这才实际地了解了他们。康巴人向来豪爽，大方，有气魄，不论做什么都喜欢尽兴，或者说做尽做绝。不是吗，他们连经幡也做得和拉萨人的不一样，有1米多长，60公分宽，拉起来大概有100多米长。经幡上面印满了密密麻麻的经文。那几个康巴男子把经幡挂得高高的。不一会儿，一阵风吹来，将他们挂的经幡吹得呼啦啦地响。我想，这么大的声音，恐怕再远的神和佛也能听到。“好运当头啦。”一个康巴大汉在欢呼着。我们几个人有的挂经幡，有的开始煨大堆的桑枝，并在上面洒糌粑和青稞酒，边转圈边念六字真言。那时候，我还什么都不会念，连最简单的发音也不会，只是在一旁瞎嘟嘟。但并没人笑话我。最后，我们把印着五种颜色的纸经“隆达”抛向风中。此刻，金色的晨曦已经出现在拉萨的东方，在金色的霞光中，无数的经幡飘

飘悠悠地飞舞着，那些“隆达”伴随着高原的晨风飞旋得越来越高……

五彩纷呈的经幡在风中飞扬，雪域高原的蓝天是它的衬底。这用来祈愿的无数“风马旗”在旷野中尽得风流。

于是，它们制造了无穷无尽令人期待的美丽梦想，它们是那样充满彩霞和蓝天白云青山绿水财富无穷，伴着浪漫多情永远收藏于心灵。

谈到玛尼石（玛尼堆）和经幡也不得不提六字真言，因为所有玛尼石和经幡上面均雕刻或书绘着六字真言。藏胞们认为修行悟道的最重要条件就是勤于念经。因此，不仅老年人把来生幸福的希望寄托在念经上，就是中年人、青年人也莫不如此。他们除了日常说话、饮食及睡眠外，无论坐卧立行走，只要没有非中断不止的事情，无不喃喃念经。在众多经类中，藏胞们念得最多的是常念常新的著名的六字真言。同音的汉字为：俺、嘛、呢、叭、咪、哄。

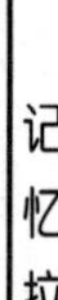

六字真言为藏传佛教名词，我们的活佛朋友告诉我们，它是佛教密宗莲花部之“根本真言”。它包含佛部心、宝部心、莲花部心及金刚部心等内容。“俺”，表示佛部心，谓念此字时，自己的身体会对应于佛身，口要对应于佛口，意要对应于佛意，所谓身、口、意与佛同体统一，这样才能会有所成就。“嘛呢”梵文意为“如意宝”，表示“宝部心”，据说此宝出自龙王脑中，若得此宝珠，入海能无宝不聚，上山能无珍不得，故又名“聚宝”。“叭咪”，梵文意为“莲花”，表示“莲花部心”，以此比喻性如莲花一样纯洁无暇。“哄 ”表示“金刚部心”，祈愿有所成就的意思，即必须依赖佛的力量，才能得到“正觉”，成就一切，普渡人生，最后达到成佛的愿望。

藏传佛教把这六字看作全部佛经的根本，主张信徒要循环往复吟诵，才能广积功德，功德圆满，方得解脱。活佛告诉我们，六字真言的汉语意译是："啊！愿我功德圆满，与佛融合！"当然，有的藏学著作认为六字真言最简练而颇具诗意的解释应该是："美哉！莲花湖的珍宝！"

河边的路旁也可随处见到经幡

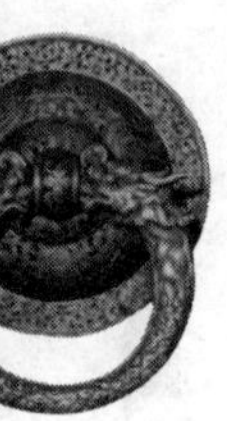

雅鲁藏布江

幻想与希望

记忆拉萨

你是一片火红的枫叶
慷慨地献出你的细胞
用鲜红的泉水
灌溉干枯的河床
在希望之中的一团生命
艰难地见到苦苦的期待

诗中的枫叶还未干枯
浓重的霜雾却又降临
那片退掉颜色的火红
呆呆地读着她留下的印痕
不知那艳丽的歌声哪儿去了
期待着的
到底是梦还是秋日的黎明

——所见所想

遐想无限

灵魂游荡的高原上，大地与天空是那样的自由和空旷，以致吹过高原的风也肆无忌惮的神秘。在西藏漫步带给你的是无尽的幻想，神灵时时出现在你的脑际，就像永远在空灵的天地间飘游，自我意识逐渐扩散、消失，只剩下灵魂悄无声息飞翔飞翔。

在北京，人们似乎忘掉了人的原本，忘掉了德行与灵魂，忘掉了诉求与平淡。在西藏则相反，人的原本被凸显出来，身外的物欲消退，人真正可以进入人应该进入的状态。

于是，西藏人能在饥饿与危险的包围里，创造高原的东西南北，从昆仑山、唐古拉山到喜马拉雅山。是的，在从阿里到冈底斯与喜马拉雅山脉间的峡谷，再到最南面的樟木，从世界第一大峡谷雅鲁藏布江大峡谷穿过，一直到藏东横断山脉的深山峡谷……不都有勤劳勇敢的西藏人在为生存而跋涉。无论山高水险，也无论前面有什么样的生死之难，哪里有藏人，哪里就有玛尼堆和经幡，因为那是藏人对神的期待和联结。

这才是人类的真正的艺术，美术馆里的那些个东西算是什么玩意儿？那不过是寄生者的幻术而已。

我曾在一个峡谷遭遇过一次暴雨引起的滑坡，当狂暴的泥石流向我们逼来的时刻，轰然而下的山体犹如万马奔腾从眼前滚过，我们这群北京人惊恐万状地从四处向灌木丛生的山坡上攀爬躲避。那个场面、那个情景真像是经过炼狱，如果真有炼狱的话。但是，当我们精疲力竭地逃过这一劫后，忽然见到飘扬着经幡的地方，一下子就理解了西藏人为什么相信天堂，相信佛教的教义。因为那种环境生动地创造了那个理论存在的情景！

手摇经轮的藏族老阿妈

在西藏的山山水水、在西藏的村庄、西藏的草原……我们悟出了这个道理。

其实，在西藏无论身处什么境遇之中，幻想与希望都是永存的。那些翻越喜马拉雅山脉的西藏牧民或是登山者，他们在狂风、暴雨、雪崩险境里，都能够遇到玛尼堆！在惊慌失措之间，这些人还是被它们所震撼，望着那些零乱的石头，产生无限的希望和力量。

在人烟稀少的地方，呈现在山谷里最为壮观的不是什么自然景物而是玛尼堆！尤其是那些刻满经文的石头。那是神的力量吧！？但它绝不是什么天神的杰作，而是西藏人的希望所在。

这就是幻想的力量，通过普通而又寻常的石头，表达出对于最神秘的生命的希望。当今世界崇尚奢华的时代，它却被看作愚昧和荒蛮！但等穷奢极欲到了尽头时，在宇宙中这样有限的地球上，愚昧和荒蛮与文明和奢华还有什么区别？

说到佛教，我们在藏地切身感受和身体力行得最多的一件事就是“布施”。拉萨的一位活佛告诉我们，学佛有几个步骤：“布施、打坐、念经、修行”。布施是第一步。布施就是学会无私地给予。举个例子：如果你给人家一件东西，或者

捐献了100万元钱，而你整天都在想着这件事，“我又给了谁什么东西，又捐了多少钱”，那就没有达到布施的目的。所以活佛建议我们换许多零钱进行布施，这样当你给出的钱使你没有产生什么感觉的时候，你就做到了布施修行。开始，我只是觉得好奇，心理上并没发觉有什么变化。但是让我真正灵魂上感到触动的是一次我在街上，一位藏族老阿妈向我要求布施，我正好没有零钱。在我犹豫的时候，活佛告诉我，你可以让她找给你零钱。于是我就给了她10元钱，按当地的标准她真地找给了我9元钱，而且还双手合十地感谢我。同样的场面后来我在各个寺庙中都遇到过，寺庙中每一个佛像前都有堆积如山的钱币，而许多朝拜者将整钱放在上面，然后自己自行从上面取出自己想找回的钱，没有任何人干涉你，布施多少一切都凭自愿。在他们眼里，布施就是一种心灵的修行，而我们这些在大城市中整天为之奔忙、获取的钱，在他们手里只是一个道具。更让我感动的是，许多藏民，每年收获后，就变卖了他们的家产，打起行李卷，走上通往拉萨的朝圣之路。他们向庙里供奉他们的长明灯，把他们的希望寄托在一次一次的磕长头中。有的老人怕忘记了磕长头的次数，还将手上的念珠放在头前，磕一次，就从左边向右边拨一颗珠子。在这种氛围中，S也多次专门到大昭寺前一次次地五体投地。

永恒

这就是西藏，在这片没有污染的蓝天、土地上，生活着这样一群质朴、单纯的人民。

漫话寺庙

现代化轿车沉没在沙尘之中
无数的顶盖在尘封下享受巨响
震开大地黄色的海洋漂浮着众多的水手
拼命的呼吸也救不过生命的回归
海洋在哪里
空留着四通八达的平坦
分别不出五彩缤纷的绿地和石头
然而依旧鼓励无情的轿车生育
杀手的悲哀正如死者懵懂不知
死的就是自己
人类的可悲在于盲目的重复
洪荒时代的淹没变迁了又一个洪荒的来临
黄沙的巨响依旧唤不醒利益醺心的势力
不幸只得走到同归于尽的无边……

——庙前遐想

其实在西藏旅游给人留下最深印象的事物还是寺庙，因为西藏的寺庙不仅数量惊人，而且它们与西藏人民的生活简直是息息相关，重要得不能再重要了。仅就它的建筑形式而言，那与内地寺庙明显不同的特征就给我以强烈的感官刺激，更不要说进入寺庙内部的感受了。我在西藏的十几天，每天都与寺庙发生关系，参观、学习和转经等等，无不以寺庙为中心进行。就是从那时开始，我才对西藏寺庙有了理性化的认识。

综观西藏的文化和风俗，应该说藏传佛教思想不但是其核心内容，而且也是西藏传统文化的基础，尤其是1300多年来的历史更是如此。正是藏传佛教对西藏的政治、经济、教育、生活与习俗诸方面所起的纲举目张的作用，才有西藏历史，也才有西藏今天的面貌。而在整个过程中，那上千座寺庙始终起着不可或缺的作用。

据我所知，在西藏严格意义上的佛教寺庙最早应该建于公元8世纪的779年。当时佛教已经由中原汉地的唐朝和印度、尼泊尔等地传进西藏，并为西藏统治者所接受。此时松赞干布已经死去多年，笃信佛教的新吐蕃王赤松德赞为了弘扬佛教、扶植僧侣势力，于是亲自主持，历时12年在桑耶建成西藏第一座寺庙。

寺内辩经的场面

藏传佛教史上第一座真正意义的寺庙就这样诞生了。桑耶寺的建立，标志着佛教势力已经占据了西藏的上层建筑领域。但是，由于赤松德赞过于娇纵僧人，而将普通百姓视做牛马不如的奴隶。这样不仅激起了广大民众的愤怒，而且也渐渐引起统治阶层的普遍反感。因此，苯教势力渐渐抬头。赤松德赞去世后终于出现了佛教被破坏压制、灭佛毁佛的严重局面。

到9世纪末，西藏历经百余年的战乱后，广大人民强烈要求社会安定，恢复生产。西藏奴隶制度终于寿终就寝，封建农奴制开始建立。在这种政治制度下，统治阶级为了建立新的统治秩序，他们需要一种精神力量将广袤高原上的农牧民统治起来，于是能够使人对来世充满期待的佛教便再度兴起。这时，西藏统治者往往从印度、尼泊尔等地邀请高僧到西藏传播佛教教义。与此相应，佛教寺庙开始普遍兴建。

公元1054年，从印度来西藏讲法的佛学大师阿底峡病逝。1076年，在西藏古格王的主持下，托林寺举办了规模盛大的纪念阿底峡的“火龙年法会”。法会的举行充分显示了佛教的复苏和振兴。以此为转折，各地寺庙如雨后春笋般地建立起来。

藏传佛教由于在后来的发展中出现了不同的派别，因此西藏的寺庙又因派别的不同在地理位置、建筑形式和数量方面有所区别。如宁玛派先后于16世纪晚期和17世纪中期在拉萨附近建立了多吉扎寺、敏珠林寺。两寺均为宁玛派的发源地和主寺。噶当派同宁玛派一样也是藏传佛教后弘时期的一个教派，并于1054年建热振寺，后又建立了博多寺、怯喀寺、基布寺，并兼并了一些小寺庙，形成了辖区广阔的寺院集团。但是，因为此教派消失得较早，保存下来的寺庙也不

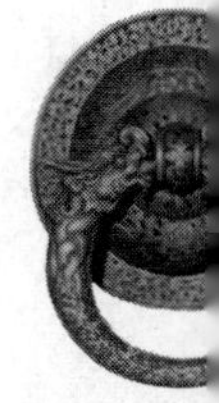

多，位于日喀则的纳塘寺是现存的噶当派寺庙。当年纳塘寺兴盛时期曾经容纳3000余名僧人，有经堂13间。其印经院是藏区三大印经院中最早的一座，珍藏着大量藏文印版和佛经手抄本。其中刻印于1732年、1742年的一套大藏经是西藏最早的刻版。此外，现存在此的《甘珠尔》据传则是格鲁派惟一正统的版本。

公元9世纪初，由于对教义的分歧，贡觉杰布脱离宁玛派并于1073年在萨迦修建萨迦寺，后逐渐形成萨迦派。萨迦派是以昆氏家族为中心形成的，所谓“萨迦”藏语意为白色或无色。因此寺建在白土山（萨迦山附近），故称“萨迦寺”。由于该寺墙壁上涂满黑、白、红三种颜色，又俗称“花教”。建于1449年的哲域结蔡寺则是萨迦派晚期的重要讲经场所。

而噶举派（俗称“白教”）由于分支众多，每个分支派系也都有自己的寺庙。帕竹噶举1351年建立的泽当寺是格鲁派兴起前的著名大寺。

寺内老僧人正在研习佛经

1410年藏历二月初五日，宗喀巴主持建立的甘丹寺举行了开光典礼，于是，以宗喀巴为首的新教派——格鲁派形成（俗称“黄教”）。宗喀巴圆寂后，名徒济济，格鲁派势力更加壮大，因此大量寺庙得以兴建。1415年建立的哲蚌寺便是最为重要的一座寺庙。哲蚌寺全名“吉祥米聚十方

通往寺庙的路上

尊胜洲”。“哲蚌”意为米聚，象征繁荣。1418年，绛央却杰赴北京朝见明永乐皇帝。回藏后用所获赏赐又建立了色拉寺。“色拉”意为玫瑰，即“野玫瑰园寺”，正式名称为“色拉大乘洲”。甘丹寺、哲蚌寺、色拉寺合称前藏三大寺。1447年，根敦朱巴在日喀则建立扎什伦布寺，意为“吉祥须弥”，此寺后为历代班禅所掌管。三大寺甘丹寺、哲蚌寺、色拉寺中，甘丹寺因宗喀巴亲自传播经典，奠定了显密二宗圆满的教法基础，成为格鲁派佛学研究中心。哲蚌寺因寺主扎希贝丹出身豪门，与帕竹政权关系密切，实际上成为格鲁派权力中心和参政机构。格鲁派另一重要人物根敦嘉措为格鲁派寺庙的发展及管理做出了巨大贡献，他死后，一个帕竹官宦人家的儿子索南嘉措被认定为转世灵童迎入哲蚌寺。格鲁派由此正式推行转世制度，从此有了达赖喇嘛的称号。索南嘉措追尊根敦朱巴、根敦嘉措为第一、第二世达赖喇嘛，他本人则为第三世达赖喇嘛。

1644年，清政府为巩固中央对藏区的统治，对藏传佛教，尤其是对格鲁派表示了极大的关注。顺治九年(1652年)，五世达赖喇嘛应邀来京入觐，仪式十分隆重，赏赐也非常丰厚。这次清帝封五世达赖为“西天大善自在佛所领天下释教普通瓦赤喇怛喇达赖喇嘛”，明确了其宗教领袖的地位。1654年固始汗去世后，达赖喇嘛扩展政治势力，在宗教上进一步确立了格鲁派的统治地位。至此，格鲁派寺庙达到3000余座。

不论在拉萨还是西藏的其他地方，人们都会看到，仅从那些色彩鲜明的座座寺庙建筑上，即能够充分反映出当时西藏社会政教合一的性质。最突出的特点就是代表王权的宫殿和代表佛教的塔寺合建一体。一些著名的大寺，更是融合藏、汉以及印度佛教建筑的风格，巍峨庄严、殿宇层叠、雕梁画栋、金碧辉煌，显示了极高的工艺水平。

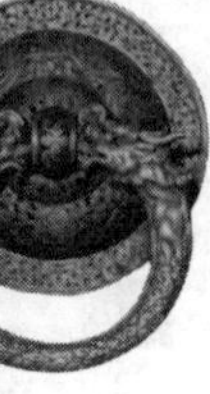

传法会场

西藏寺庙从建筑类型上大致可分为平川式建筑和依山式建筑两大类。平川式建筑以大昭寺为典型，依山式建筑以布达拉宫和拉萨三大寺(甘丹寺、色拉寺、哲蚌寺)为代表。

各寺庙的主要法事活动大体相同，只是因教派之别及寺庙大小而稍有差异。与寺庙有关的最主要法事活动，是每年藏历一月三日——二十五日的传召大会。藏语称为“莫朗钦茂”。其规模宏大，内容繁多，因而影响巨大，是所有寺庙法会与藏地节日中最为隆重的。

此外，历史上寺庙还有许多重要活动。二月十五日是传召小会，二月三十日是“赛宝会”。西藏民主改革以前的重要活动期间，各寺僧及贵族、官员等，手持各种宝贝珍玩在布达拉宫前展示表演，之后再经过小昭寺来到大昭寺。四月十五日各个寺庙都要过“萨嘎达瓦”节，这是纪念释迦牟尼诞辰与圆寂的节日。六月十五日至七月三十日为哲蚌

寺雪顿节。七月八日哲蚌寺还要举办“龙崩节”，允许广大僧俗群众前来大经堂朝拜第三、四世达赖喇嘛的灵塔。十月二十五日为燃灯节，黄教寺庙要纪念宗喀巴成道。十二月二十九日是驱鬼节，各寺举行跳神活动，以布达拉宫最为盛大，以祈来年丰顺。

西藏寺庙中还保存了大量的艺术品及珍贵的历史文物。许多雕塑、壁画和各类装饰品，都具有极高的艺术价值。西藏各大寺庙还保存着大量的经书以及文学、历史、地理、哲学、医学、天文历算等方面的典籍。可以说一座寺庙就是一座西藏历史、文化、艺术的博物馆，体现了西藏各族文化的精髓。

由于西藏地区历史悠久，在自然灾害如雷电、地震等以及历史上的多次战乱中，大多数寺庙都有不同程度的损害甚至已经坍塌废弃。1951年西藏和平解放后，国家十分重视对西藏寺庙的保护工作。中央政府先后将布达拉宫、大昭寺等一大批寺庙列为全国或自治区重点文物保护单位。近10年来，国家拨款2亿多元人民币，本着不改变文物原状的基本原则，维修了布达拉宫、扎什伦布寺、大昭寺、桑耶寺等重点文物建筑，修复了寺庙里的壁画、雕塑，使这些古老的文化遗产重放异彩。现在西藏共有1400多座寺庙，各个教派的重要节日均已恢复。

这些寺庙中，除了供各种佛、菩萨和护法神之外，有的还供奉着对藏传佛教的发展起过重要作用的杰出人物，如、松赞干布、宗喀巴等。与汉地佛教区别较大的是，藏传佛教寺庙中的法器不但数量多，而且极其繁杂。按照功用可大致分为礼器、赞器、供器、持器、护摩器和劝导器六种。

观大昭寺和小昭寺

天光下彩云间
石头在四周卫护祈愿
薄雾从远方漫漫飞来
一群褐色的天使翱翔降临
宝贵的生命在洁净中走完
漫山的花朵和青草
红衣袈裟做永恒的花环

——偶感

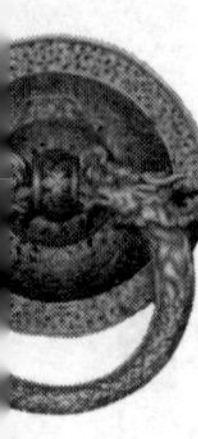

到拉萨后的前几天，由于各项活动安排非常紧张，所以我们一直未能去大昭寺。按理，到拉萨首先应该去大昭寺才对，因为无论从哪方面讲，大昭寺的历史是拉萨最为悠久的。大昭寺对于拉萨，如同潭柘寺关乎北京城。不是有一句形容潭柘寺与北京的关系的话吗——“先有潭柘寺，后有北京城”。那么大昭寺与拉萨的关系也应该是如此。其实，大昭寺不但在拉萨，而且在整个西藏历史中都具有突出的重要地位。

一天上午，我们来到位于拉萨老城区的中心地带。在大昭寺广场的一侧，远望这座藏传佛教的著名寺院，只见由金、红、白三种颜色的装饰使寺院外表显得异常地醒目，宏伟的的寺庙主体建筑，在青烟缭绕之中如同天宫宝殿般虚无缥缈。走近寺前，但见整个建筑为木石结构，高4层。殿顶为藏式金顶和法轮构成。在寺前有一块巨大的石碑非常显眼地立在那里，碑身已经班驳，透着一股苍凉之气。

供奉在大殿内的释迦牟尼像

它就是立于唐长庆三年（823年）的唐蕃会盟碑。上面的碑文用藏汉两种文字镌刻着公元823年签订的唐蕃会盟书。记录了藏汉两

民族历史悠久的亲密关系，至今仍然完好清晰。在碑的南侧是相传为文成公主亲手栽植的唐柳，也称公主柳。此外，在唐蕃会盟碑和唐柳之间，还有立于清乾隆五十九年（1794年）的劝人种牛痘碑，上面的汉藏两种文字已漫漶得难以辨认。那是为了纪念清朝政府防治当年流行于拉萨等地区的天花病，而专门设立的功德碑。

建于7世纪中叶的大昭寺，相传是吐蕃赞普松赞干布先后联姻的尼泊尔赤尊公主和唐文成公主共同主持兴建的。寺内原供奉赤尊公主带到西藏的不动金刚佛像（释迦牟尼八岁等身像，8世纪前半期唐金城公主嫁到吐蕃后，又将其移置于小昭寺）和文成公主带到西藏的觉卧佛像（释迦牟尼12岁等身像）。因“昭”为蒙语又经藏语直译的汉语发音，意为寺庙，这里又供奉着大的佛像，故称大昭寺，即供奉大佛的寺庙。

关于大昭寺以及后面要讲到的小昭寺，我们在拉萨期间朋友还给我们讲过一些脍炙人口的传说。他说，由于文成公主是救度母的化身，她进入拉萨时，松赞干布及吐蕃人民万人空巷，欢歌郊宴以迎接她的到来。

文成公主抵达吐蕃王都后，登高四望，但见东方山岭起伏，状若猛虎将跃；西方两山夹谷，恰似雄鹰展翅；南面流水迤逦，形如青龙盘旋；北面岭叠坡缓，活像灵龟爬行，遂对拉萨周围的山，分别以妙莲、宝伞、又旋海螺、金轮、胜利幢、宝瓶、金鱼等八宝命名，并劝藏王说：“天如八辐轮，吉祥无比；地如八瓣莲，福运亨通；群山如吉祥徽，瑞相拱照。”建议于此立庙，供奉释迦牟尼佛像。

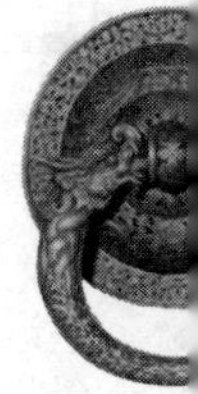

松赞干布的尼泊尔妃子赤尊公主也是佛教信徒，知道了文成公主的建议后便抢先一步，在布达拉山东布卧错湖旁的

沙地选址建寺，率先打下地基，并亲自指挥营建，但白天修起来的墙体房基，一到夜晚便为佛法的对立魔鬼拆毁。赤尊公主无奈，只好向文成公主求教。文成公主默察天象地理，认为拉萨地形是罗刹女仰卧的凶相，此地更是罗刹女的心脏，湖水便是女妖之血，须以白羊驮土填湖以堵其血路，再在此建庙以压其心脏，如此方能斩断恶根，显现善好。赤尊不肯听从，转而求助于松赞干布。于是经过祈祷，只见护法佛像右脚的大拇指突然放出一道光芒，划破长空，直没入卧错湖中。赞普与赤尊公主两人策马来到湖畔，赞普除下手上戒指道："这只戒指落到哪里，就在哪里兴建佛寺。"说罢将之向天空高高一抛，落下来时，恰好"咚"地一声掉进湖中。赤尊公主目睹此景，竟以为赞普是和文成公主商量好了来合伙捉弄自己的，不禁悲从中来，放声大哭，幸好赞普在一旁百般解释，这才相信填湖造寺乃是佛祖的旨意。

大昭寺内这尊佛祖12岁等身像为唐文成公主带入西藏的

英明的赞普和贤慧聪明的文成公主全力协助赤尊公主修建佛寺，成千上万的白山羊从桑朴地方运来了泥土与石头，填进了卧错湖，湖中心很快就堆成了一座四方形的石碉堡。于是架上长木，铺以木板，盖住湖面，从龙宫取来金刚泥，涂在所有的木料上，使木料不怕浸泡，不易腐烂，非常结实。人们再在上面铺上铜砖，熔铜汁灌缝接紧，然后才铺上砖块、木板、石板、沙子和好土，终于把卧错湖弄得和平地一样。吐蕃百姓在赞普的命令下从各地集中到王都，开始动土兴建佛寺。在修建过程中，有时狂风呼啸，飞砂走石；有时大雨倾盆，寒冷异常；有时浓雾弥漫，天地茫茫，但是工地上雄浑整齐的号子声始终持续不断，一座恢宏壮丽的佛寺终于拔地而起。

由于大昭寺是由山羊运土填湖造地而建成的，在藏语之中，山羊称为“惹”，泥土称为“萨”，所以这座寺庙最初就叫“惹萨”，后来因为这里主要是念经供佛的地方，又改称“祖拉康”（经堂）或“觉康”（佛堂），它的全称就成了“惹萨噶喜墀囊祖拉康”，意即由山羊驮土而建的佛经堂。后来由于“惹萨”成了吐蕃新王都的象征，以致这个名称渐渐地取代了“吉雪卧塘”而成为拉萨的名字。“惹萨”在汉文音译中被译成“逻些”，也就是拉萨的前称。

朋友告诉我们，传说毕竟只是传说而已，不可当真，但大昭寺建在湖泊之上，这到是千真万确的事实。据说当年松赞干布动员大量人力物力，填平卧错，填至最后一坑时，碰上泉眼，任怎么填都无法填平，只好以原木搭架，在井架上修建寺庙，故而留下了一个井洞。我们就在寺内大殿一侧的宗喀巴塑像之下，发现了一个小门，当时用封条封着。陪同我们参观的朋友说，小门每年只开一次。小门一开，便能够见到架于四壁的巨大原木。每年的藏历四月十五日，大昭寺僧众都要打开小门，投入食物，以饲洞中鱼鳖生灵。

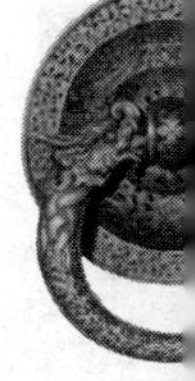

与我们前几天去过的布达拉宫相比，大昭寺没有那种居高临下，遮天蔽地的慑人气势，但却有其深沉庄严、恢宏肃穆的特色。

经过半个多小时的排队等待后，我们才进入寺内。由于为了保持寺庙的原有风格，寺内只安装了极少的照明灯，几乎完全靠供案佛龛前的酥油灯照明，因此寺内光线很差。为了看清那些珍贵的佛教文物和艺术品，我们不得不借助手电筒。

从正门进入大昭寺后，沿顺时针方向可进入宽阔的露天庭院，这里曾是当年举行规模盛大的拉萨祈愿大法会“默朗钦莫”的场所。想当年，拉萨三大寺的数万僧人云集于此，共同为众生幸福与社会安定而祈祷，同时还举行辩经、驱鬼、迎诸弥勒佛等活动的情景，那是何等的壮观啊！庭院四周的柱廊廊壁与转经回廊廊壁上的壁画，因满绘千佛佛像而被称为千佛廊。整座大昭寺的壁画有4400余平方米。

继续向右绕行，穿过两边的夜叉殿和龙王殿，那数百盏酥油供灯台案的后面便是著名的“觉康”佛殿。它就是密宗坛城（曼陀罗）的核心，既是大昭寺的主体，也是大昭寺的精华之处。佛堂呈密闭式，楼高四层，中央为大经堂。藏传佛教信徒认为拉萨是世界的中心，而宇宙的核心便位于此处。佛堂是朝圣者最终的向往，此殿供奉的释迦像便是文成公主带到吐蕃的释迦牟尼12岁等身像。现在这里已经作为大昭寺僧人诵经修法的场所。站在大经堂中可看见造型精美的千手千眼观世音菩萨塑像和两侧的两尊装饰华美的佛像。左为莲花生，右为强巴佛。

释迦牟尼“觉卧”（藏语称佛像为“觉卧”）佛像供奉于大昭寺主殿正中，两旁廓殿则供奉着松赞干布与赤尊、文成两公主的塑像及其他佛像。四周走廊皆绘满壁画，有佛经故事、圣人事迹、密宗坛城及建寺经过等内容。主殿二、三层檐下，设置着成排的木雕伏兽和狮身人面泥质半圆塑雕。从全寺的建筑风格看，以藏式为主，兼具唐代风韵，同时还可看出尼泊尔和印度的某些建筑特征。

正是因为大昭寺主殿内供奉着的那尊世界上最为罕见的释迦牟尼像，使得近600年（公元1409年的祈原大法会制度建立后）来的众多佛教徒不惜跋涉千里，一步一个长头地磕到这尊佛像的脚下，以表达他们对佛的极度虔诚。我们刚才在大昭寺门前便见到数以百计的信徒匍匐在地磕长头的情景。我们身前身后布满了匍匐在地的人，他们顶礼膜拜，只见像前的石板已经被信徒的身躯磨擦得像镜子一样光滑。

一位守候在释迦牟尼佛像前的喇嘛对我讲，释迦牟尼在世时，弟子们为使他的真容能够传之后世，特请工匠替他造了4尊8岁等身像和4尊12岁等身像。因有释迦牟尼的奶母等人从旁指点，故造像与其本人酷似。据藏文古籍《松赞干布遗教》记载，印度国王达尔玛巴拉为感谢中国皇帝资助他击溃入侵者，使佛法重放光明，特将其中一尊释迦牟尼12岁等身像奉送给中国皇帝。松赞干布迎娶文成公主时，唐太宗将这尊像作为嫁妆，由都城长安送抵拉萨。此后，这尊佛像便与藏传佛教共命运。

大经堂四面由众多的小佛堂围绕。它们虽然面积不大但却布置规整端庄。

在西藏拜佛要五体投地才好

按照惯例，只有沿千佛廊绕“觉康”佛殿转一圈“囊廓”方为圆满。我们也依此规矩完成了这道功课。原来这个圆圈就是著名的拉萨内、中、外三

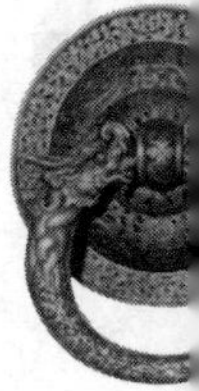

条转经道中的“内圈”。拉萨主要的转经活动都是以大昭寺的释迦牟尼佛为中心而进行的，除“内圈”外，围绕大昭寺则为“中圈”，即“八廓”，也就是古老而热闹的商业街——八廓街；围绕大昭寺、药王山、布达拉宫、小昭寺为“外圈”，即“林廓”，需绕拉萨城大半。我们在拉萨期间，也曾沿着这三条转经路线转过几次经。一次转经下来要几个小时。

我们还仔细观赏了寺内保存的那些极为珍贵的唐代乐器及相传为文成公主使用过的石制盥洗用具等文物。明代杨英、袁琦等人入藏所立石碑，矗立在正殿大弥勒佛像后，可惜的是字迹已多不可辨认，据记载立碑年代约在永乐至宣德年间。

历史上大昭寺曾经举行过许多里程碑式的重大活动，是西藏重大佛事活动的中心。五世达赖喇嘛建立“甘丹颇章”政权后，“嘎厦”政府的机构便设于寺内，主要集中在庭院上方的两层楼周围。许多重大的政治、宗教活动，如“金瓶制签”等都在这里进行。

如明永乐七年（1409），由格鲁派创始人宗喀巴在此发起并举行了祈愿大法会（“默朗钦莫”），标志着格鲁派在藏传佛教中主导地位的确立。始于1409年的祈愿大法会，实际是宗喀巴大师为纪念释迦牟尼佛以神变之法大败六种外道的功德举办的。此后每年藏历正月，格鲁派黄教均聚集数以万计的僧人在寺前诵经。乾隆五十八年，清廷颁赐金瓶，以掣签方式确定大活佛的转世

与僧人合影

"灵童"制度，当时的仪式就是在大昭寺觉卧佛像前举行的。

从历史记载看，大昭寺是西藏现存最辉煌的吐蕃时期建筑，也是西藏最早的大型土木结构建筑，并且开创了藏式平川式寺庙布局的范例。经历代多次整修、增拓，形成了今天占地25100余平方米的建筑规模。

大昭寺不仅是一座供奉众多佛像、圣物的殿堂，它还是藏传佛教密宗中关于宇宙的理想模式——坛城（曼陀罗）理念的真实再现。

参观中我们还了解到，大昭寺历史上曾遭受两次大灾难。公元7世纪后期，由信奉原始宗教苯教的贵族大臣发起的一次灭佛运动，以及公元9世纪中期，由朗达玛发起的第二次灭佛运动。两次大难，大昭寺均是事件的重要活动中心，它不是充当着血腥的场所，就是完全被灭佛势力封闭起来。那尊释迦像也两次被埋于地下。

参观完大昭寺后，按照预定路线，我们又来到位于北面大约几百米处的著名的小昭寺。

小昭寺也兴建于7世纪中叶，同样属于吐蕃早期的佛教寺庙。曾经一度成为格鲁派密宗经院之一的上密院所在地。目前它同大昭寺一样，都同属西藏自治区重点文物保护单位。

小昭寺的藏文全称叫作"甲达惹木切拉康"。"甲达"的含义是"汉人所建"，"惹木切"的意思包含有"牝山羊"、"藏宝处"、"大庭院"等，拉萨人一般直呼其"惹木切"。小昭寺的称谓大概是为了与大昭寺区别而来的吧。清代文献中曾有"喇木契"、"巴汉招庙"的名称记录。

据记载，公元7世纪中叶修建大昭寺时，文成公主选择了小昭寺的建设地址，并主持设计了寺庙的蓝图，风格完全依照汉地寺庙制式。然后派从唐朝长安同来吐蕃的汉族工匠进行施工建筑。经过大约1年的时间，于唐贞观二十年（646年），与大昭寺同时竣工。

我们来到小昭寺前，发现寺门朝东。问其原委，才知是为了表达文成公主思念家乡的强烈心愿，而专门这样设计的。据说小昭寺的最初规模与大昭寺相同，只是由于后来的历史变化，大昭寺逐渐成为主要的佛教活动中心，这里才香火日衰，规模始终没有扩大，最后被不断扩建的大昭寺所大大超出。因而今天见到的小昭寺已经大为逊色。

当年修建寺庙的目的，主要是供奉文成公主带到吐蕃的释迦牟尼12岁等身鎏金铜像，即“觉卧像”。只是后来松赞干布死后，因传闻唐朝将向吐蕃用兵，才将寺内所供奉的主尊释迦牟尼佛像移往大昭寺镜南门内进行秘藏。若干年后，待金城公主嫁到吐蕃和亲后，秘藏的释迦牟尼佛像虽然取出，但却留在大昭寺主殿供奉，而将供奉在大昭寺的赤尊公主所带来的不动金刚像移到小昭寺供奉。

小昭寺曾经多次遭到毁损，经过不断的修葺，最初的建筑基本不复存在。其中最近的一次破坏发生在“文化大革命”期间。1986年国家专门拨款进行了大规模的维修，才使这座具有重要历史意义的古寺以绚丽的光彩展现在世人面前。

呈现在我们面前的庙宇殿堂，绝大部分为后世的仿建。站在小昭寺金顶俯瞰全寺，只见在占地大约4000平方米的院落内，靠寺门的部分为一庭院，庭院后部为该寺核心。整个建筑有神殿、门楼、转经回廊等。

从门楼进入后，可见在三层的底层是非常宽敞的明廊，周围墙壁上绘有六道轮回等传统壁画。登上门楼的二、三层，

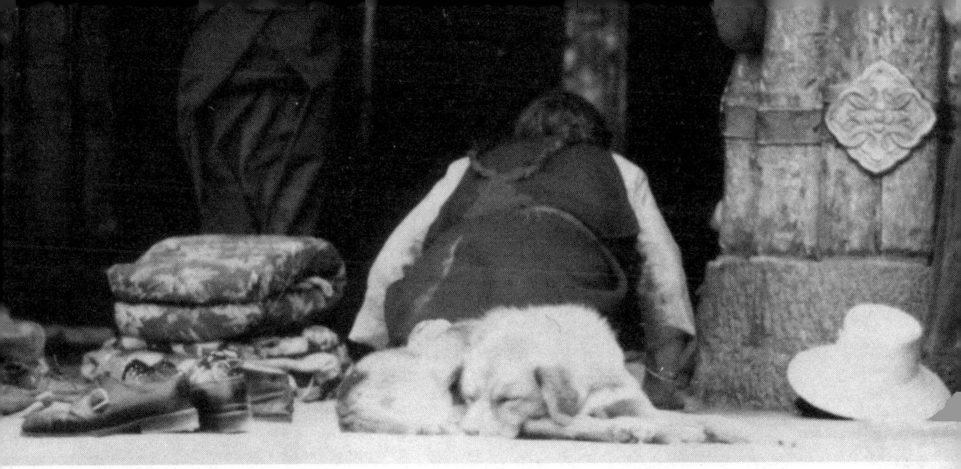

祈祷

眼前干净整洁的僧舍和经室，绝对令人对格鲁派改革后所产生的巨大影响仍感到震惊。从门楼往里走便进入转经回廊。我们照旧转经一周。

眼前的小昭寺神殿作为全寺的核心建筑部分约占整个院落面积的一半以上，也就是2100多平方米的样子吧。神殿也分三层。我们进入底层后，首先来到靠前的门庭。门庭的左右两边为配殿，中间的大堂是由四根柱子支撑的一个宽大空间，也当作通往门庭后面经堂的通道。经堂不算很大，我们测量了一下，东西长21.4米，南北宽17.6米，进深7间，面阔3间，由30根立柱支撑整个堂室。作为全寺僧众的集会之地，我想届时还是有些拥挤的吧。

来到最后面的佛殿后，我们眼前的这个殿堂显得更为狭小。东西仅长4.35米，南北宽也不过5.1米，有2柱。称作殿确实有些言过其实的感觉。殿内供奉着赤尊公主带给西藏的不动金刚鎏金铜像（释加牟尼8岁等身像）。神殿也分三层。二层前部为僧舍，中部为底层经堂的天井，后部为6柱佛殿。神殿的第三层曾经作过达赖喇嘛的卧室。

明成化十年（1474），格鲁派僧人衮嘎顿珠所创立的上密院曾经设在小昭寺，成为修习格鲁派密法的学府。想必，那时这里一定非常红火。在这里修习的僧人称喇嘛举巴，是地位很高的僧人，有升任甘丹寺两大法王之一的夏孜法王的机会。上密院也是接受内地及外国僧人学经修法的主要学府。

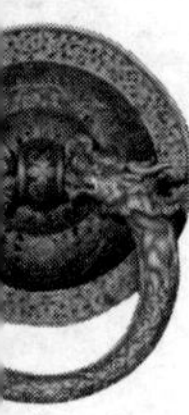

这是我们体会最多的一天。

游甘丹寺

依然被我们写过
那赤裸的山脊
长在碎石上的老树
风吹雨打中
一声法号悠扬在空中
而遥远的云的缝隙里
金光缭绕雾气飞行
云开雾散蓝天永恒

——偶感

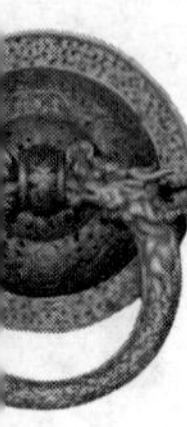

著名的甘丹寺位于拉萨以东的达孜县境内绵延苍莽的旺波尔山上。据记载这座规模宏大的寺庙建筑群落始建于明永乐七年即公元1409年，相传是在格鲁派（黄教）创始人宗喀巴大师主持下修建的。由于它是格鲁派（黄教）所属的第一座寺院，所以被奉为黄教的祖庙和发源地。

我们在一个多云的日子去参观这座著名寺庙。甘丹寺距拉萨市东部边缘大约47公里，虽然那时拉萨到甘丹寺已经有了小公共汽车可以通达，但是我们还是选择了乘坐农民的手扶拖拉机的方式。因为只有这样才能够距离藏族人民更加近一些，毕竟车上坐的大部分是从拉萨城赶到那里的藏族农民。他们或是清早来到拉萨办完事返回的人，或是专程到那里去有什么事的人。由于手扶拖拉机的车费才每人0.5元人民币，而且不论距离远近，所以对于收入微薄的农民来说，它自然是首选的交通工具。

我们一路上听着藏族乘客们或藏语或汉语的交谈，呼吸着夹杂着他们身上的特有气味的高原上清新的空气，浏览着沿途的风光，不知不觉将近一个小时后便到了甘丹寺附近的停车场。

去甘丹寺的路上

旺波尔山位于拉萨河畔南岸，山形南北走向，稍微向东弯曲。甘丹寺就建造在旺波尔山

峦的山坳里。此处海拔3800米，比拉萨的平均海拔要高出100多米。传说旺波尔山像一只卧着的大象，背上驮着甘丹寺。大象是佛教推崇的国政七宝之一，“国有七宝而兴旺”。因此，旺波尔山是吉祥的象征。还有人称旺波尔山为王后岭，远远望去像慈祥的母亲，把甘丹寺紧紧搂在怀中。这些优美动人的传说深深打动着我们的心。

下车后，举目眼前依山势铺展开的巨大寺址，只见那些鳞次栉比的人工建筑物体，几乎已变成断壁残垣了。现在保留下来的只有寥寥无几的几座殿堂。即便如此，那占据了一大片山坡的寺庙遗址仍旧有一种震撼心魄的神秘力量。特别是在太阳光线的强烈照射下，整个山坡连同那些人工的痕迹反射出一种温暖的橙红的光芒。这种光芒我只有在电影中记录的那些世界文化的著名圣山神殿的遗址中见过。

由此可以想见，当年的甘丹寺是何等的辉煌与壮丽！

我们怀着无比惋惜的心情，沿着人们习惯的进入寺庙的高低不平的路径，浏览着面前的景物。绝大部分已变成废墟的寺内，从尚存的主要建筑遗址上可看出拉基大殿、二大扎仓夏孜扎仓和绛孜扎仓以及“赤多康”拉丈（活佛公署）当年的辉煌景致。

拉基大殿号称可同时容纳三千余名喇嘛念经，但我对此表示怀疑：那么多人怎么能够容纳得下？除非一个挨一个地站着，可是那还怎么念经？而在其配殿二楼还有“司东陀”殿，供奉着宗喀巴的灵塔。据说寺内的赤多康是宗咯巴当年生活居住的地方，里边曾经摆放着大师圆寂时的坐床。

甘丹是藏语的汉语音译，它的意思是指未来佛弥勒所教化的世界。甘丹寺全称的汉语直译为喜足尊胜洲，也有译作极乐寺、具善寺的。意思是兜率天，即佛教中欲界的第四天。

它是释迦牟尼作为菩萨时的最佳去处，以后又成为弥勒菩萨的净土。兜率天的一年，相当于人间14.4万年。“甘丹”就是“受乐知足”之意。

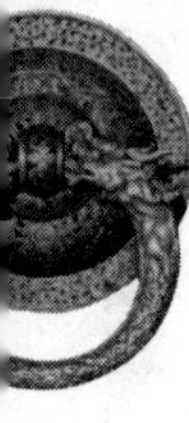

由此可见该寺僧侣信奉“弥勒净土”。宗喀巴的法定继承人，历世格鲁派教主甘丹赤巴均居于此寺。寺内还保存着历代甘丹赤巴的遗体灵塔九十余座，并珍藏着许多明代以来的文物和工艺品。由于甘丹寺大部分已经毁坏坍塌，所以，我们到此更多的是面对如此巨大的寺区现场，在追寻历史遗迹中凭吊格鲁派创始人宗喀巴的丰功伟绩。

史载公元1372年，16岁的罗桑扎巴辞别家乡青海湟中，满怀希望地来到西藏寻求高僧求教深造。藏语把湟中一带地区叫做宗喀，所以在罗桑扎巴后来成为佛教大师后，人们尊称他为宗喀巴。罗桑扎巴出身于官宦之家，父亲鲁布木格是元朝末年的一个地方总辖官“达鲁花赤”。

宗喀巴天资出众，博闻强记，而且勤奋好学。他3岁时就深受嘎玛嘎举派活佛赏识，7岁便从嘎当派高僧顿珠仁钦学习佛经。这次他来到西藏后，先在几所寺庙里向嘎当派高僧学习显宗论述，偶尔也学一些密宗和医方明、声明。不久，他又拜萨迦派高僧仁达娃学显宗。1385年，他受比丘戒，并进一步学习密宗经典。同时选择固定寺庙专修密宗加持，还开始了讲经的实践活动。由于他对佛学精髓的深刻理解，以及对各经部典籍的非凡熟习和雄辩的口才，他的听众无不折服倾倒。他的名声逐渐传遍西藏。

但是，当时藏传佛教各教派僧人戒律松弛，追求享受和世俗的名利，酒食游戏贪财好女色成为风气，甚至经常出现欺压百姓的情况。这一切使宗喀巴非常失望。宗喀巴于是广学博采，着手建立新的佛学体系，力图改变这种颓废堕落的现象。

甘丹寺局部

公元1400年，他正式提出宗教改革，并将嘎当派作为基础，吸收其他各派的长处，提倡遵守佛教戒律，清楚地阐明了显密两宗的关系，并制定了学佛的等次和僧人的生活准则与辨明是非的标准。这样，在他治理下的寺院中，有效的组织体制也逐渐地建立起来。从此，一个新的教派格鲁派产生了。由于他戴着象征节律约束的黄色桃形尖顶帽子，所以人们也称格鲁派为黄教。

宗喀巴的主张深受普通百姓的欢迎，同时也为当时西藏的统治集团帕竹政权所接受。由于宗喀巴是完全按照佛教经典行事，以及他在佛学上的精深造诣，所以西藏佛教界的正直僧侣也非常敬重他。少数不安分的僧人也不敢公开反对。在这种形势下，嘎当派的寺庙、僧人率先改宗黄教。以后陆续又有其他教派改宗。最重要的是帕竹政权大力支持改革，帕竹首领扎巴坚赞甚至让自己的王位继承人以宗喀巴为师受比丘戒，并使自己的嘎举派僧众听宗喀巴讲经。

宗喀巴从此居于西藏各教派的领袖地位。1409年，他在

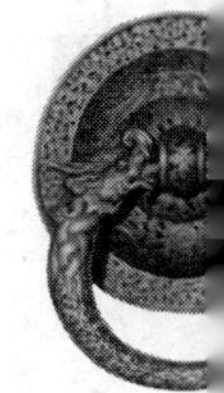

拉萨发起了祈愿大法会，这成为一个惯例，以后每年都在拉萨大昭寺举行祈愿大法会。同年，在他的主持下，兴建了格鲁派的第一座寺庙甘丹寺，并于次年2月5日由宗喀巴主持盛大的开光仪式宣布竣工。宗喀巴担任了第一任甘丹寺赤巴（神职法王）以后，又经过95代赤巴的经营，形成规模宏大的建筑群。它与以后相继诞生的色拉寺、哲蚌寺、扎什伦布寺、青海的塔尔寺和甘肃的拉卜楞寺共同成为格鲁派黄教的六大寺庙，在藏传佛教的传播中发挥了巨大的作用。

在我们游览这座伟大寺庙的过程中，一位中年喇嘛趁我们歇脚的间隙，热情而又非常认真地给我们讲述了有关宗喀巴大师的一些传闻轶事。听了他的叙述后，我们不禁对已经逝去500多年的大师产生了一种由衷的敬仰之情。

下面我将有关这位喇嘛所讲述的主要内容转达给大家：

在宗喀巴大师的晚年，他为了佛教事业的未来依旧不断地操持着。尽管他内心对佛教在雪域高原永远发扬光大充满信心，但历史上所发生的几次禁佛灭佛悲剧也使他忧心如焚。特别是朗达玛时期的那次灭佛，佛教几乎在雪域高原彻底灭绝。除了外在的排斥佛教的因素外，佛教徒自身的修行不和仪轨等方面也是重要原因。所以尽管佛教经过改革，已经重新发扬光大起来，但是佛教徒的戒律和内部组织建设还需要进一步加强。只有不断地严格仪轨建制，所有佛教信众才能够走向自觉自悟的道路，最终走向圆觉的彼岸。

一天深夜，德高望重的宗喀巴大师就是带着这样的忧虑进入了梦乡。将近黎明时分，他忽然从他的梦里醒来。他趺跌跏坐在床上，面目慈祥地侧耳细听。广大的甘丹寺里是这样地万籁俱寂、悄无声息，那些费尽心血建成的宏伟的层层建筑和传播佛法的经堂殿宇，这些振兴佛教的基地似乎与天地溶化在这一片黑色的静寂之中了，只有自己的气脉还能够感觉到它的存在。

大师开始慢慢地回味自己刚才的梦境。在梦中，他看到了一个洁白圆润、面如满月的婴儿，那是自己的前身。他还见到了一位面容清癯、头戴高耸的黄帽的暮年喇嘛，那是他的现在。他还看到了一个模糊不清但通体放光、高踞莲花宝座之上的袈裟之人，他想那可能就是他的未来。他渴望成为他们中的每一个，但实在难以割舍其中的任何一个。就这样他犹豫着不知如何是好。忽然，那个婴儿、暮年喇嘛和那模糊不清的袈裟之人叠合在一起，变成一个三头六臂的东西向他微笑招手地走来。就在大师准备与其相拥的一刹那，梦结束了。

甘丹寺内供奉的宗化身像

大师意识到，刚才的梦中之事，便是自己的涅槃前兆。于是他下床穿上法衣，在坐榻卡垫上结金刚跏趺座，摆正身体，双手做入定手印。就在此刻，伟大的宗喀巴不禁想起了自己早已逝世的母亲。

宗喀巴大师的母亲是一位虔诚的佛教徒，她的相貌端庄

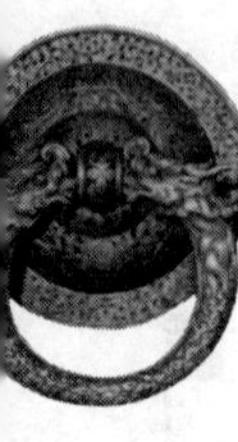

美丽，性格诚实善良，常以一颗怜悯之心来救助贫苦无助的人们。她的品行远近闻名，以致家有女子的人家常常将她作为教育女儿的典范。大师是她的第四个孩子，童年就已散发出高尚品德的芬芳。他从不给母亲带来任何烦忧与不便，也没有任何顽性，只是喜欢翻看父亲的藏书，常常三更睡，五更起，为此熬红了眼睛。这些让母亲心疼得直掉泪眼。

在不到5岁的时候，大师便离开了家，在距家乡安多（今青海湟中）不远处的夏琼寺出家为僧，从此几年才与母亲见上一面。16岁时，大师开始了他远行求学的漫长生涯。

在大师屈指难数自己离家已有几载光阴之后，双亲的容貌也在他记忆中渐渐模糊。然而，有一年的秋天，家乡来了信，母亲在信中寄来了一缕如白海螺一样白的头发，并且写道："见到这缕白发，你一定能想到我该是多么老了，在我快要归西的时候，惟一的愿望是再见我最宠爱的儿子最后一面。看在母亲年迈的份上，请你快些归来！"

大师深深地震动了，握着母亲的白发，他不止一次地流了泪。然而离家万里，学业未成，他又怎么能半途而废呢？思忖再三之后，他给母亲寄去了一张自己的画像。

母亲长久而热切的期盼只换来了一张画卷之后，沉默了良久，忽然把画卷往地上一抛，说："这不是我的儿子！"但是隔了不久，她又把它重新拾起，用颤巍巍的手指抚摸着画像上的每一个地方。直到离世的时候，她都在凝视那幅画像，希望上面那个法相庄严的青年能够张开口，亲切地再叫自己一声"阿妈"。

大师如今已到了母亲当年一样的年纪，对于母亲的心情也有了深切的体会。每次回忆此事都免不了带着负罪的内疚，此刻依旧是这样。天即将亮了，空气中也充满了寒意。大师努力想要入定，恢复旧日那种无思无虑的澄静境界，然而业已扰乱的心情却无法抑止了。

大师不无感伤地想到了以前的另一个梦。在那个梦里，他来到一座陡峭险峻的山崖上，看到一块光滑无瑕的石板上盛开着一朵雪莲花，色彩明丽，花瓣娇艳，他伸手把它摘了下来。就在此时，它突然变成了一张美丽的女性面孔，向他嫣然一笑。

大师只向他的弟子讲述了这个梦的前半部分。余下的梦境他让大家自己理解。于是弟子们纷纷解答：“登上险峻的山崖，表示超越轮回而进入解脱之道；无瑕的白石板表示心无私利，未受半点污垢沾染；盛开的青莲，色彩鲜艳，旨在教法的昌盛明朗；花瓣妖艳，表示有待呵护守持；带有花柄，表示教法将扎根人间，广种福田；摘花在手，发扬与长存这种清净教法，将是大师一生的事业。”

大师对于此种解释不置可否，但他记得自己醒来之时确乎是大汗淋漓的。至于那张面孔，时隔多年之后，也依然栩栩如生。其实，那是一位藏王的女儿。她的父亲曾经邀请大师前去讲经。当时的大师年纪虽不满三十，但德行之名已传遍全藏，被人尊称为“佛陀第二”。在藏王家里，他在明眸善睐的公主渴求爱情的眼神面前，内心深处一阵阵的悸动。

爱情来得愈迟，就愈是强烈。大师不明白这种世俗的情感怎么可以出现在自己有二十多年修行的身体上面，只是觉得它像只咬人的虱子，令你全身发痒，并且无药可医。大师已经记不清自己在无数个夜里的辗转难眠之后是如何痛下决心，挥慧剑，断情丝的了。但是在那最后一夜，公主凝望着他一步步向后倒退时的那道无限哀怨的眼光，却永远烙印在了他的心头，并且穿透一切时空。

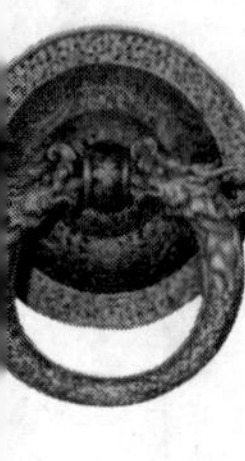

大师从此没有再见到公主，只是从别人口中零零星星地听到了不少关于她的传闻：说她突然染上一种恶性癞病，使得无数求婚者退避三舍，就连平日最疼爱她的父王和母后，也都因为嫌弃而不来探问；说她离家出走，躲入了渺无人烟的大雪山的山洞里，一心虔诚精勤地礼拜观世音菩萨；又说她的癞病突然不治而愈，容貌更胜往昔，但却已看破了红尘，毅然削发为尼；还说她已经成了十一面观音密法的第一代传承祖师，救渡了无数众生，被人称为“比丘玛巴摩”，如今在西藏和印度，几乎没有人不知道这位比丘玛巴摩的大名……

大师已经不能再想下去了，他的眼角开始湿润，他的心灵开始颤抖，大地在他脚下开始颤动，天空仍旧昏暗不明，却有灿烂的虹霓一再降入甘丹寺内。对于大师，黎明永远不会再到来了。就这样，大师圆寂了。

讲到这里，那位中年喇嘛停顿了一下，对我们说，“这就是我们这里一代代流传下来的有关大师的传说故事。你们可能会觉得佛门之内的人怎么还有这样浪漫的思想？其实那是世人对这块领地的不理解，这些传说不正说明大师的伟大之处吗？”

中年喇嘛笑了笑继续说道：“不过，在宗喀巴大师圆寂后的49天中，没有一丝微风飘过。大地似乎断绝了气流，从寺外到寝室，各个屋顶之上，墙沿之下，到处点着酥油灯，昼夜照明，从没有发生过灯倾倒或是熄灭的事情。每当夜阑人静时，空中时常传来微妙悦耳的天音，五彩缤纷的雪雾，频频从空中散落；白色的天花，光耀如珍珠，宛如满天明月纷纷下坠。甘丹寺的上方，有纯白色的光柱，上面竖着幢幡；寺的两旁及寺门外，祥云聚集，布满五色霞光。”

不知中年喇嘛讲述的景象是否发生，但他对大师的怀念和崇敬之情是溢于言表的。我握着这位喇嘛的双手，注视着他那双虔诚的眼睛心想，有他这样的信徒和宗喀巴大师建立起来的佛教经学戒律，藏传佛教一定会发扬光大。这位喇嘛还用一种很长的喇叭状的东西，一头放在佛像的腹部，一头贴在我们耳边，然后在一旁为我们念经祈祷。之后，我们便与他话别。

在参观中，根据我们所见到的建筑遗迹可以判断，甘丹寺由于是藏传佛教经宗喀巴改革后的代表性建筑，因此就寺庙的建筑形式来说，确实体现着他深刻的变革思想。最为突出的是，寺庙的经学性质更为明确。建筑上为了适应这种功能要求，措钦、扎康、康村等建筑，以及寺院的总体布局，都围绕经学展开。这对后来的寺院建筑发展，带来了深刻的影响。因此，甘丹寺无论在西藏的政治、宗教还是在建筑、艺术等方面都占有十分重要的地位。

灵塔

但非常遗憾的是，我们眼前的甘丹寺却在“史无前例的无产阶级文化大革命”中遭到了毁灭性的破坏，寺内文物大部无存。可以说，除了少数几座近年修复的建筑外，已经是一片断壁残垣。

万幸的是，在中央政府的支持下，西藏自治区人民政府已经着手大规模修复甘丹寺。相信在未来几年内，一座壮丽辉煌的新甘丹寺一定会矗立在旺波尔山上。

这天，亲眼目睹甘丹寺使我们万分高兴，但看见甘丹寺的那幅景象又令我们心里不是滋味。我们衷心期盼人类不能再犯同样的错误，无论对人还是对物，尤其对人，同类们。

到哲蚌寺去

午日强光下的路
无限地伸展
使人忘却了生命的存在
大地在升腾
我喘着粗气不断攀缘
通往彼岸的阶梯上
白云映着山峦上的黑影
洁白的佛塔支撑起蓝天
我的生命焕发着无情的呼喊
太阳下变成永远

——在通往哲蚌寺的路上

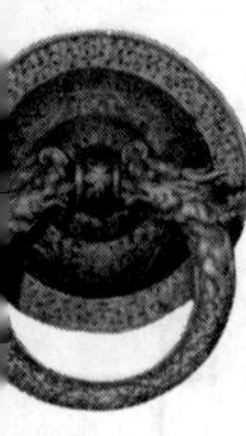

在一个下午，也就是距离开甘丹寺2天以后，我们来到位于拉萨西郊10公里处的哲蚌寺。这次我们是乘坐总站设在大昭寺附近的小公共汽车前往的。记得当时的车费是每人2元钱。哲蚌寺依格培山而建，规模宏大，远观也是鳞次栉比铺满整个格培山的山腰。而进入寺庙区域后，巷道纵横交错，又像是一座功能俱全的城镇。

哲蚌寺始建于明永乐十四年(1416年)，由宗喀巴的弟子绛央曲结奉命督建，只是当时的规模很小只有十几平方米的小殿堂和7名僧人。传说，当年寺庙初建成时，7名僧人为祝愿寺庙兴旺，他们互相拥挤地在一起睡觉、吃饭，并以此预示僧人必将层出不穷，寺庙一定会兴旺发达。他们的虔诚感动了一个贵族财主，于是他出巨资对哲蚌寺进行扩建，将哲蚌寺发展到7个扎仓。只是以后为了便于管理，才又合并为4个扎仓。

当时小公共汽车只能够到达远离哲蚌寺的一条路的路口处，而这条通往哲蚌寺的路还大约有二三公里远，而且还是一条坡地——倾斜着一直向哲蚌寺所在的山腰延伸。没办法，我们打探了几个过路的驾驶手扶拖拉机的农民，他们不肯低价捎带我们，开出的价在那个时候对于我们来说又实

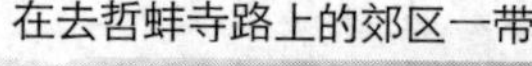
在去哲蚌寺路上的郊区一带

在太高。

回想起来大概是十几块钱的样子吧。我们因为舍不得花这个钱，便决定步行前往哲蚌寺。可等我们走了一段路之后才发觉，他们的这个开价绝不是没有道理，因为他们知道我们这些内地人，根本不堪高原缺氧的痛苦，路虽然不远但是并非平地，走起路来绝对会让我们内地大城市来的人吃不消。

果然如此，我们只好走一段停下来歇一下，然后大口喘气。每次也就能走两三百米。记得当时太阳还特别耀眼，刺得我们简直睁不开眼。拉萨的太阳本来就非常强烈，又是在午后时分，紫外线的强度可想而知。甭说一路上只有我们两个旅游的内地人，就连当地的人我们也没有碰上一个！我们猜想，他们大概也在躲避强烈的太阳而在家里午休吧。

但就是这区区的两三公里的一段路，竟消耗了我们将近2个小时的时间。想着时间这样被白白地浪费掉许多，真后悔还不如当时花它10块钱搭个手扶拖拉机呢。也免得一路上的辛苦。

可是有失必有得，正是因为我们步行走这段路，才使我们从另一个角度体验了拉萨郊外的风光。拉萨的郊外与北京这样的大城市的郊区有很大的不同。大城市的郊区已经没有了广阔开朗的农田和树林，取代它们的不是公路两旁的丑陋建筑，就是零星的里边堆放杂物的围墙院落。仅有的田地也被工业或商业用地分割得七零八落。空气污染得与市中心完全一样。要想见到真正的田园景象，那一定要到四五十公里开外的远离国道的地方。否则密集的人居群落和浓烈的人味儿还是会令人心生厌烦。

而拉萨的郊外则原始得多（至少在1993年的时候吧，现

在我不知道，相信会美好依旧的)、淳朴得多。村落住房远离视线，农田、树林和大片的草原就在眼前。空气非常清新，还泛着淡淡的野草的芳香。偶尔闻到的牛粪的气味也是那样的舒爽，再加上农家房顶上四散的炊烟，更使人产生回归大自然的感觉。

令人难忘的是，我们还在这将近两个小时的路程里，遇到了一个非常大的羊群。我们估算了一下，足足有两千多只各种羊。有绵羊、山羊，有黑有白、有大有小，但却没有见到放羊的人。

那是在走到一个山坡附近，我们刚要在路边的一片树林旁坐下休息的时候。忽然，一种奇怪的声音从四面八方传来。我们不知怎么回事儿，赶紧四处张望。眼前的情景把我们给惊呆了。原来，从树林深处一下子涌来一群羊。羊的主人根本不在近处，可能是午睡去了。这群羊只管自己在树林里吃草、在树阴下睡觉。它们见到有人来到跟前，而且还是异族的外来人，身上也没有藏族同胞惯常的奶气和酥油气味，因而感到陌生和奇怪吧？也可能是要表示什么欢迎之类的意思，便一齐涌过来把我们团团围住，"咩咩"地叫个不停。

我对此感觉很惬意，仿佛又回到了小时候在农村老家的日子。因为我是在农村长大的，我的两个叔叔就是放羊的羊倌，我那时经常跟他们在一起玩耍，对羊有特别深厚的感情。但没有想到这可把从小在大城市长大的S给吓坏了。她到处躲避将头伸到她身上不住嗅闻的羊，同时口中还不断地发出惊恐的尖叫声。

我在一旁使劲安慰她，并且搂过来一只羊，给她做着示范，意思是告诉她：羊是善良的，它凑近你是表示无比的亲近，根本不可能伤害你。渐渐地她才平缓下来，也敢用手抚

寺内幽深的道路

摸羊的脊背了。

我至今还对那次小小的一段插曲记忆犹新。

就在离开羊群以后不久，天忽然阴了起来，似乎要下雨的样子。我们心里有些着急，心想：目的地还没到天气就发生变化，今天下午算是浪费了不说，我们在这荒郊野外可到哪里去避雨呢？心里虽是这么想，但两条腿却并没有停下来的意思，而且前进的方向依然如前。说也奇怪，十几分钟后，太阳又从云缝中间钻了出来。

这时，在距离我们左前方大约400米的灌木丛中出现了一团深红色的东西。起先我们不知道那是什么，感觉很异常。但当我们又往前走了一段路以后，这才越过参差的草木看清，原来那是一大群身穿红色僧衣的年轻僧人。只见他们在那里安静地呆着——或坐或站或走动，几乎没有人说话。我们继续往前走我们的路。等到我们快靠近他们时，这群僧人忽然一下子散开，说笑声顿时充斥于耳。这倒把不明白是怎么回事儿的我们给吓了一大跳。真担心他们这是冲着我们来的，心想是不是我们干扰了他们？如果那样今天可就倒霉

寺内静谧的天井

了，这伙强壮的僧人要是闹起来我们哪里吃得消！可是我们的担心完全是不了解藏传佛教所致。原来这群僧人正在野外进行佛教功课，刚才那是在背念经文。而现在四处散开是开始休息。来拉萨前道听途说的一些僧人制造的恶行，完全是对藏传佛教教义不了解所产生的误会。其实，不管哪派佛教，仁爱行善、护生禁欲都是必须信奉的宗旨。以严格教律著称的黄教，在它盛行的今天怎么会出现令人惧怕的事情呢？

等我们走到离哲蚌寺很近的地方时，太阳已经开始西斜，但阳光依旧刺眼。抬头望去，只见眼前的一面山坡上，一片白色的建筑群依山而起，联成一座山城。在白色为主调的建筑顶部，一条条深红色的饰带仿佛绸缎缠绕在洁白的白玉上异常地美丽。远望它们，还像一座座雪白的米袋子码放成一座山。

“哲蚌”是藏文的汉语读音，意思就是“米堆”。由于眼前的寺庙看上去非常清晰，连那在庙宇间来回走动的红衣袈裟们也看得很清楚，所以在距离上的感觉是，好像马上就可以进入哲蚌寺。

其实那是一种错觉，因为拉萨地处高原，空气稀薄，因而能见度非常高，如果用在内地的感觉肯定会发生错误。尤其近年来像北京这样空气污染严重的城市，能见度更不能与拉萨相比。按照北京的习惯判断，那一定会出笑话。

我们边走边纠正这种错觉，又走了比我们的最初判断长许多的路之后，我们才来到哲蚌寺的庙门。

据说哲蚌寺在1951年以前，曾经容纳过一万名以上的僧人，是西藏藏传佛教最大的寺院。据了解，这里曾有七大扎仓，后来渐渐地合并成果芒、洛色林、德央、阿巴四个扎仓。

果芒、洛色林、德央三大扎仓以学习显宗理论为主，而阿巴扎仓才是专门研习密法的地方。

哲蚌寺是全西藏规模最大的一座寺庙，也是经济、佛学和宗教影响等方面实力最为雄厚的一座寺庙。从第一世至第五世达赖喇嘛均历任哲蚌寺的“赤巴”——主持人。这里正是他们走向布达拉宫政教合一权力最高峰的基地。

哲蚌寺由措钦大殿、4 个扎仓、50 多个康村僧居和达赖喇嘛的宫殿甘丹颇章等建筑群组成。

进入哲蚌寺后，我们首先来到寺内最大的一座建筑——措钦大殿（大经堂）。这也是我国藏传佛教现存最大一座经堂，其实在全国佛教寺庙中也应该算是现存的最大一座经堂了。它面积约 2000 平方米，一次可容八九千名喇嘛诵经念佛。这样大的一个经堂，四周却没有半扇窗户，仅在顶部中央有一天窗。

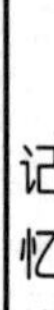

它不但外表而且内部也十分巍峨壮观。堂内共有 190 多根柱子，从现场所见，哲蚌寺正殿应为藏传佛教寺庙建筑的典型代表。其平面按转经礼仪规划布置，大致由门厅或前廊围成的天井、经堂、佛殿组成建筑整体。其中经堂为主体部分，而且中部留出凸起的天窗用来采光。而在殿内的天窗周围却挂满唐卡、帷幕，进一步烘托出强烈的神秘氛围。殿内的空间由于非常深广，因而显得异常幽暗。加上堂内挂满了自顶落地的经幡和幢幛，借助这些帷幔和色彩的烘托，使本来就缺乏光线的经堂内越发幽暗阴沉，人为地制造了深邃幽明的神秘气氛。这样，只有从天窗透入的一束光线投射在巨大的佛像之上。这就是“举世浑黑，惟有佛光”明耀远大的意境。

据说，这样的处理正是为了使人们的心理在经历压抑与

在寺院中

恐怖之后，对神圣的佛光油然而生出崇敬与圣洁的情感，从而五体投地地匍伏在诸佛的脚下。

大殿的二层为藏经室。在其配殿中，放置着二、三、四世三代达赖喇嘛的灵塔。位于哲蚌寺西南部分的甘丹颇章宫，曾经作为二世到五世达赖喇嘛移居布达拉宫之前的宫室。特别是五世达赖喇嘛时代，这里还一度成为西藏地方的政治中心。五世达赖喇嘛公元1642年所建立的政权也因之称为“甘丹颇章政权”。颇章细分起来分前后院，前院才是达赖的宫殿，后院则为经堂。现在的前院明显地比后院高出一层，这是因为十三世达赖喇嘛时期所加建的一层。

这座在国内外具有重要影响的佛教寺院，曾为藏传佛教培育出大批的佛学人才，仅仅从甘丹寺、哲蚌寺和色拉寺三大寺推选出来的继承宗喀巴法王位置96人中，哲蚌寺出身的就约有一半。这就是历世达赖喇嘛都以此寺为母寺的原因。

此外，哲蚌寺寺内的扎仓规模还大于西藏地区其他寺庙的扎仓，而且藏书十分丰富。洛色林扎仓是最大的一座扎仓，可容纳四五千人。值得特别一提的是，哲蚌寺内还珍藏大量的具有极高价值的历史文物、佛教经典和工艺美术品。

我们流连在寺院的每一处，这里的一切都让我惊叹和欢喜。那种氛围，那种青烟缭绕的香气，那种太阳下面的宁静，那种折射到佛像面部的天光，那种赤红的颜色……令我随时

都产生与前世有缘的感觉。

从措钦大殿出来，在哲蚌寺内，我们发现另一个引人注目的事情，那便是三五只凑在一起的狗群。狗和苍蝇应该是在拉萨生活得十分安逸的两种动物了。它们无处不在无处不有。当然，相对于苍蝇来说，靠人施舍四处游逛的狗群尚不至于令人反感。哲蚌寺内的狗的数量经过我们眼前的大概在100多只。它们不断地围拥在信徒或参观者的周围，引颈哀乞以获得任何填补肚子的机会。一旦目的达到，便摇着尾巴乐悠悠地跑开了。我还看见了一个四口之家的狗群卧在门槛下睡觉的景象，甚是令人心生怜悯。这些狗们跟西藏高原牧区凶悍无比的“藏獒”相比，其野性似乎早已退化不存，连身高体态也小了许多，甚至还相当怕人。就是我们这些陌生的游客只要一举手，它们也会“挥之即去”，相当温顺。记得有一只横卧在石板路上的“四眼狗”，在它两只眼睛的正上方，长着两块类似眼睛颜色的皮毛，使得它明明是在闭目酣睡，却使我们以为它正在圆睁怪眼，企图挡住我们的去路呢。

厨房是哲蚌寺另外一个值得一看的地方。哲蚌寺在最盛之时僧众超过了一万人，要解决如此之大的吃饭问题，当然需要一个特大的香积厨。在这个特大的香积厨内，还必须要有一个超大的炉灶和一口超大的饭锅。

我记得哲蚌寺的一个主要的厨房是在一个院子里。当时那个院子非常安静，几乎见不到人影，厨房内也很干净，不像我们内地的一些厨房，杂物四处堆放，米面油盐，柴煤水火，肉菜禽蛋等都放在明面上。即使在有了冰柜的今天，一些本来可以收藏起来的东西还是暴露无余摆在明处。而我眼前的这个厨房，它是为上千人提供吃喝的地方，可是却见不到任何食物和菜蔬肉类柴米等物。那些做饭的炊具诸如锅碗

寺内厨房

瓢勺等，整齐地摆放或挂在固定的位置。只是厨房的墙壁和灶台却异常的乌黑，这可能是高原缺氧，煤柴等燃料无法充分燃烧所致。但是我到处寻视，也未能发现燃料放在哪里。没想到哲蚌寺的出家人是这样的讲究卫生和善于整理！

我们眼前的厨房和大经堂一样采光不足，真难以想像他们是怎样“暗室操作”的，只有那足足有一个双人床大小的铁锅，以及灶台旁墙壁上整齐地悬挂着的七八十个大小不等的铁质瓢勺，让我们联想到众僧人进行“大锅饭”式的会餐情景。

离开厨房和那个院子后，在一处不高的土墙外我能够看到外面晒佛的那面山粱。我忽然记起那天在晒佛现场的情景，那是多么激动人心的场面啊。眼前浮现出巨大的美丽唐卡，是如何在朝霞中被缓缓放下打开，释迦牟尼的巨幅画像放射出五彩的光芒，他那静静的恬美的永恒的微笑，预示着人间的善良永驻和邪恶必遭报应。我想起，当时就在喇嘛们齐声诵经的间歇，忽然响起了悠长的宗教的号角，它是那样悠扬而又激越。以致使得我们这些首次的听者，感到震撼。这是天籁之声，一种无与伦比的音乐！就是在这种号角的鸣响里，无数的信徒低下头向佛祖敬献上洁白的哈达。

离开那个院落后，我们来到一个背阳的小院坐在一棵好

安静的院落

像是柳树的下面喝我们随身带来的水。这时，疲倦的感觉开始爬满全身。我们谁也不想站起来继续转悠，因为来时走得那些路使我们消耗了太多的体力。

但我们是不可能留在寺院过夜的。尽管我们提出这个要求后，喇嘛们一定不会拒绝。因为我们明天还有必须完成的项目，否则，我们剩下的时间肯定不够继续的游历了。

我们静静地坐在那里，想着我们在西藏所见过的那些寺院，像甘丹寺、小昭寺、大昭寺，还有不知名的许多小寺庙。想着想着，眼前忽然出现《西游记》中唐僧西天取经情景来。在高山圣境之中的云雾里，佛乐阵阵，经语绵绵，高僧大德的金刚座和修行地，观世音菩萨的显灵……一时间，我忽然产生一种这是在哪里，是人间还是佛界的疑问。

约莫半个多小时，我们起身继续参观。这时我们才真切地感受到，哲蚌寺内巷道纵横，堪比一座城镇的规模气势。回顾我们刚才走过的去处，那不过是冰山一角，哲蚌寺还大着呢。要想全部走遍寺内的每个角落，恐怕需要一天的时间！看来我们这次最多只能浏览三分之一的地方啦。

从一个印制经书的小扎仓出来后，我们沿着长长的、高低不平的石板路在两旁全是用石头砌成的高大建筑的夹道中前行。抬头看着两边耸立的石头僧房，可看清房顶上那染成红色的白玛草。我仿佛觉得回到了500年以前。在一片平坦宽阔的地方，我面向北京的方向站在那里，心里轻轻地呼喊着：北京，我的爹娘！你们好吗？我们现在就站在这个神秘的地方哪！祝您们扎西德勒！

在一个四周是僧房，中间是巨大的天井的建筑二层，我们又看到了一派寂静的景象。那些涂满了酥油的门紧闭着。面对这个幽静、安详，充满和谐气氛的环境，我急忙端起照相机，将那光与影构成的美妙意境永远地留了下来。那个宁静的画面，绝对胜过世界上任何大师笔下的静物。

在登上一个佛殿的二楼时，那颤抖的梯子真让我担心它会散架。在拉萨，我不知走过了多少个这样的梯子？这样陡峭，这样吱吱作响，这样颤抖不停。几十年甚至上百年来，它们不知承载了多少人的上下攀登，也不知有多少喇嘛从这里走向佛学的高峰？！

记得有一处绘满天女和吉祥八宝的长廊里，墙壁上还有壁画。壁画之间有涂着黑边的窗户和飘着“镶布”的门扇。狭窄的长廊，明与暗的强烈对比，竟然在一瞬间，使我产生了一种奇怪的感觉。因为我好像看见了释迦牟尼的身影，十几天来，那身影曾经多次与我相伴，走过布达拉宫、大昭寺、罗布林卡……走过卫藏和前藏的许许多多地方。如影随形，如梦如幻。现在他又出现了，在这样的宁静之处啊。

从扎仓出来后，我们沿着高高低低的石阶路随意浏览着。几个金发碧眼的外国旅游者在房顶上时隐时现地移动，看来他们是在选择角度拍照呢。我不由地惊叹他们的身体状况，为什么从地中海一带来的人，有那么强的适应力哪？在他们身上，你根本看不出任何呼吸反常和体力不足的景象。当然，也并不是每一个欧美人都是一个样子。又一天我就在拉萨的北京路上见到了一位德国旅游者被人用担架抬上了救护车，据说是高原反应引起严重的呼吸衰竭。

接下来的景物不是曲径通幽夹道，便是豁然开朗的平台。偶尔还会遇到三两只瘦骨嶙峋的狗，它们是僧人们收留的看庙狗。其实，这些狗们很少有人喂养，它们基本上靠自食其力维持生命。就在我们眼前，几只饥肠辘辘的狗，摇着尾巴还在向我们乞食。看到它们，我不禁想起在内地城市里的那些玩赏狗们，饱食终日为的只是求得主人的欢心。有的甚至得了如同主人一样的肥胖病、糖尿病、心脏病和高血压之类的人类病。这些病本来在狗类中很少见，现在也成了多发病。生活状况的天壤之别，连动物界也是如此。

我们不意之间来到了一个院子，只见里面拥挤着很多身穿红衣的僧人。原来此处是辩经的地方。院里的树上枝繁叶茂。房前的空地上，还摆着一盆盆盛开的月季花。粉白、粉红和黄色的花朵，映衬得绛红的袈裟更加绚丽异常。站在青石板铺就的地面上，僧人们激情震荡地高声辩论着，微风拂来，绿叶摇摆，红袖挥舞。热闹激烈的辩经场面在我们世俗中人的眼中真是不可思议。他们认真地舞动念珠，双手击节，口若悬河的表情，如果不是亲眼所见，还真是无法想像出来。这是一大收获吧！

在哲蚌寺，我还结识了一个面貌长得很清秀的青年僧人。他不会讲汉语，只是非常准确地理解着我连比划带言语的表达。可以感觉到，这个年轻的僧人天资非常好，是个非常聪明的人。如果在俗界做事，一定会在某个领域取得成就的。

他那眉宇之间的沉静以及敏捷的举止之间流露出的优雅，给我留下了极深的印象。为此我们两人留下了一张十分珍贵的合影。十几年了，不知这位青年僧人已经成为一名真正的喇嘛（上师）否？我想起码应该是这样。作为一个俗人，这些年来我一直惦记着他，因为他是一个受了比丘戒的僧人。

与小僧交流感想

很有趣的是，在与他合影的同时，正好还走来一个背水的小僧，大概有十一二岁的样子。出于对我所拿的照相机的好奇（那时去哲蚌寺旅游的人可能不多，这样近距离地与外来人交谈的机会可能更少。因此那个小僧拿着我的照相机非常好奇的不愿放手），也凑过来和我们一起坐在石阶上交谈。我们因此也留下了一张坐在石阶上的合影照片。

我知道这两个僧人都非常喜欢我。但这种喜欢绝对不是那种一般的好感。那是一种由衷的信任感在里面的喜欢。他的神情没有一点异样的感觉，是心照不宣的好感。他的微笑的表情，至今还在我的眼前浮现。

在康村僧居里，我们见到的喇嘛家里简单得不能再简单了。有一定资历地位的喇嘛屋内也只有经书、唐卡、上师的

相片、酥油灯、净水碗等摆设。此外还有藏式的小床和方桌。做饭的地方几乎见不到有什么东西，只是黑糊糊的锅台炉灶而已。喇嘛的家一般是两层建筑，底层是四壁被烟熏得黢黑的厨房灶台，上层才是居室。

在一个喇嘛家里，我们问正在看书的喇嘛他在看什么。他笑着说，看藏医学著作。还说学完了这个之后，再学经文，每种学问一辈子要学多少次等等。他最后笑道，一直要学到死，学到觉悟，学到解脱。

当然，学佛，不，学什么都要有这种精神才行。哲蚌寺不就是一座大学吗？藏传佛教的信徒一生都要学习的“五明”实际上已经囊括了许多科学技术。它的声明中包括语言、文字、音韵等方面的学问；它的工巧明中包括各种工艺如绘画、雕刻、建筑、天文、历法、地理等等；它的医方明包括医疗学和药物学等；它的因明包括逻辑学等；它的内明才是佛学。许多僧人在五明方面也是杰出的人才。为了系统地掌握五明的知识和学问，在寺庙的扎仓里，都进行这方面的专门传授和研究。

那天，天快黑的时候我们才离开哲蚌寺。真巧，出寺后便遇到从青海来参观的几个游客，他们见我们两人是步行来的，很是同情。便热情地要我们搭乘他们的吉普车下山。我们因而免去了至少两个小时的劳顿和缺氧步行的痛苦，在拉萨市中心与他们谢别后，换乘小公共汽车回到朋友的住地。

话说色拉寺

走进色拉寺
宅的空间使我融化
红色一如我的身体
白色是我率真的心灵
长夜难明时光未辨
结满冰晶的胸中跨过几世光阴

——观色拉寺有感

位于拉萨北郊色拉乌孜山下的色拉寺也是我们在拉萨期间的一个重要去处。我们曾经专门用了多半天时间观瞻了色拉寺，记得那是在去哲蚌寺后的次日。由于色拉寺是拉萨三大寺中最后修建的一座大寺，因此在其内部建制和殿堂造型上与其他黄教寺庙多少具有许多雷同之处。但是，由于色拉寺在黄教中的地位也很突出，所以有必要对其进行一番大致的介绍。

色拉寺的寺名来源曾经有过三种主要的传说。

传说之一：色拉寺在兴建动工之时，天气异常，在很少下暴雨的拉萨，居然在那天被一场猛烈的冰雹所袭击。由于藏语冰雹发音为“色拉”，所以人们为了纪念开工那天的特殊天气，等寺庙建成后将该寺取名为“色拉寺”，意为“冰雹寺”。

传说之二：色拉寺由于建在一片野玫瑰花盛开的地方。由于野玫瑰藏语发音也为“色拉”，因而将其取名“色拉寺”。

传说三：据传说，当年拉萨的北山下长满了一片“酸果林”。当年宗喀巴骑马经过这里，其马竟然无故三鸣。宗喀巴断定，该地三年后将有马头金刚降临，应该在此建寺供奉。而“酸果林”藏语读作“色拉”，所以寺庙起名叫色拉寺。根据宗喀巴的意思，马头金刚也就成为该寺的镇寺之物。

到底哪一种传说更加接近事实已经不那么重要了，我们所关心的是色拉寺自身所具有的特点。与甘丹寺、哲蚌寺不同的是，色拉寺不是建在山上，而是建在色拉乌孜山下。寺庙全称为“色拉大乘寺”。

色拉寺的规模比哲蚌寺略小，但内部结构两者之间并无多大区别。有趣的是，哲蚌寺喝水甚至吃饭是大锅饭式的集

色拉寺为依山式寺庙建筑的代表

中供给，而色拉寺则是包产到户式的个体单干。每座佛殿都是在独门独户自成院落的空间里，而且在院子的某个部位都有一个烧水或是做饭的角落。

色拉寺同哲蚌寺一样，也是一座典型的黄教寺庙。它是藏传佛教格鲁派六大主寺之一，也是拉萨三大寺中建成最晚的一座寺院。它是公元1419年由宗喀巴的弟子绛钦却杰·释迦益西主持下，由柳乌宗贵族朗卡桑布资助建成的。18世纪初，固始汗曾对色拉寺进行扩建，从此色拉寺才具备了格鲁派六大寺院之一的资格和规模。

色拉寺依山面河，规模宏大，原定僧侣人数为5500人，但历史上人数最多的时期实际就是1959年的9000多人的时候。

色拉寺的主要建筑有措钦大殿、麦巴扎仓、结巴扎仓、阿巴扎仓及32个康村。

色拉寺有一个盛大的节日叫“色拉崩钦”，汉语意思是“色拉寺独有的金刚杵加持节”。传说在公元15世纪末，由印

度传来一个金刚杵，人称飞来杵，后由结巴扎仓堪布于藏历十二月二十七日迎入丹增护法神殿中供奉。从次年开始，每年的十二月二十七日清晨，结巴扎仓的“热法者”都要骑上快马将金刚杵送往布达拉宫呈给达赖喇嘛。达赖喇嘛对金刚杵加持后，再用快马将其送回色拉寺供奉。这时，结巴扎仓堪布升座，手持金刚杵给全寺僧众及前来朝拜的信众击头加持。这种表示佛、菩萨及护法神护佑的仪式非常受人欢迎，每年这天来色拉寺等待击头加持的信徒数以万计。

色拉寺早在明朝便有引以为豪的资本。其创始人释迦益西曾两次赴京传法。一次被明成祖封为“大慈法王”，一次被明宣宗封为“国师”。两次返回拉萨时都带了不少钦赐物品，包括用金汁写成的大般若经、用朱砂汁写成的汉藏文对照大藏经、用白檀木香木雕刻的十六罗汉塑像以及金汁画成的释迦牟尼转正法轮的卷轴画。这些珍宝至今仍然保存在色拉寺内，已经成为镇寺之宝。我们这次就见到了藏在措钦大殿的用金汁抄写的200余函《甘珠尔》、《丹珠尔》经书。

除上述珍品外，色拉寺内藏有大量的其他珍贵文物和工艺品，如释迦益西从北京返藏时带回的皇帝御赐一些法器、僧衣、绮帛、金银器等。其中释迦益西的彩色缂丝像，长109厘米，宽64厘米，虽经500多年，但色彩仍很鲜艳。据统计色拉寺有上万个西藏本土制作的金铜佛像，还有许多从印度带来的黄铜佛像。这些佛像是极具艺术价值的工艺品，体现了灿烂的西藏宗教艺术水平。

色拉寺内最引人注目的一件物品，是一个特大的镏金打制转经筒。它高3米多，周长需要4个成年人手拉手才能合围。色拉寺专门为其建造了一个单独的房子。它几乎占据了房子的全部空间，成年人要费很大劲才能将其转动起来。每转动一周，不知能顶上读诵多少遍经文。

我们在色拉寺的供龛上还见到了许多被称为“擦擦”的小型泥塑。他们小的有手指头大，大的不过手掌心，造型有喇嘛、神灵、佛像、菩萨、罗汉、佛塔等等。一般由压模而成，个别也有手工雕塑或经过烧制。“擦擦”常常被大量制作，用来放进大佛像腹腔内、神龛或佛塔里的夹持物。我就在一个薰桑炉的炉壁上拿下了一枚“擦擦”，把它带回了北京。它上面雕的是观世音菩萨像。

色拉寺顶部的主要特征

石刻经文

观药王山

世上最贪吃的是饥饿的猪狗
世上最无耻最残忍的是奸官
……
没有弓射不了箭
没有神办不成事

——选自西藏格言

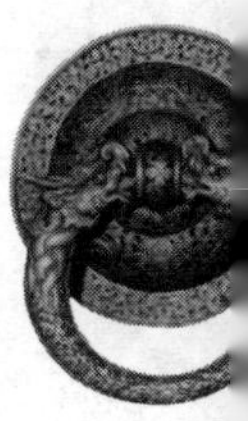

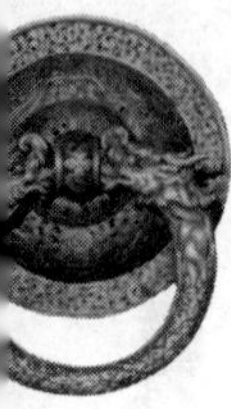

这些格言读上去似乎同此文的标题与内容不相干，但只要你置身于佛国善界的药王山上，面向那一幅幅彰显从佛从善的佛像，心中默想着名利界中的尔虞我诈，想着善良的百姓无以为助的可悲可叹……只要你还有些许的人性，胸膛里长着的还是颗人心，你的思想很自然地会或多或少地将这些格言与眼前的景物联系在一起。

在一个晴朗的上午，我们两人来到了位于拉萨市红山西南方的药王山。此处称做山，严格讲是有些勉强的。因为它的顶部最多也只有十几层楼高。不过为了显示它的庄严和人们对山上那许多佛像的崇敬之情，称它为山也并不为过。山的本意就含有高大的意思嘛。

1993年的那个时候，药王山及其有关的建筑物是十分破败不堪的，不知今天如何了？记得山顶立着一座高大的金属制作的广播电视塔。山坡的平整处，还有一些闲置无用的房子，附近好像还驻扎着武警部队及其家眷。总之，那个地方当时给人一种杂乱缺乏维护管理的印象。像我们这样的观光客，当时在拉萨并不像今天这样多见。对于药王山，很多游客根本就不会上去游览。因为从布达拉宫出来后，眼前

药王山壁画

药王山前的路

的药王山就显得那么“不值得一看了”。游客们会想，这样的景致在西藏哪里不能见到啊。的确，破烂肮脏的环境和不高的还有天线、住房的土石堆有什么可看的呢？

其实，他们错了！等你越过那些破烂的房子，爬上高高的山顶时，却另有一番景象。不说别的，但就是远眺布达拉宫这一项，就会使你惊喜。因为在拉萨，能够远眺布达拉宫，而且还能够产生理想的效果和感觉的地方，当时只有大昭寺和药王山这两处。我们便在药王山的半山腰处，背朝布达拉宫留下了珍贵的照片。

记得当时内地来的国人游客，除了我们两人之外几乎没有其他人愿意到此，因为我们曾经遇到过几位内地游客，问他们是否愿意到药王山一游。答曰：“那有什么可看的？！”我们听后有些诧异，心想：那么你们到拉萨看什么来了？！这样的人绝不是我们的同行者。我们只得与之默语分手。

但是，在我们登上药王山时，却吃惊地发现几个金发碧眼的欧美人早已高高在上了。药王山虽然不高，但是在海拔很高的拉萨要不费力地登到山顶，也不是件容易的事。比如说我吧，由于难以适应高原缺氧的环境，我费了很大力气，还是没能登到山顶。因为我实在喘不过气来，如果真的要登

上去的话，还得需要用去较多的时间，而我们在拉萨的时间非常有限。我看着那些不远几万里来到拉萨的欧美游客，心里很是羡慕也很敬佩他们。他们不但有强健的体魄，而且还有那种对西藏文化的追求赤心。

只见他们跳上跳下地仔细观看、拍照，一会儿的功夫便已经从山顶的这头走到另一头去了。

应该说，药王山西侧的那一大片摩崖石刻才是拉萨最值得一睹的室外文化景观。在整个体积并不大的山体上，真是一片灿烂辉煌。数千个大小佛像密密麻麻地雕刻在岩壁上，所有佛像全部用矿物颜料着色，主色调有宝石蓝、朱砂红、石绿和明黄。色彩对比非常强烈，可对人的视觉产生极强的刺激。在缺少植被的拉萨高原，像如此醒目的处理方式，自然会构成佛教意义上的宣传效果。几百年来，西藏乃至世界的信徒和观光客们不断地到此朝拜、浏览，佛教的艺术家们又不停地雕刻，并对所有岩画进行维护，因此，它形成了今天的规模。现在，人们将其称为“千佛崖”就是它显赫名声的最好诠释。

据与我们同时在山上的一个拉萨人讲，这里最早的石刻佛像是7世纪吐蕃英主松赞干布时期的作品。而据我后来翻阅有关资料查知，五世达赖喇嘛在其所著的《西藏王臣记》中曾经记载过有关细节。说当年松赞干布来到红山后，眼望面前的石山之上，有六字真言出现。他大为惊讶，当即沐浴净身，面向显现六字真言的岩壁默默祈祷。

在沉思默想之中，他又在六字真言放出的光芒中看到观世音菩萨、度母、马头金刚等佛像飘然而至。等他顶礼膜拜完之后，睁开眼睛发现光秃秃的岩壁依旧矗立在那里。于是他派人依照他冥思中见到景物，在岩石上一一雕刻出来。于是，佛、菩萨的造像以及六字真言便永远留在了岩壁上。千百年来，人们继续在岩石上雕刻着佛像和各种菩萨造像，就是在我们观看这些艺术品的时候，仍可听到铿锵的凿石声。

当我们转到药王山的背面时，发现在一个山石突出的拐角处，凡是经过那里的过路人都停下来，将自己身体的某个部位在一块岩石上不断地磨蹭。这是临近拉萨一条主要街道的地方，就在布达拉宫后面西侧不远处。我们正在纳闷时，只见一个壮年男子全身趴在岩石上，非常认真地把自己生殖器的部位紧贴在光滑的石面上来回磨擦。而当他做完之后，他身旁的一个藏族妇女则也将自己的胸部和臀部先后贴在上面继续蹭。

我们不解地问旁边的人，那人笑着答道："那是一块圣石，人体在它上面摩擦后相应的部位会产生奇异的医疗效果。"听罢此言，我们恍然大悟：原来刚才的那对男女一定是为了增强自己的性功能或是避免什么疾病而为吧。这时，附近的人一个接一个地都做着几乎相同的动作，只是摩擦的部位有所不同，但大多数人摩擦的地方均与生殖器有关。我想，先不管是不是圣石，只要坚持不懈地对身体的某个部位进行锻炼，肯定会有保健作用的。于是，我们也模仿着其他人的样子，将我们的头部摩擦了一番。不知是否真的起了作用，反正摩完之后高原反应引起的头痛的确减轻了许多。我仔细观

山脊岩石上常能见到色彩鲜明的佛像壁画

察那块石头，大概由于经过无数人千百年来的不断摩擦，石头表面光可鉴人。

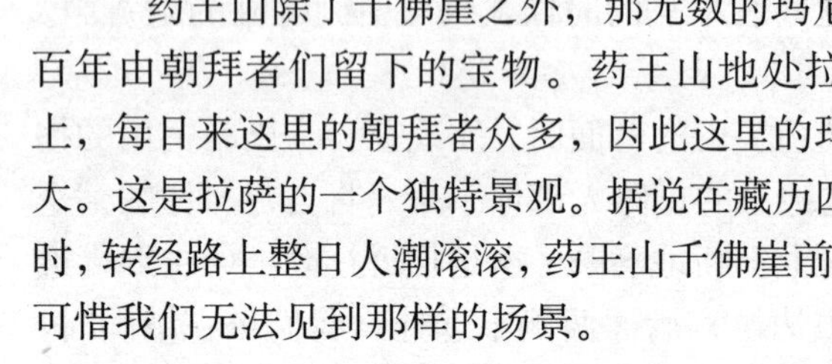

药王山除了千佛崖之外，那无数的玛尼堆也是历经数百年由朝拜者们留下的宝物。药王山地处拉萨的大转经路上，每日来这里的朝拜者众多，因此这里的玛尼堆也特别高大。这是拉萨的一个独特景观。据说在藏历四月萨嘎达瓦节时，转经路上整日人潮滚滚，药王山千佛崖前也是人山人海。可惜我们无法见到那样的场景。

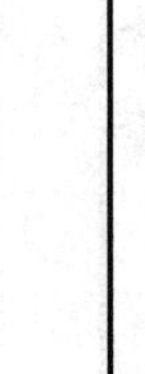

藏民族创造了
高原生存奇迹

用我的热血
和那激烈跳动的脉息
激发你的不育
我想
你不会用那片荒野的无际
来拒绝我浓厚的赐予
从此
我将用一腔的热血
狂烈地梦着你

——怀念拉萨的朋友

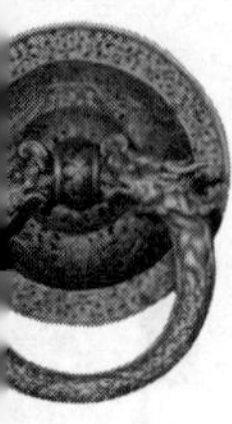

我在拉萨期间，有幸在我的拉萨朋友、藏族学者扎西平措的家中，聆听过他和其他几位藏族朋友关于藏族人为何能够适应高原生活的讨论。他们都是对人体医学和西藏历史很有研究的专家。记得我们曾经有两三次在夜幕下晚餐过后的一段时光，坐在阿康（因为他是四川阿坝地区的藏族人，所以我们才这样称他）家铺着柔软卡垫的藏式床榻上，围着藏式炕桌，品着清香的四川阿坝绿茶（他的家乡盛产绿茶），认真地倾听这些朋友们的讨论，话题是我们强烈的高原反应。尤其看见我的那种难受状态，似乎更加刺激了他们的谈兴。谈话内容从为什么在高原缺氧的情况下，藏族及生活在这里的其他民族能够平安生活几千年甚至上万年，到高原人的种种身体优势等，涉及到许多医学问题。

现在，我就把在和谐的、意趣盎然的氛围中，他们讨论的主要内容概括地做一复述，或许能给大家带来一些有益的启发。

母与子

我的拉萨朋友、藏族学者扎西平措的观点是，高原人的适应能力是一代代遗传下来的。他说，几万年来，无论土生土长或是从像四川这样的低海拔地区迁移到西藏高原的人，在他们的身体中发生了一系列生理学的变化。由于这些变化才使他们能够适应高原的生活环境。经过祖祖辈辈的繁衍，他们身体里便进化出适应缺氧的环境基因。此外，在长期艰苦环境之中培养起来的吃苦耐劳精神和乐观开朗的性格，也是他们生存下去的因素。

扎西平措的姐夫虽然是个艺术家，但在藏学方面也很有造诣。也很支持这个观点，并进一步解释说，藏北高原是个寒冷而贫瘠的地区，看起来根本无法居住。然而，20世纪80年代在这里出土的石器表明，这里确实曾经生活过最古老的人类。他们的生活年代至少在5万年前。

藏北是这位艺术家经常前往实地采风的地点之一。同时他还在那里考察了海拔、进化与健康之间的关系。他说只是由于后来那里的自然环境变得更加恶化，才迫使那里的人向其他地方迁居，否则单纯的缺氧并不是该地区现在人口稀少的直接原因。

他把迁移到西藏高原不算很久的人与土生土长的喜马拉雅居民相比较，进一步强调人适应能力的重要作用。

扎西平措的朋友卓玛是个医生，对藏医学很有造诣。卓玛从进化的角度认为，妊娠期很关键。她说："最大的死亡风险就是在胚胎时期。人对自然的选择早在妊娠初期就开始了。"她强调在发展中国家，为什么死于妊娠的妇女很多，就从一个侧面提示了我们这个道理。因此，在涉及适应高海拔的问题上，这是两个十分关键的阶段。

藏族汉子

扎西平措的另一个朋友索多是专门学习藏医学的，他很专业地解释说：如果空气中的氧气较少，就意味着

血液中的含氧量较少，胎儿尤其容易受到影响。孕妇的身体能够弥补的方式是提高血色素水平和增加血色素携带的氧气量。在西藏高原妇女腹中的胎儿显然没有获取足够的氧气和其他基本营养素，因为海拔每增加1000米，婴儿的平均出生体重一般就会减轻100克左右。但是，事实上却是土生的藏族妇女所生孩子的体重与标准很接近。

索多进一步说，这是因为藏族孕妇体内制造出来的血液总量比较大，使得更多的血液流向骨盆和子宫动脉供给胎儿。

两位医生解释说，这是他们目前正在研究的一个课题内容。否则也不会有如此肯定的结论。其中一个重要的发现就是，孕妇身体的变化情况与其父系或母系在高海拔地区生活的时间长短之间存在着一个比例关系。这种关系表明了一个适应环境的进化问题。

他们说，一旦婴儿出生，就必须凭借自身的能力解决空气稀薄的问题。第一道障碍就是开始呼吸。他们说研究中发现，世代生活在西藏高原的后代再次显示了优势。如果把土生藏族人和生活在同一海拔的后来才来到高原生活的其他人相比，后者的孩子需要较长的时间才能有效地呼吸。此外，他们的氧饱和度始终比土生藏族人低。在四个月大的时候，后者婴儿的氧饱和度稳定在75%左右，而土生藏族人则为86%。而出生在北京地区的婴儿氧饱和度则大约为98%。

卓玛认为，氧饱和度也许会对生活在高海拔地区人们的健康造成长远影响。她说，目前，对西藏高原人的体育锻炼水平为何比较低已经有了初步解释。从平均水平看，海拔高度每增加1000米，大气含氧量就会降低11%。结果是那些近几百年才定居西藏的后来者受到的伤害最大，而土生西藏人受到的伤害最小。从对比研究中发现，在高山地区土生藏族人的最大耗氧量其实与低海拔地区的人差不多。这说明土生高原人获取氧气的能力相当惊人，完全靠自身的优势就能弥补所缺少的那30–40%的氧气！

记得最后一次听他们聊起这个话题时，他们一致的看法是：在影响高海拔地区人口健康的因素当中，基因大约占25%，后天发育的影响所占比例与此相仿，还有就是生活方式。最显著的生理调节表现就是胸腔增大和肺活量增加。无论你的祖先曾经在哪里，在西藏地区成长都会造成这样的情况。其他调节包括呼吸频率加快和肺的效率提高等。听了他们的谈话，我已经同意这个观点，即：祖先在西藏地区生活时间最长的人，其血液中的含氧量也最高。

不过，扎西平措的几位藏族专家还想从另一个角度探讨这个问题。索多说，他下一步准备从血管方面开始研究。他说，藏族人创造生存奇迹的关键之处可能还有他们的血管。因为他们肺动脉的血压与低海拔地区的人其实差不多。记得索多还解释说，胎儿的肺动脉有着厚实的肌肉壁，但在婴儿出生并开始呼吸后，这个肌肉壁通常会变薄。北京和成都地区的人在高海拔地区生活后，他们的肺动脉就会恢复胎儿时期的结构，从而提高肺动脉中的血压。但藏族人却不是这样：他们肺动脉的肌肉壁仍然比较薄，所以他们的肺动脉压很低。在锻炼过程中，由于动脉的阻力减小，心脏就能把更多的血液输送到肺中。

与藏族女青年合影

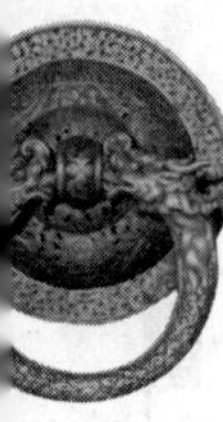

几位朋友告诉我，这样的生理调节还能防范慢性高原病。这种病的症状可能会持续数十年，包括面部水肿、头痛、眩晕、疲劳、健忘、胃口不佳和失眠。慢性高原病就是无法适应高海拔环境的一种极端表现。

他们几位还讲了一个道理，即妇女适应高海拔环境的能力比男子强。扎西平措还开玩笑地说了一个顺口溜，“欺男不欺女，欺强不欺弱，欺少不欺老”。意思是说内地人到西藏所面临的困境，实际就是按照这个规律而发生的。

扎西平措还煞有介事地对我说，他在对低海拔的人观察后发现，一般人以为男子比女子强壮的看法其实不准确，女子的肌肉耐力其实是男子的两倍。相应地，女子能够耐劳的时间也是男子的两倍。而在西藏地区，妇女的耐力水平基本保持不变，而男子却会平均下降25%。

卓玛说，妇女的新陈代谢与男子也不同。妇女更需要脂肪性的食物，也就是说，女人吸收的营养素的热量要求更高。

听了藏族学者扎西平措和几位藏族医学朋友的说教，我在忍受强烈的缺氧反应中终于明白了，在适应高原缺氧环境上，这种与生俱来的生理优势使得看上去的小女子们确实“先下手为强”了。难怪我在那里被缺氧折磨得要死，而我妻子S的难受感觉只不过两三天而已。

我真没想到，在拉萨除了那些文化方面的启示和收获外，我还会得到这么多的科学知识。但这是用切身体验换来的。此情此景和那段经历，我永不忘记。

在藏族人家里做客

为那深厚的接纳
为那一脸的沧桑
我热爱那尖利的关怀
我动情于那凝固的火热

——有感淳朴的民风

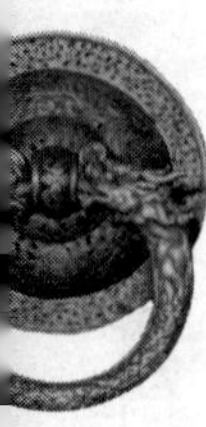

虽然没有预期中的那样神奇和宽广，但我还是非常兴奋地满足于这次的羊卓雍湖之行。我就是带着这样的心情离开了那片高原湖泊。我们的车子故意沿着蜿蜒的路径驶向了能够接近牧民们生活的地方。安排我们这次旅行的主人说，这样安排为的是想让我们亲身感受一下藏族同胞的生活。此时，天已接近黄昏，四周的暮色在不知不觉地向我们靠拢。

坐在车上，我的目光漫无目的地望向车窗外，心想就让那种渴望扩展见识的愿望随暮色伸展开去吧。

在颠簸中过了不久，朦胧的暮色中，眼前忽然出现了几个帐篷，只见它们静静地坐落在绿草如茵的山坡旁。几只悠闲地走来走去的长毛藏獒注意到我们的到来，警惕地昂着头朝我们慢慢移动。此刻我看到，从帐篷的旁边锅灶上面冒出几缕淡淡的炊烟，几个藏族牧民正在准备晚饭，当充满羊肉香气的气味钻进我的鼻孔时，一种莫名的兴奋与喜悦涌上心头。我看着身边的同行者心想，大概每个人此时的心情都跟我一样吧。

想不到我还会在西藏的这次短暂旅行中，能在这儿巧遇扎篷停驻的藏族牧民，这些在广阔草原上逐水草而居的游牧民的生活，很久以来就是我想探个究竟的目标。现在，在西藏高原之上，许多藏族人早已改变了自己的生活方式，他们大多成为以农耕为主的农民了。牧民只是在偏远的牧区才会遇到。当然，由于牧民生活方式决定，他们终究要不断地迁移放牧的地区。所以有时在非放牧的地区也能遇上他们。看来眼前的牧民正是遵循逐水草而居规律而出现在这里的。因为我们所处的地带，牧草非常丰茂，还可见到不远处有一条

高原的天空经常瞬息万变

流淌的小河——主人讲它是一条与羊卓雍错相通的河流，因此常年水流丰沛。

这当然要感谢陪同我们的主人安排，这个机缘是不能怠慢的。于是主人带领我们兴致勃勃地上前探望那些牧民。在帐篷外忙碌着的主妇们抬起头对我们腼腆地笑着，我们的主人先是用藏语跟她们简单地做了交流，然后扭头对我们说，她们对我们的到来非常欢迎，一会儿就请我们与他们家人共进晚餐。那几个妇女中的一个这时走向在旁边警惕地注视我们的几条藏獒前，说了几句藏语，藏獒们便一只只地走开了。然后，她好奇地以流利的汉语回答我们的问话。

一会儿，帐篷里的几个男人也出来了。于是我们被他们请进帐篷，坐在铺在地上的卡垫上聊了起来。

他们说他们是一个大家庭的几个兄弟，每年都到这一带放牧。他们主要从事畜牧，偶尔也在山南的一个相对固定的家的地方种些青稞，但平时主要在外边放牧，只是收获的时候才去收割。偶尔兴之所至也打打猎，但那只为生活上的补充之用。在他们的家庭里，依然遵循着男主外女主内的传统。男人在外放牧打猎讨生活，女人就在家里做饭编织等。因此，他们的这几个经常得移来移去的家才会布置得像个样子。我这才抬头注意到，这个帐篷是由牦牛皮一块块拼接起来，然

后再用木杆子支撑起来的。看样子它非常保温和结实。

环视帐篷内，只见圆圆的顶部，挂满了美丽的针线刺绣和藏族特有的饰物。那些绵密的针线和装饰巧妙地勾画出浓浓的温馨与祥和，虽然简朴却充满生活富裕美满的感觉。这个没有间隔的房子，其实就是他们的厨房、客厅与卧室。

经过进一步交谈我们得知，过去他们会按季节的不同不断地转移牧场，但是如今的藏族牧民大多数在家乡平地也有固定的房子。因此，冬天他们就返回去在房子里避寒。春、夏、秋三季才一家人带着全副家当选择水草丰美的地方放牧。

听了牧民的介绍我想，能够每天与蓝天白云绿草和风为伴，每夜伴着星光吃喝休息繁衍生息，这种生活其实远远胜过都市人追求的所谓荣华富贵。

藏族人也像其他一些少数民族一样，爱好音乐且能歌善

美丽的山水

舞。特别是他们当中的一些人，天生一副能够唱出高亢歌曲的歌喉。那天吃饭过程中，我们就听了他们用藏语演唱的劝酒歌。可惜我们都不胜酒力，而且还要连夜赶路，所以未能坐下来连夜地欣赏他们在夜色下的欢歌妙舞。这里我要说一句，由于藏族待客非常热情诚恳，平时又很少有娱乐，一旦有朋自远方来，那才叫不亦乐乎呢。我内心直到现在还感到十分内疚，因为那次没有能够让藏族牧民主人尽兴而欢。

他们的帐篷一般可住上10个人，我想藏族家庭的凝聚力可能与这种相濡以沫的生活氛围的不断烘托有关吧。

他们这一大家子总共养了八百多只羊和几十头牦牛。还有十几匹马，那是用来放牧以及搬运帐篷和家什用物的。

牧区一般十几个帐篷就可以构成一个小的村庄。对于都市人来说，在蓝天白云下，与悠悠绿草亲密接触，牛、马、羊、狗、鸡围在身边自由地相处，享受着大自然的风雨，闻着炊烟里的勃勃生气，那才是最美好的追求呢。

这天晚上，我们一行人住在离桑耶寺不远的名叫苏卡的小镇上。那是一家藏族人开设的旅店，价钱很便宜。

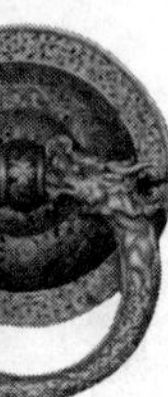

藏族陶器

游雍布拉康和藏王墓

你无法教我不看你
虽然不可能用言语沟通
我默默地注视着你
不禁将内心的寄托
化作凝神不语
苍凉中包含欢乐
数千年前的灵魂希冀
此刻同太阳再会
重逢在旷野里

——寄语雍布拉康和藏王墓

藏王墓近景

我们在苏卡过了一夜。次日，按照当地时间我们起床吃过早饭后，乘车先到达泽当镇。稍事休息后又出发继续往南行。中间经过昌珠寺时，大家都说为了节省余下的时间，昌珠寺就不去了，留下这个遗憾以后来西藏时再补吧。否则，念想少了，再到高原的动力也就不会那么大了。就这样，我们残忍地丢掉了一个近在眼前的到著名的昌珠寺参观的机会。由于泽当镇离雍布拉康大约10公里左右，因此离开泽当总共用了30多分钟的时间，我们就到了离扎西次日山不远处的一个山脚拐弯处。再往前是一片广阔的平原了。只见在视线内，一座孤独的城堡耸立在山巅之上。陪同的朋友说，那就是西藏的第一座称得上宫殿的建筑——雍布拉康。

走近雍布拉康时，我们发觉这座藏语名叫扎西次日的山，不过只是个突起的高坡而已，“雍布”在藏语中是母鹿的意思，就是指扎西次日山的形状像一只静卧的母鹿。“拉”是后腿的意思，“康”的意思则是宫殿。雍布拉康就是“母鹿后腿上的宫殿”的意思。“母鹿”这个词给人以温柔、安祥的感觉，那么建在它后腿上的宫殿，一定不会令人畏惧和高不可攀的。

我们对雍布拉康的第一印象是感觉它还是高大险峻和气势巍峨的。由于它孤傲地处在旷野之中，附近又没有奔腾的河流与高耸的山峰，所以即使它所依托的扎西次日山虽然低矮，但相对位置却并不平庸。

我们一行人顺着路径缓缓攀登上雍布拉康。这座宫殿上窄下宽，颇像汉地的一座高楼，也有人说它更像一顶大帐篷。可惜它顶部因早已坍塌原来的样子已经无法见到，眼前的宫顶和墙体、窗口等均为近期修复的。

史学家认为位于雅砻河谷的泽当地区是藏族文化和历史的发祥地，也是吐蕃部落兴旺、发展，直至建立政权的摇篮。传说泽当后面的贡布山有三座山峰，分别住着猴王、魔女和观音菩萨。猴王被观音点化后，与魔女结婚生了六个子女。这就是藏族的祖先。因此泽当的藏语意思就是神猴子孙玩耍的地方。

这座古城堡的内部样式与其他藏式建筑区别并不大，所用的建筑材料也一样。因此参观它的意义，主要在借亲临古迹之机探寻历史罢了。

传说公元前二百多年时雅砻河谷的人民已经定居生活，并形成了几个氏族部落，信奉原始苯教。有一天，一个苯教

信徒在山上放牧时发现了一个小孩。他把小孩驮在脖子上领回部落后，头人和信徒们觉得这个孩子一定是神灵送来的。于是将孩子神化，说他是色界第十三代光明天子下凡，拥立他为新的部落首领，为他起名叫聂赤赞普。藏语聂的意思是脖子，赤的意思是宝座，赞普的意思是王。这个孩子就是骑在脖子上的王。从此他就成了西藏的第一代赞普。于是，部落为他建了雍布拉康宫。

雍布拉康自第一代聂赤赞普以来，历代赞普都以苯教为护国教，直到第二十八代赞普拉妥妥日聂赞时代。传说有一日天降“神物”于雍布拉康的顶上，有经书、金宝塔、六字真言和密宗规则四件佛物。可是由于当时西藏还没有文字，更无人认识这些宝物上面的文字，因此谁也不理解这些东西的含义，只感觉是些珍贵的东西。于是将它们供奉在宫内，还给藏所取了一个名字，叫“宁波桑哇”，意思是秘室。应该说，从这个时候起，佛教就传入到西藏了。后来又经过五世赞普以后，待西藏渐渐有了文字时，才有人识出其中的《诸佛菩萨名称经》等珍贵经卷的内容，悟出其实佛教在松赞干布时期以前早就进入西藏了，只是因当时苯教势力太盛，无法广泛传播，只好以这种神秘的形式流传罢了。于是，雍布拉康宫殿随之成为佛教圣地，成为许多高僧大德修行之地。而那代能够解释佛教经义的赞普由于得到佛教的威灵，竟然活到了120岁。

我们在宫殿二层墙壁的壁画上就看到了这段传奇故事，令我为之景仰不已。到第三十三代赞普松赞干布统一高原将王都迁往拉萨后，这里才不再是王宫。不过，英明神武的松赞干布，即使在拉萨有了更加宏伟的王宫，也没忘了雅砻这块吐蕃的发源之地，经常回来探视居住。相传文成公主远嫁到西藏后的第一个夏天就是在雍布拉康度过的。

从雍布拉康下来后，我们在山脚下的一个小山坡上，见到了一处终年不断的泉水井。它名叫“嘎尔泉”，据说是松赞干布的重臣嘎尔东赞首先发掘出来的。这眼泉水长流不竭，许多到雍布拉康朝圣的藏族男女，都会在这眼泉水边洗漱一番，或是喝上几口，据说该泉的泉水可治百病。

游完雍布拉康，我们在附近一个餐馆内匆匆吃过午饭，便赶紧向琼结县宗山的西南驶去。因为藏王墓就在木惹山（意为增长之山）旁。车行没有多久，我们就到了那里。

我们看到，现存的藏王墓是土石垒成的高台丘墓，层层夯就。各陵墓封土高大，其上层土墩为椭圆形，墩顶极平坦，东西长约130米。俨然像一座小山丘。下层为长方形土台，周边不齐整。藏王墓埋葬着松赞干布、文成公主及其前后几代的赞普。由于无从考据，因此它的数目难以确定，我们仅能看到八九座墓堆。

雍布拉康

藏王墓的前面是雅砻河。从形制上看，藏王墓的地址是经过选择的，墓制也是完备的。既有祭祀用的祠庙，也有镇墓兽，还有墓碑。

那座靠近雅砻河边的大墓，据说是松赞干布之墓，与之相邻的是赤松德赞的墓，墓旁有巨大的功德碑。据说这里原来有祠庙，内有松赞干布、文成公主及其大臣的塑像，还有墓志。但现

在已经只剩下点滴残壁。相传在9世纪中后期发生的奴隶起义中，藏王陵墓被捣毁了不少，现在的藏王墓已缺少了原貌。但不管怎么说，毕竟大多数保存下来，它已经成为研究吐蕃社会及丧葬制度的重要历史遗迹。

观藏王墓，我们多少感到一些遗憾，因为这么远地来一趟，看到的东西实在太少了，还需回去后翻阅有关资料来补救这个缺憾。

桑耶寺的遐想

桑耶桑耶本为神奇
佛陀之魂得以托寄
万事万物均需福佑
众生自此少了忧虑

——赞西藏第一寺

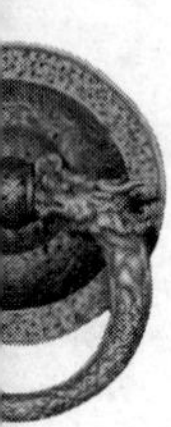

游完藏王墓的次日，我们便乘车前往位于山南扎囊县雅鲁藏布江北岸的扎玛山麓。因为那里便是素有“西藏第一座寺庙”美称的桑耶寺所在地。据《桑耶寺志》记载，桑耶寺系“卯年奠基，至卯年竣工”；《布敦佛教史》作“丁卯年奠基，已卯年竣工”，历时十二年。其他史籍对建寺时间说法各异，大致应该建造于公元8世纪中叶的吐蕃王朝第五代赞普赤松德赞时期。当年，赤松德赞亲自主持奠基修建该寺时，曾经为桑耶寺赐名“贝扎玛桑耶每久尔伦吉主贝祖拉康”，意译为吉祥红岩思量无际不变顿成神殿。

初入寺中，我们便为桑耶寺的建筑规模之宏大、布局之奇特所惊叹。那鳞次栉比的殿塔遗存所展现出来的奇怪布局令人迷惑不解。但当我们渐渐了解了每一个单独建筑所蕴涵的意义和在整个寺庙布局中所起的作用之后，我们便为这座在西藏建筑史上无与伦比的辉煌建筑群而倾倒、而折服。遗憾的是，我们已经不可能见到当年桑耶寺的全貌了，但仅仅从眼前的景物来看，已经足以令我们惊叹不已。

桑耶寺还有许多名字，如“乌登勃来”、“吉祥永固天成桑耶大伽蓝”、“邬策钦莫寺”、“无边寺”、“存想寺”、“三样寺”等名称，但一般总称为“桑耶寺”。

桑耶寺的建筑，据说是仿照古印度婆罗王朝在摩揭陀所建的欧丹达菩提寺为蓝本而建的，全寺的建筑完全按照佛经中的大千世界布局：中央为世界中心须弥山，由一座藏、汉、天竺三种风格的三层“邬孜大殿”代表；大殿南北又建太阳、月亮两殿，象征宇宙中的日、月双轮；邬孜大殿四个角上分别建有红、白、绿、黑四座佛塔，代表四大天王；大殿四周

桑耶寺

还均匀分布着 4 大殿和 8 小殿，表示四方咸海中的四大部洲和八小洲；寺庙建筑群的外围是一道圆形的围墙所环绕，象征着世界外围的铁围山。整个寺庙的建筑布局又和密宗的曼陀罗（坛城）有几分相似。

关于桑耶寺的来历有一段脍炙人口的传说。当年身为唐朝金城公主之子的第五代赞普赤松德赞，由于在其幼年时宫廷内曾围绕着他上演过“狸猫换太子”的悲剧，所以在他于公元 754 年执政以后发誓要在雪域高原大力弘扬佛法抑制苯教。为巩固政权，他设计除掉了崇苯的大臣。并先后两次从印度请来高僧寂护和乌杖那国的密宗大师莲花生入藏传经。

为了使佛教能够在雪域高原扎下根，赤松德赞后又授命寂护建造西藏历史上第一座寺庙。但这第一座寺却不知为什么屡建屡塌，一时众说纷纭，认为此地妖气过盛，鬼魔横行所致。赤松德赞想这可能是寂护大师过于文雅，对于这些邪魔鬼怪缺乏招术吧。于是，英明的赤松德赞急忙把精通密宗咒术擅长降魔伏妖的莲花生请来。

果然，莲花生大师还真的厉害，对邪魔鬼怪一阵施法，终于邪不压正，魔鬼们彻底被降伏并统统变成佛教的护法神。这真是放下屠刀立地成佛。其实藏传佛教中的许多著名的护法神就是这样来的。如法力殊胜、暴烈的白哈尔神王以前就是苯教的神祇。

接下来莲花生大师再展神功，在自己的手心里变幻出寺院的幻影，这让一心想见到寺庙的国王赤松德赞惊呼一声："桑耶！"（"出乎意料"的意思）。于是，桑耶寺就因国王的这一声惊语而诞生了。见大师多才多艺，英明的国王就请莲花生大师来主持桑耶寺的建设，规模仍保持寂护大师的设计方案，地址则由莲花生大师重新亲自勘测。但寂护大师毕竟功不可没，桑耶寺建成后他就任了第一任堪布。

从此，西藏就有了历史上的第一座"佛、法、僧"三宝俱全的寺庙。同时它还是西藏建造的第一座具有僧伽组织的佛教寺院。该寺的建成，象征极力扶植佛教的吐蕃王室在与维护本教地位的旧贵族之间长期斗争的初步胜利，意味着吐蕃王室权力的加强。

在赤松德赞的监督下，还剃度了7名贵族子弟出家为僧。这七人就是藏传佛教史上第一批真正的住寺僧人，史称"桑耶七觉士"。为吐蕃社会建立僧伽制度之始，被后人奉为藏传佛教的先驱者，声名显赫于佛教界和西藏的历史。寺庙建成后，王室规定了对寺院和僧人的供养，制定教戒法规。还在寺内建立译场，由来自印度和汉地的高僧和藏族译师共同翻译大量显密经籍，译经事业甚为发达。据说《丹嘎目录》即编制于这一时期。

为了欣赏整个寺庙的精妙布局，我们一行人登上邬孜大殿的顶层。在顶层居高四望，东南西北四个方向的分别是江白林、阿雅巴律林、强巴林、桑结林四大部洲，周围可见八小洲、日月殿和白黑绿红四塔星罗拱卫。精湛的构思巧妙的布局，将会让你叹为观止。

邬孜大殿是桑耶寺的主殿，位于全寺的中心。大殿坐西向东，高为三层，底为藏式风格，中层为汉式，顶层为印度样式，因此“三样寺”的名称就是由此而来的。

我们从殿顶下来，沿着大殿和甬道回廊里欣赏了各种题材的壁画。除了一些常见的表现佛教传统内容的绘画外，在大殿中层廊道上还绘有著名的“西藏史”壁画。画中记载了从远古传说的罗刹女与神猴结合繁衍藏族开始，一直到宗喀巴创立格鲁派，终止于九世达赖。

该壁画长92米，内容丰富，壮阔恢弘，被誉为西藏的“绘画史记”。

在邬孜大殿的一层和二层我们还看到了“桑耶寺史记”、“莲花生传记”等精美的壁画。

跨出大殿门坎，一块巨型古老的石碑，屹立在左侧。上面刻录着赤松德赞于公元779年发布的以佛教为吐蕃国教的饬令。这就是兴佛证盟碑，它以誓文确定了佛教在西藏精神领域的主导地位。

观毕石碑，抬头便见到对面正廊上挂着的一口历经千年的唐式古钟。据说这是西藏历史上铸造的第一口铜

在桑耶寺主殿顶上聊天的僧人

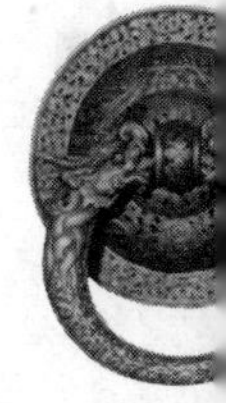

钟，是为纪念赤松德赞第三妃没卢氏（又有一说叫“菩提氏”）而特制的。因为她带领30名贵族妇女削发出家，成为西藏历史上的第一批女僧人——尼姑。

由于该寺是最早传播旧密法的寺院，藏传佛教宁玛派兴起后，该寺属宁玛派管辖。后因萨迦派曾出资修复，寺政又由萨迦派掌管一部分。该寺原有的许多殿堂和佛塔，在漫长的历史中因年久失修及多次火灾毁坏，许多殿宇已荡然无存。目前仅存建筑主体及遗址二十余处。

综观桑耶寺的建筑艺术，可以想见它对西藏建筑所产生的深远影响。

观扎什伦布寺

太阳带着我来到了这里
走过街道进入寺庙
可太阳又把我折叠起来
在深邃的深奥里徘徊
消失的时间依旧在记忆
终于
我又从黑暗中走出
与太阳重逢在金色里

——感谢太阳

日喀则街上一角

那天我们到达日喀则时，已经是下午3点多钟了。在快到日喀则的时候，我们已能够看见扎什伦布寺的金顶在闪闪发光。由于在路上已吃过午饭，因此进入日喀则市以后，虽然肚子并不觉得亏空，但一路的颠簸却使得每个人浑身像散了架一样疲乏不堪。于是，我们先在街上选了一家餐馆进去，每人要了一杯热滚滚的酥油茶，边喝边休息。大约半个小时后，大家感觉又有了精神。于是，有人提议抓紧时间先逛一下扎什伦布寺，然后第二天再去萨迦寺。

因为扎什伦布寺位于日喀则城西，我们离开餐馆上车后几分钟便到了尼色日山下的寺庙前。

这座绝对称得上是金碧辉煌的格鲁派寺院，至今仍是历代班禅的驻锡之地。史料记载，它是在宗喀巴的弟子根敦珠巴于明正统十二年（公元1447年）主持下建成的。万历二十八年（公元1600年），四世班禅罗桑·确吉坚赞任该寺住持时又加以扩建。全寺建筑面积约30万平方米，是藏传佛教格鲁派在后藏地区的最大寺院。

“扎什伦布”的藏语意思是“吉祥须弥山”。寺内建筑布局按照当年的功能分为宫殿（班禅拉丈）、勘布会议（后藏地方政府最高机关）、班禅灵塔殿、经学院4部分。经学院由措钦大殿、4个扎仓及下属的64个康村组成。参观中，导游介绍说扎什伦布寺是西藏地区很少的几个未受“文化大革命”

破坏的寺庙之一。从眼前寺庙建筑的外观和有关设施的完好程度看，的确是这样。

我们一行人站在寺庙前抬头仰望，只见壮观的殿宇群落中，最醒目的就是历代班禅的灵塔。那些灵塔都是金顶白肩褐色身，颜色对比极为强烈。据导游讲，历世班禅灵塔大小不一，塔身都饰有珍珠和玉石。每座灵塔都燃点数量不等的大小酥油灯，终年不熄。塔内藏有历世班禅的舍利肉身，以四世班禅的灵宝塔最为豪华。

庙前的一座高大白墙，据说每逢节日，巨幅的唐卡就挂在这里展示。整个寺庙在一圈高墙的围绕中，显得十分肃穆庄严，使人产生未进去之前，便被一种宗教的力量攫住了灵魂的感觉。

按照导游的指引，我们从大门进入后直行左转先到了强巴佛殿。强巴佛殿藏语叫“强巴康”。它是扎什伦布寺内最为引人注目的一个大殿。此殿建于公元1461年，高30米，共有5层。在大弥勒殿内除了供奉着公元1914年九世班禅确吉尼玛主持铸造的鎏金青铜强巴佛像外，别无他物。这座佛像净高22.4米，一只中指就有1米长。巨大的佛像肩宽11.5米，莲花宝座高3.8米。这座佛像总高26.2米，堪称为世界上最大的坐式铜佛像。据说这坐佛像共用黄金279千克，铜115吨，大粒珍珠300余颗，琥珀、珊瑚、松耳石等

扎什伦布寺局部

各种珍贵宝石1400多颗。其中在大佛像的眉间镶嵌有特大钻石1颗，蚕头大的钻石30颗，珍珠和其他宝石60多颗。强巴佛像是由900个工匠用9年时间完成的。

人站在大强巴佛像前，从形象对比上已经显得那样的渺小，更何况佛像本身散发出来的那种无畏的气度。我想，即使再贪狠的人到了这里也会一心向善，绝不敢再逞威摆谱。观瞻之中，我不禁为佛像造形的生动庄严和制造工艺的精湛高超而惊叹。环顾大殿四周的墙壁，那上千个以红色为背景的金粉强巴佛画像进一步衬托出大佛坐像的高大。

出强巴佛殿往东便来到十世班禅的灵塔殿。殿前面是七世班禅时为了迎接清朝乾隆皇帝的到来而建造的汉佛堂。内置两张座位，左边的为班禅专座，右边的用来接待驻藏大臣等内地来的高官贵人。我们有幸目睹了堂内陈列的清代皇帝赠送给历世班禅的礼品。楼上悬挂乾隆皇帝的巨幅画像，偏殿是清朝驻藏大臣与班禅会见的客厅。堂内除珍藏大量的金银玉器外，还保存着封印、佛像、瓷器、织品等重要文物。

1989年十世班禅大师圆寂后，他的遗体就存放在塔内。塔前立着一座大师的塑像，塔顶绘有曼陀罗的图案，殿内墙上则绘着真金佛像。据说1989年班禅大师在阔别日喀则多年之后回到他的主寺扎什伦布寺时，见这里的3座主要建筑中间空了一块地方，便说可惜。没想到他一语成谶，就在几天之后他因辛劳过度而圆寂。后来他的灵塔就建在了这个空着的地方。

从灵塔继续往东，是一栋白色的殿堂。它是历代班禅大师的住所。由于这座建筑是六世班禅时期（公元1738–1780年）建成的，为保护文物考虑，它不向公众开放。我们只能从十世班禅灵塔的庭院进入到几座小堂内看一看。

正在装酥油茶的僧人们

从这里再往东是一座高大的建筑，那是著名的为觉干夏殿，殿中存有四世班禅（公元1567–1662年）的灵塔。四世班禅是著名的五世达赖喇嘛的老师，他对西藏社会的发展做出过巨大贡献。他的灵塔建于清康熙元年（公元1662年）。塔高11米，消耗黄金2700余两、白银3.3万多两、铜7.8万多斤、绸缎9000余尺，玛瑙、珍珠、珊瑚、松耳石等宝石共7000余颗。

离开这里继续向前，就是扎什伦布寺中的主殿也是最大的殿堂措钦大殿。置身于内，我们发现它原来是一座庞大的复合式建筑。大殿前部是一个可同时容纳2000名喇嘛祷诵经文的大经堂。经堂的一侧中央位置是班禅的宝座。供奉的佛像除释迦牟尼佛及其大弟子外，两边柱上还刻有建寺人根敦珠巴与四世班禅的立像；周围有宗喀巴师徒和80位高僧造像等。

经堂后面有三间佛殿，释迦牟尼殿居中，东侧是度母殿，

西侧为强巴殿（弥勒殿）。释迦殿内供有5米多高的释迦牟尼鎏金铜像，像体内藏有释迦牟尼的舍利和根敦珠巴的经师西绕森格的头盖骨以及宗喀巴的头发。殿内还放置着很多大乘佛教的象征物，包括蛇，旧盔甲及右边的一尊愤怒的女神塑像。

沿大殿四周的墙壁细细看去，精心绘制的那几千尊佛像，竟无一雷同。

度母殿藏语称“卓玛康”，供有2米多高的白度母铜像，两旁还有泥塑的绿度母像。“度母”是济世度难的观世音化身，藏传佛教极为崇拜。文成公主因在西藏历史上备受尊崇，即被藏民认为是白度母的化身。度母殿内还供有21个度母的化身。

弥勒殿藏语称“强巴康”，建于明天顺五年（公元1461年），弥勒像高11米，由尼泊尔工匠与藏族工匠合作制成。

措钦大殿前是由回廊围成的院落式露天讲经场，面积有500平方米，是班禅向全寺僧众讲经和僧人辩经的场所。过去历代班禅大师经常在这里向全寺僧人讲经说法。同时这里也是节庆活动的中心。每日上午，喇嘛们便聚集在主殿大厅内学经，下午进行辩经。我们站在主殿台阶上，看着来来往往的信徒和僧众，一身的疲劳不知哪里去了。此时，庭院中间竖立的那根巨柱上的经幡随风飘扬，夕阳渐渐染红天边。仿佛告诉我，凡来到这里的信众，只要你诚心向善，均可走向佛陀之路。

从措钦大殿的楼梯上去，沿着中层的阳台，可见到很多小殿。其中的释迦牟尼殿和一座小的灵塔殿颇值得一看，此外就是众神殿了。众神殿的历史可追溯到公元15世纪建寺时期，它是当年修建的最古老的建筑之一。大殿居中是班禅大师的法座，僧众的座垫整齐地排列在地上，从殿顶上垂挂下来各种描绘班禅转世的唐卡。

在另一个殿内，我们还见到了仿制大昭寺的释迦牟尼12岁等身像。在庙顶的一个高处，我们能清楚地看到一世达赖，二、三世班禅及其他几位扎寺主持的灵塔和五至九世班禅的合葬灵塔。

由于临近寺庙关门的时间了，接下来所经过的脱桑林、夏孜、吉康、阿巴四个扎仓（经学院）和时轮殿、印经院、汉佛堂等虽然也颇具规模，但我们只能草草地走马观花了。即使这样，时轮殿内四壁书架上藏着的许多古代藏文经典、供奉的宗喀巴及其上首弟子贾曹杰和克主杰的塑像也给我留下了深刻。

据说印经院还珍藏着著名佛经和历世班禅传记的印版，其中以30多卷本的《宗喀巴传》最为有名，但可惜我们没有见到，可我们每个人还是认为不虚此行。

由于扎什伦布寺是西藏最大的寺庙之一，从而与拉萨的哲蚌寺、色拉寺和甘丹寺以及青海的塔尔寺和甘肃南部的拉卜楞寺并列为格鲁派的6大寺庙。近年来由于政府投入了巨额的维修资金，金碧辉煌的扎什伦布才得以始终保持着它那迷人的风采。

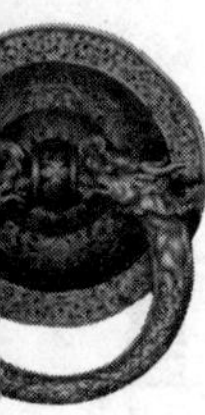

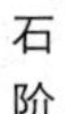

石阶

萨迦物语

成就圆满庄严永恒
无法忘却千年慧命
文化精华光耀依旧
佛陀之华回归喜庆
光照在本心的原位

——遥望萨迦寺

萨迦寺全景

记得在我们即将离开西藏返回内地的时候，拉萨的朋友建议我们一定要去后藏的萨迦寺和扎什伦布寺看看，否则这次西藏之行缺憾就太大了。事也凑巧，我在拉萨的同行朋友的机关里，正好来了一些内地赴藏探亲的家属。机关专门为这些家属安排了一辆旅游车，目的地就是日喀则及其附近的几个后藏地区旅游点。我们借机解决了去后藏的交通问题。

我们到达后藏中心日喀则的第二天上午，便乘车翻过加措拉山，然后向西南方向又走了60多公里，来到萨迦县地界。再驶过一座桥，便是一片两头窄中间宽像葫芦一样的地带。导游告诉大家，这就是名闻遐迩的萨迦。

萨迦是地方的名字。由于该地土质呈灰白色，故称萨迦，藏语意为灰白色的土地。现在它已经成为西藏的一个县。萨迦的出名是由于佛教在这个地方宏扬光大所致。因为佛教的原因，700多年前，这个地方曾经一度成为西藏的政治、经济、军事、文化和宗教的中心。

萨迦寺是藏传佛教四大派别之一萨迦派的主寺，位于萨迦县仲曲河北岸的山腰上。萨迦派就是因为萨迦地名而著称于世的。萨迦寺实际是萨迦北寺和南寺的合称。

我们的车刚刚驶入这片谷地的时候，远远地就望见那片寺庙建筑林立的山坡。遗憾的是，萨迦北寺已经大部分成为废墟，而南寺远远望去却苍茫巍峨。

萨迦寺是萨迦派创始人昆·贡却杰布于1073年在萨迦主持兴建的。当时只建了“白宫”(亦称古绒寺)，即萨迦北寺。在昆·贡却杰布以后，经过几代经营，北寺才逐渐形成规模宏大的宫殿式建筑群。我们站在仲曲河旁，举目北望，只见山腹一带，残存的宫殿遗迹连绵不绝。可以想见，当年的规模一定相当壮观。藏传佛教的新密乘正是因这座恢弘的庙宇而得以大力传播的。

我们按照导游的指引，来到南寺。进入南寺庙区后，我们首先发觉新粉刷不久的墙体和庙的房顶周围，涂着颜色鲜艳的红、白、黑三道不同的色彩。大家不约而同地议论道，这与拉萨的那些寺庙怎么不一样啊。导游解释道，这就是人们俗称萨迦教派为花教的原因。其实，从宗教的理念上讲，红色代表文殊，白色象征观音，黑色暗喻金刚手菩萨。这才是萨迦派心中的真谛。

雄伟壮丽的萨迦南寺是萨迦五祖最后一人八思巴所建。史料记载，元世祖至元六年（公元1269年），八思巴由萨迦起程赴元大都，途经吉热寺时被该寺的壮美所折服，盛赞吉热寺殿堂庄严。送行的本钦·释迦桑布返回萨迦后，根据八思巴的决定立即征调13万户民工，仿吉热寺式样，开始修建萨迦南寺。

展现在我们面前的南寺的确壮美异常。它的围墙高而厚，东西长约166米，南北宽约100米。墙上有40个“马面”，四角置碉堡，四面有门楼，寺外有围绕寺墙的护寺沟。寺墙上那红、白、黑三色分外耀眼。

我们沿着参观路线，首先来到南寺中的拉康钦姆大殿。这是南寺中的主殿，高11米多，面积大约有5500平方米，殿内的40根粗大的圆柱将整个高大的天顶支撑起来。殿中佛龛上供奉着萨迦派崇拜的诸佛和菩萨像。大殿右侧，有一只高一尺半的玉钟及一块长方形的玉板，被称为寺内两宝。玉钟用以罩佛前的长明灯，玉板上刻有一首汉文诗，落款为“醒石”。周围还陈列有中国历代王朝赏赐的瓷器及元代皇帝赐给的法衣、盔甲、靴等文物。壁画主要集中在主殿楼上，画有萨迦派历代祖师、高僧图像及一些佛教故事。

我们仔细欣赏了四周殿墙上绘满的那些表现当年建寺经过的壁画，观后使人感到当年西藏工匠为修建萨迦寺所付出的巨大心血和他们高超的艺术造诣。

萨迦跳神会

接下来，我们又进入藏经库参观。这里珍藏着1万多部经典。据说是八思巴时期集中卫、藏、康等地区的缮写家，用金、银、朱砂汁和墨汁精工写成的珍品。参观中我们还见到一部称做“方经”的经卷。只见它长、宽各1米多，外边用夹板保护着。它的内部文字全部用金汁写

成，被视为手写经中的珍宝，也是萨加寺的镇寺之宝。

据寺庙僧人介绍，全寺共有佛教经藏4万多卷，尤其一部分贝叶经极其珍贵。我想，正是因为萨迦寺内藏有大量珍贵经卷和图书，所以才被世人称做“第二敦煌”吧。

另外，我还对那些图案别致的多种密宗坛城画很感兴趣。他们有些是元代时期的作品。我对那些画卷中所记载的萨迦派发展的历史感到震惊。

参观后我得出这样一个结论，即萨加寺无论从它的建筑形式，还是它那些精美的壁画、珍贵的法衣、盔甲、古瓷，以及那些无价的典籍、经卷和唐卡，都是祖国艺术宝库中的奇葩。萨迦寺确实是个巨大的艺术宝库，几乎每一件藏品都能说明元朝以来，藏族与汉族、蒙古族、满族等其他民族的密切关系。因为这里的许多艺术品正是各民族团结合作的心血结晶。因此，维护祖国各民族团结，发扬各民族友好传统的光辉历史精神是应该世世代代继承下去的。

高原骑马人

思念拉萨

远离
是一杯难咽的苦药
但最终还要下咽
当夕阳隐没
遥远的心中渐渐盈满
那只远方的飞鸟开始归巢
然后相拥欢笑
然后
又在黎明将近的时候
乘船远去
把冰凉的世界
留给下次长梦中再会
但我想它应该属于众生
因为我不能长久独享
拉萨的拥抱
远方的拉萨

——思念拉萨

思念拉萨，不是因为它没有诗而心生埋怨。因为是它有太多的诗，有太多的情，有太多的感悟。

诗曾经一度与我似已绝情断缘。后来我偶然还读一读诗，但心中总有些不尽情义，因为自发的诗情似已经很难寻觅，很少有文以载道的佳作和鞭挞丑恶的耿介。我们统统地都是在都市中生活了太久，在社会中观察得太深，与各色人物接触得太频繁。我离开北京，然后又离开拉萨。

夏末初秋，我来到了西藏高原的一个寺庙林立香火缭绕的城市。不经意间避开了北京的一切。看看没有北京能否也能过得很好，或过得更好。没有与任何朋友的告别，没有回应任何人的电话，甚至连行囊也换上了全新的，为的是真正地离开北京。

直到有一日从拉萨回来，又收到拉萨的信，握着信在北京那年很大的雪中走了许久，虽然不愿拆但还是拆开了它。因为我知道那是拉萨寄来的诗，如若随便拆开，就会显得不那么圣洁，不那么严肃庄重。然而，信打开后，我读着那些激情洋溢的诗行，一切又都恍如昨日，就像昨天我们正一起行过那片柳林，罗布林卡中草地上那巨大的松针球和绿荫成林的高耸入天的棵棵松树。空气中弥漫着酥油与鲜花的气息，艳阳中浮动着朵朵白云，脚步驮着歌声四处游荡……

我终于打开拉萨的信，完全忘记自己地读完了信中的诗……雪依旧漫天地下个不停，风很轻很柔。肩上的那层落雪轻轻随风挪动的时候，我看清了它精细的构造，晶莹美丽比例规整。但这只是童年对自然好奇的猎物，只是幼稚的童年的关于世界的幻想，绝不是他的诗那样一目了然。

在拉萨热闹的街头

我站立在暮色已临的雪色浓浓的街心公园里，脑中翻腾着不断涌现的诗句……我既然早已久不为诗了，为什么还这么容易被拉萨的诗打动？夜色眼看就要全面光临，难道真是越夜越美丽，还是因为雪色才能够制造出这种有点忧郁的光芒。

我试图在脑中搜寻自己曾写过的诗，但总也记不起来。我实在有些着急了，希望寒冷的空中此刻能飘过一盏明灯，使我能在瞬间捕捉到我脑海中记忆的诗篇。在雪花覆盖的草坪和灌木上，在拉萨的诗来到之后的深冬，我不知所措地如此迷茫地想。

因为，在收到拉萨的信的那一刻起，我就清晰地看到了你，所以必须把所有的一刻给了你，就为了你的难得的诗句……

拉萨，你在孤独中，此时一定会热切地想起那个现在已经没有诗，也令有才华的人不再写诗的城市。拉萨，你愿意相信当冬天结束之前，你就能循着你的诗在雪地中留下的足迹，找到这个大都市中仍然翻腾着诗句的心，仍然热血沸腾的心吗？

拉萨，你对我是不会误解的。但你怎么会不知道诗既是心灵的呼唤也是美丽的谎言？

诗的动人并不是因为记录了那真情实感的轻易流露，也不是因为诗能够矫情和造作，而是因为它能让人相信诗中所

流露的那一刻是孤独中的美丽。然而那一刻也仅仅只是美丽，之后，诗就会变脸，也许会很丑陋。但多情的人却喜欢试图紧紧跟随着它，于是就像我永远对诗情有独钟。于是相偕来到了神秘的拉萨，那个有许多正宗的庙宇和佛陀密宗的地方。之后，你虽忘记此事，但我却苦苦等待再读到你的诗，于是你真地就写来了诗……

拉萨，你的诗让我动容，但我仍然对北京的诗情怀疑着。这与我记忆中的拉萨是不同的，但拉萨你的诗却又明明白白地是从高原那边寄来的。

多少年后，拉萨又有点犹豫地回到我的眼前，自此以后每天拉萨你的诗又在北京的嘈杂紊乱中游走，令我有点茫然。然而，有一天你会意外地发现仍有一颗执著的心并未被淹没，如金子在无数矿石中的碰撞，尽管它很软弱，但它光彩依旧，永不泯灭。因为我又读到了拉萨的诗句。

又是一个冬天，但天一直没有下雪。我终究不再会颤抖地读拉萨的诗了。诗中的拉萨与实际生活中的北京，终于开始融合。我开始笨拙地给拉萨写诗，但这一切又不仅仅因为拉萨，更因为所有爱诗的人，和曾在雪地中徘徊良久，踟躇前行的我，但愿未来北京能够成为诗的乐园，而不像往昔那样。

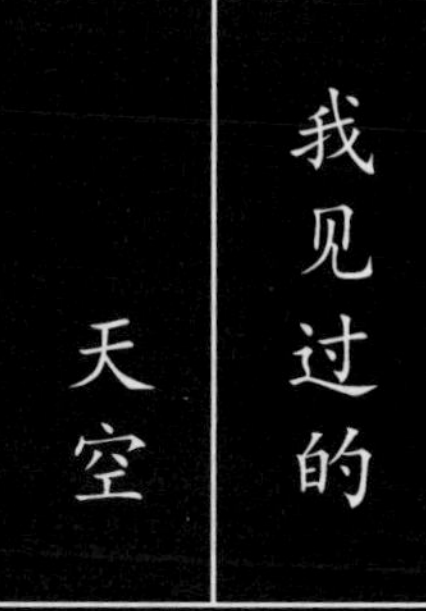

我见过的天空

因为见到了这么好的太阳
所以能够说出内心的阴雨
因为呼吸了黑臭的脏尘
所以才嗅出晴朗的芬芳
因为饮下了清泉的甘美
所以生长出心田的青绿
因为过滤了无情的岁月
所以能奉献出美丽的人生

——心灵感悟

拉萨，我的爱人。

当我写下这些句子的时候，我们已经离开拉萨了。用这些句子来描述我的心情是真切的，也是合适的，虽然我不是宗教意义上的朝圣者。但我作为去过这片雪域高原的人来说，绝不仅仅是看到了壮丽的自然风光。西藏之行严格地讲，应该是一次精神之旅——这就是所谓“朝圣”的意义所在。

记得西藏有一首描述朝圣者的民歌是这样流传的：

黑色的大地是我用身体量过来的
白色的云彩是我用手指数过来的
陡峭的山崖我像爬梯子一样攀上
平坦的草原我像读经书一样翻过
……

对于我们来说，所经历的根本无法与那些真正的朝圣者相比，但从精神的角度来看，我们这次的心灵历程确曾波澜起伏，感悟深刻，收获巨大。

对于任何关心西藏的人，西藏永远是神秘、充满诱惑的。即使在西藏土生土长的人，也终生怀着这种情感看待西藏。有一位著名的摄影家这样说过：“我喜欢拍摄人物。因为其他任何照片都容易让人厌倦，但人物却有趣得多。因为每张脸都饱含着一种全新的信息，它蕴涵着永远也

高原的天空

看不到底的神秘。”

用这句名言来比喻西藏再恰如其分不过了。大概正是由于西藏那特殊的地理、历史和人文现象，才使得它的一切永远呈现出一种迷人的意韵和风采。

因为西藏独特的地理条件，本身就是地理学上的一个奇迹。它除了引发出地理学上的探究外，还带来了一系列的美学问题，以及其他许许多多的问题。科学家们把这里的一座座高山描述成“在我们星球表面上能够见到的最大的地壳隆起”，认为这种隆起“在西藏的四周设起了最好的天然屏障”，并且“以它的高度构成了与周围低地相区别的生活环境，产生了一个独特的文明”。

而西藏人自己则感慨道：“我们生活在崇山峻岭之中。山峦长年积雪，陡峭而险恶。那高耸入云的悬崖绝壁小径上，狂风吹来，整个商队都会丧命，甚至风的严寒也能置人于死地。在此地旅行，从一个落脚地到另一个落脚地，有时要走好几天甚至几个月。”

但事实上，西藏人并不觉得西藏生活环境有多么恶劣，他们说：“我们认为西藏是最幸运的地方。释迦牟尼给我们派来很多上师，我们的家乡为许多‘强曲森巴’(菩萨)保佑着……在这片土地上，只要我们希望，我们就能得到观世音的保佑。如果这就是奇迹，那么西藏就是一个充满奇迹的地方，因为观世音总是不断地显灵，并引导和帮助我们。”应该说，20世纪50年代，藏族人民把金珠玛米（解放军）看作活菩萨。今天，藏族人民过着幸福的生活，也是共产党——这个人民心目中的“强曲森巴”带来的。

这就是西藏，这就是西藏为什么神秘莫测。因为在人们的心目中始终存在着两个西藏。一个是位于雪域高原的地形

复杂气候多样的地理意义上的西藏，另一个则是充满精神性质的需要用头脑来感悟的意识的西藏。

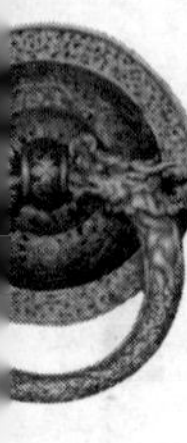

对于物质的地理意义上的西藏，尽管它高踞于地球之颠，被崇山峻岭和巨大的峡谷沟壑所屏障，从而令人生畏，难以抵达。但这却不是不能突破和攀升的，即使仅仅靠人的体力再加上坚强的意志和足够的勇气，便能够在西藏大地走遍东西南北。在现代化的今天，到达西藏高原已经是轻而易举的事了。踏上物质的地理的西藏，只要你愿意，你就能够做到。

然而对于精神的西藏，一般人却难以到达它的彼岸，尽管有些人虽然已经去过那里。这个谜团似乎永远难以彻底解开，总是令人产生出无穷的遐思与畅想。要真正进入这个精神的领域并搞个明明白白，确实并非所有人能够做到。它非有相当的悟性不可，就是久居西藏的本地人也不能够就说他（她）已经到达了精神的西藏。

无论是物质的西藏，还是精神的西藏，他们就像是一个人的精神和肉体一样，是不能分割的整体。它既是具体的，也是抽象的，既是实在的，也是虚化的。说它是具体的、实在的，是指西藏的地理位置和物产风物；说它是抽象的、虚化的，是指一种只有西藏才会产生出现和形成的那类事物和风格特征。

在辽阔的草原山川河畔的牧民脸上，我看见了特殊的风雨；在寺庙的大殿上，高僧大德会对我现出纯真和善良的微笑。这时，我忘记了所置身的环境是在什么地方，不知道是在今世还是来生。我看见那是一片阳光普照的大地！

这就是雪域光芒的美丽。一旦见到了这种光芒，你便进入了精神的西藏。因为这种美是千百年来形成的，是人们内

太阳即将落山

心世界的物化焕发，是需要用心才能看到的世界。因此，通过这条路径，才能读懂西藏的信息。

对于一个只想通过文字或照片或电影电视来了解西藏的人来说，如果不亲身到高原上走一走，你便无法进入那条路径。因为没有通过那些脸上的太阳的光芒，你怎么能够既懂得物质的西藏又理解精神的西藏呢。

我的童年与黄土山川、沙石河流、耕地庄稼、野草树木、猪羊马狗以及花鸟鱼虫难解难分。我的老家在山西的穷苦乡村，虽然离大城市太原不过几十公里，但是由于丘陵起伏的山峦和无数条沟壑的阻隔，在我小时候的年代，依然无法改变古老的农耕生活。或许，这正是日后我总感觉生命的归宿永远在乡村的山川黄土高坡上的原因。

现在，尽管我已经在城市里生活了很久，无论是物质还是精神上，确总有一种人在旅途的感觉，总觉得我的家并不在城市而是永远在乡村。缘于山川黄土，我从小到大都对山情有独钟，虽然喜欢海洋但多少含有惧怕的因素。其实我的骨血里或许也有渔民的血液，因为我的祖先毕竟还是从山东牟平海边迁到内地山西的。

正是因为热爱泥土的因素，我自幼热衷于种植和饲养，爱惜自然之中的生命胜过爱自己。记得小时候曾经因为一只蟋蟀意外地被大人踩死而大哭不止，曾经因为不得不与一条小狗分离而痛哭流涕……长大后尤其喜爱大山，几乎每年必要到山上阅读。

我爱山是因为在山的身上，我能够获得许多精神和身体上的补充，山的丰厚雄浑，山的伟大和强健，都给我以力量和勇气。

我爱山是因为在攀登它那雄浑的肩背臂膀的时候，你不必停下来，而是在不断接受新的感觉中进行思索，同时能够不断地充实自己的呼吸器官。正是在这个过程中，感觉到好像生命在延续，希望就在眼前。

而在西藏，我时时刻刻能够获得这样的体验。在这里，天空是永远被我们仰视，山之中有世上最高的喜马拉雅，山神之中有最雄壮的冈底斯。这足让你五体投地崇敬它们。在这群山之中，在离天离太阳最近的地方，你会发出这样的感叹：西藏来自何时？生命怎样从西藏产生？特别是当在万里晴空中俯瞰青藏高原的时候，特别是在野外或是在八角街见到康巴汉子的时候，就会不断地产生这样的疑问。

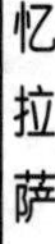

当我一踏上西藏高原的土地之后，我就无法不这样想问题。已经10年了，我们踏上西藏拉萨并往其他地区行进的日子，恍如昨日。西藏已经与我有了一种情结，以至我在西藏相识的朋友在我看来是最亲近的人。当听到“什么时候再去西藏”的问题时，我便告诉他们“我一直就在西藏呢……”

不是吗？这十几年来，西藏始终在我的心中。凡是与西藏有关的人和事，我都看作是与我相关的。我最关心的人就是从西藏来的人。我此生可能不会再到西藏的拉萨和高原上的其他地方，但是我会继续关心它一生，爱它一生！

我想，西藏是不会拒绝接纳我的。我和西藏的关系不但是物质上的而且也是精神上的。因此，这就是一种姻缘，姻缘的含义就在这里。即使我没有脚踏在西藏的任何一片土地之上，我也能够借助我的精神飞到那里，亲吻西藏的高山大河草原森林。

听说过西藏雪域的精灵吗？这就是呀。密宗的符咒大概就是这样给人以灵性的吧。是的，在生命的轮回中，一旦获得了某种力量，任何邪恶也阻挡不了你的征程。就像一个修行人，走遍天下一如既往。

我以为一生将为琐事繁忙，将为奸佞所困，将无法充分地爱人与被爱。但是，西藏高原的风格告诉我，当成为另一种格式的时候，你将离此远去。我感悟于佛陀的智慧，所谓身在凡间心在宇宙是也。我在我所感悟的领地里驰骋，并为壮美的理想精神而感动。我带着对理想的迷恋要去表现一种博大。“无欲则刚”才是主观存在的一种真正的极限。凭着对生命对人生的虔诚赤心，笑对山川大海，笑对黄土高坡，古老的和现代的就会永远存在。

去过西藏后，永远不会忘记珠穆朗玛峰、那曲草原、纳木错天湖。居住过拉萨后，更不会忘记哲蚌寺、大昭寺、布达拉、八角街、药王山、龙王潭……但至今在我脑海里经常游荡的除了它们之外，就是西藏的天高云淡。

特别是西藏的白云，恐怕比世界上任何地方的都要白。它是那样飘忽不定，那样自在，那样飘逸洒脱，似乎带着灵性，具备生命。因为它懂得人的情感，懂得人的语言。

当你在旭日东升准备出门朝佛的时候，它躲在蓝天的深处，暗中祝福着你。当你礼佛完毕，需要休息的时候，它披着金光，飘然而至，为你遮挡过强的阳光。当晚霞斜射的时候，它浓装艳裹，准备为你带来惊喜的泪花，为大地的苍生祈福。

我刚刚踏上西藏的土地，抬头望见高天的时候，内心便升起由衷的激动和惊喜。那天站在哲蚌寺的大殿金顶上，昂首引颈仰望穹宇，湛蓝湛蓝的天空转瞬间就飘来一片片白云，它们有的像妙龄女郎，轻抒广袖；有的如结伴前行的羊群，徜徉在广袤的草原；有的像飞奔的骑兵，奋勇冲向敌阵……蔚蓝色天空，云彩越聚越多，天色越发昏暗。瞬间变作乌云密布，气雾飞腾。忽一阵，急雨降落大地。片刻之后，白云高飞淡去。留下的几朵云花，同蓝天再次组合，烘托出一架彩虹，构成一幅壮美无比的天然画卷。这就是佛教徒们期盼的吉祥景象。

不久，我们就见到了落日时云霞辉映的神韵。那是任何善于想象的艺术家也无法想象到的意境。这是太阳与白云完美结合的瞬间，是阴阳交合构成的高潮，是刚柔相济的快感。

这时候你会忘记自己，忘记一切。因为眼前的景物已把所有的广阔留给了你。大地上的一切，这时候都是微不足道的陪衬。

西藏的天高云淡所蕴涵的恢弘和美丽带给人们的是无法形容的一种风格和气质，只有亲身领略过它的人，才能够有所感悟。

西藏的天色美景，属珠穆朗玛峰和樟木口岸两处的最为壮美。它们一个像蓝天中飞舞的旗海，风卷龙飞般地在巍峨的高山周围飘荡，天特别蓝，云特别白。另一个，则像恬静的姑娘，白云轻纱缭绕，把蓝天打扮得姿态万千。它们的风骚神韵均被我尽情领略。

我想，正是高原的特定天象条件，促成了虔诚的宗教信仰和雪域人民的神奇风情吧。西藏的天，给了西藏无穷的魅力，西藏的地，更以她的雄浑和艳丽、柔情和纯朴回报给了苍天。当世人踏上这片辽阔的厚土的时候，一定会赞同我的慨叹。

安祥与威严

高山流云

感叹高原路

路漫漫其修远兮
吾将上下而求索

——《屈原·离骚》

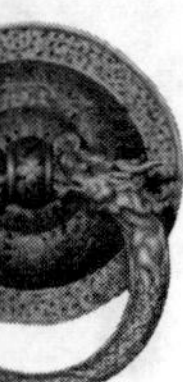

从西藏回来后的10年里，我一直在细细地回想当初的一切经历。只有在我静静地思索的时候，在西藏的那些深切感触，才会渐渐地清晰起来。也只有在这样的时刻，我才能够赶紧拿起笔或打开电脑，迅速地写下它们，然后奉献给我爱的人们。而在每一次兴奋的回想中，我都会产生一种被那个地方强烈召唤的感觉。

路漫漫其修远兮
吾将上下而求索

这是我国古代战国时期楚国诗人屈原《离骚》诗中最著名的两句，我借用在这里来形容我们那次在高原之路的感受，应该能恰如其分地表达出一种实实在在的意境，尤其是

山景

如果将原作的含义理解为一种精神领域的追求，那么这里则几乎完全是借景抒情的表达，更侧重在写虚的方面。

西藏的太阳是那样的耀眼，西藏的天是那样的纯净，西藏的河是那样的透明，西藏的人是那样的淳朴……这一切我是无法用笔墨描述清楚的，即使用摄像或拍照的方法也难以表现出那种意境。

我想说一说西藏的路。与内地相比，其实许多可以通过车辆的地方并不能算是真正意义上的路。但我还不能准确地给它们下个定义。

西藏的8月是一年中最为美丽和适合旅游的。因为此时是大地万物生命最繁茂和旺盛的季节，因而空气中氧气的含量也最高，大约能够达到低海拔地区含氧量的65%到70%的样子。而在其他季节，含氧量则要低很多，往往只有低海拔地区的60%左右，甚至更低。由于这个季节是生长的季节，所以无论在拉萨还是西藏的其他地方，到处都充满了神奇的色彩。

为了一览拉萨盆地北部的风光，我们在拉萨的朋友专门为我们提供了一辆吉普车。于是我们选择了一个不错的天气从拉萨乘汽车奔唐古拉山的方向驶去。车子走在藏北公路上，越往前走，我们越能感到大地在渐渐上升，窗外的天空似乎也越走越低了。

朋友边开着车边介绍说，当地藏族居民自古以来就称藏北高原为“羌塘”。它的汉语意思是“北方高地”的意思。朋友说，藏北的一大片地方由于海拔高，而且冬季十分寒冷，因此植被很少，不像藏南地区如同江南那样到处是绿色。就是这片叫“羌塘”的高原中的高原，面积竟达60多万平方公里。

村内之路

许多人都知道什么叫“国道”。那不就是连接省和省的国家标准级公路嘛！随着国家经济水平的发展，近年来许多路段的“国道”已经被高等级公路或是高速公路代替。公路的水平的确标志着一个国家的经济发展状况。可以说，二十几年前，我国的“国道”与今天相比简直天壤之别。那时的“国道”最好的也比不上今天最一般的，许多省之间的道路或省内道路宽的不过十几米，窄的也就是几米。路上的车辆也少得可怜，一般的路段一个晚上可能也就是十几二十辆车的通过量。哪像现在，几乎任何公路无论白天还是黑夜，车辆不断，有时甚至在深夜还是车流滚滚。这完全可以从一个侧面说明我国改革开放以来所发生的天翻地覆的巨大变化。

然而1993年8月，我在西藏所见到或所亲身行走过的“国道”却像是另一个世界的什么地方。记得当时在接近念青唐古拉山山脉桑顶康桑峰的一段路上，我惊奇地想，地图上那些用粗大的蓝色线条标明的“国道”，怎么在我们的车轮下竟然是烂泥沟呢？我曾为此专门让朋友停下车，尝试用自己的双脚实实在在地踩一踩那些泥泞不堪的高原之路。但是遵照朋友的嘱托，不敢越雷池半步。因为在气候复杂地表情况经常变化的高原，那些长着青草的地方很可能就是埋藏着沼泽地或是什么暗波流动的沟壑。此外，西藏的路还经常会被泥石流、塌方和雪崩袭扰。

记得在大多数的时间里，我们乘坐的尼桑越野车只能以每小时十几公里的速度颠簸前进。甚至有一段路就是在过膝深的烂泥和河水里行进。经过了那段最难走的路之后，我们才到了我们要去的地方。

我们所走的公路，已经让高原的风雨摧蚀得坑坑洼洼，车子行进在这样的路上，是无法有什么速度感的。在大多时间里，我们的车子都是在摇摇晃晃地爬行。身体差一些的人，恐怕难以承受得了这样的颠簸。不过我们倒好，也没谁出现伤病。一路上，时间变得完全没有意义。真是天苍苍，野茫茫，四周荒山不见头。那种浪漫的风吹草低见牛羊的景致，只是偶尔才会远远地看到，但那已经几乎快隐没到天边的尽头了。

一路上就这样移动着，我们的心非常淡然。时常会想，在拥挤不堪的都市里，人们怎么异化到那步田地？

有人说过，正是辽阔的天地使人滋生出自由自在的天性。可是现实的状况确实制约或者扼杀这种天性，至少在某些环境里，这种每日的杀戮在不断地延续。

车子继续前行，此时我们几乎是与一条不知叫什么名字的河一同蜿蜒曲折地并驾齐驱。那条河就近在咫尺，偶尔还能听见潺潺的流水声。附近的山坡野地植被很少，牧场也不像以后看见的那样喜人。但一群群的牛羊仍在孜孜不倦地进行着它们的代谢活动。

触景生情，我想起山西老家来。

那是在山西中部的黄土高坡，真是让人心惊。从太原往东的一个叫做阳曲的地区，除了将熟的庄稼，我几乎就没看见什么绿色植被，满目所见，都是千万年来被雨水切刷后的梁峁，仿佛大地的伤口一样，裸露出惊心动魄的伤痕。

眼前的路仍然是不断地往上走的感觉。路上，若是偶尔碰到两辆车相遇的时候，司机往往会把车停下，相互谦让着。在这样的路段，要是没有谦让的精神，恐怕谁也过不去，要不就只有翻车。

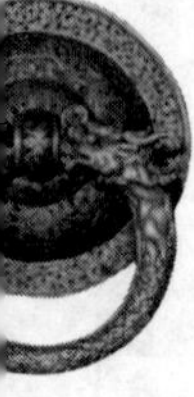

这里是藏北地区，也是西藏比较荒凉的地区。内地人印象中最具西藏自然特色的景观在这个地区也最多。它的瑰美与庄严震撼着所有能够见到它的中国人。我就是在经过了这样的行路之中才目睹了辽阔而鲜为人睹的藏北牧场。此时这个美丽的景象正一如既往地展现在蓝天之下。极目望去，在遥远的、看不见的天边尽头，它们与青海的南麓连成更加辽阔的高原。眼前的羊牛们，成群地散落在绿草和白云之中。这里的景象与前面所见完全不同，地道的风吹草低见牛羊的童话场面。在广袤的草原上，星星点点地还能看见一些小小的帐篷。它们就是藏族牧民居住用的藏包，如果与我所见过的蒙古包相比，藏包要小一些。

站在草地上抬头望天，感觉天离自己是那样近，似乎伸手可以触摸到。同时，好像天变得特别蓝。在这里根本没有我们在内地城市难得一见的通常所谓的天高云淡的感觉，而是一种与天同在一个高度的感觉。这可能就是地太宽的缘故吧，因为没了可参照的高楼大厦和遮挡视线的树木围墙，剩下的就只有人自己了。而人才有多高呢？人其实非常非常渺小。不到藏北，你感觉不到时间的凝滞和万物的渺小。

这次离开拉萨的外出，我们曾经开到了接近昆仑山口的地方，海拔一般在4000米以上。巍峨壮美的昆仑山山脉，绵延在太阳下，远远望去能够看到雪线以上发着白光的地方。那是千年不化的积雪所覆盖的部分，真是“山舞银蛇原驰蜡象欲与天公试比高”的意境。

在我们返回拉萨的时候，由于我们选择了另一条路，所以才见识了真正的险情。

那发生在车子开上一段山路盘山而行的时候。当时路仍然崎岖，然而却并不是像去时的烂泥塘，只是偶尔有巨大的石块被人立在路边，提醒路人此处是塌方随时都可能发生的路段。

我们曾经在一处位于山腰的地方，看见前面停了几辆吉普车，车上的人全都下了车站在路边，精神紧张地正往山下张望。我们被迫也停了车，随着他们的目光我们看到原来在山下有一辆他们的车翻下去了。上百米的山沟底，一辆日本丰田越野车底朝天地倒着，陡峭的山坡上到处是散落的东西，看来车里的人肯定必死无疑了。

果然，当藏族修路工人和那些同行人把下面的人抬上来后，我们发现一共四个人，全部摔死，而且不是躯干就是四肢和脑袋破损。

高原的路与内地无法相比

我们虽然无能为力，但承诺下山后为他们报警。因为那时我们根本没有手持电话，即使有恐怕也不能打通，因为那里不可能有转接天线。于是，我们先离开这里。

终于到了山下，我们遥望那片灰绿色的山梁，内心被刚才所经历的艰险路段所震撼。

在一个路口的部队营房的房间里，我们用电话向当地的驻军和驻军医院报了刚刚发生的事故。他们答应立即派人上山抢救，并记下了我们的单位和姓名。这就是我们在西藏的路上的经历。

西藏的风光是无限美好的，但那些渴望踏上这片神奇土地的人们，你们必须要有足够的勇气和作好发生任何意外的思想准备，否则，这种美丽对你来说，还是把它放在天边为好。我想应该是这样吧，否则我也对不起你们。

渴望浪漫的人，你为何要去西藏？渴望放飞心情的人，你为何要去西藏？渴望见识生和死的人，你可以去西藏。渴望享受一次心灵震撼的人，你可以去西藏。喜欢极度冒险的人，你可以去西藏。想尝试极度贫困的人，你可以去西藏。渴望见过大美特美的人，你选择西藏吧！这就是西藏的无穷魅力。

忽然之间，我好像又身临西藏了。我看见它正在容光焕发地向东方招手。召唤那些迟早要去寻找它的人们。

蛮荒情绪

村落　糌粑　青莱
黑墙　土炕　银锁
牦牛　藏獒　绵羊
雪域　藏人　寺庙

——触景生情

感受那些为雪域民族带来荣耀、沧桑和变故的殊圣之地，那些能启动灵魂和精神的雪域美景，那些不断变幻的场景、草地、羊群。然后产生各种各样的产品：卫藏历史调查，体察藏民生活的记录，搜寻传奇故事，制造旅行诗歌，介绍旅游风光……带回土特产物……

随时还可以看到一些东西从而诱发出你的某种状态，像黄昏的哲蚌寺只有那里才有的光影，无法不激动；布达拉宫鎏金殿顶，构成整个拉萨的一波高潮，只有在这金顶上徜徉后，那才是一名合格的西藏爱好者。

那种感受还是语言难述的。夕阳，在拉萨市就可以看到世界上最漂亮的霞光。这种东西虽然有太多的刺激，但都不如人所产生的兴趣令人难忘。有很多都需要人和人交流，内涵会不断增大。

一些理念上的东西、智慧、聪明，通过发现才能体悟到，你跟别人交流的时候，很多东西要去想。

记忆中无法忘却的是每当寒夜降临、心力交瘁时，那些乡间、荒野、牧场和人群，那些实实在在的心灵驿站。

没有一切，但不能没有驿站。

走出去，视野会变得宽广，记忆的东西会多，思维会灵活，事业会发展进步。

如果从内心里要用这一生去寻找，就这样开始吧。

习以为常的生活，似乎眼前的一切又成了某种实际意义的终点。于是，那些旷野和质朴的人群，最终又成为不可磨灭的精神。

人容易膨胀和满足，在异常的情境下更是如此，稍有些经历，便夸大自己。这是浅薄不是悟空。

对于更广阔的世界，应该很本真地存在。

释迦牟尼做过王子、乞丐，经历了人的所有阶段，从最奢华的到最贫寒的，最后到成佛，因此有很多的体悟。

怎样的状态，是平民状态，去接触形形色色不同的人。上路吧，成长吧，真理在成长中形成。就是这种感觉。

世界很大也很小，衡量价值的标准各不相同，文化的取向也有差异。但真理却殊途同归。

最可耻的是虚伪狡诈和唯利是图的钻营，人活着要真实、朴素、简单……

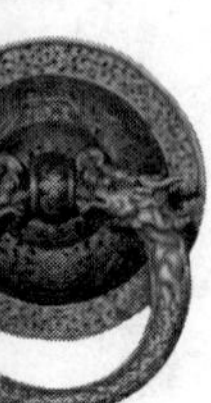

信仰永恒

拉萨的夜色

当黎明将要来临的时候
忽然与你相聚
依旧是那样的温柔
和那永恒的甜蜜
萍水相逢
夕阳　明月
倾诉　缠绵
相聚竟这般如故

——夜色中的拉萨河

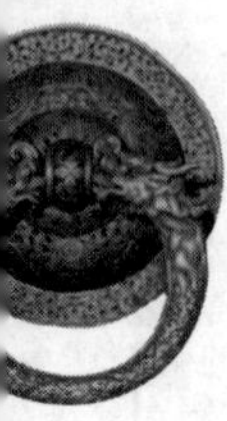

离开拉萨城的时候正好是深夜，因此我只能匆匆地一瞥壮美无比的拉萨。就在这匆匆一瞥之中，黑暗中布达拉宫在眼前一闪而过。雄伟的布达拉宫，以及它头顶上飘荡的繁星随之远去。星星密密麻麻一层又一层地满布在我的视野之内，看起来好像是黑色的夜幕在银色的星星中一点点渗透出来。夜空前所未有地压在我这个即将远离拉萨的人的心头，让我感觉从来没这么与夜靠近。

在西藏的星空里，我真正地理解了西藏人为什么会对自然的山水敬若神明。

车子在昏暗的路上颠簸飞驰，月亮也就在我的视野中渐渐消失。路是沿着雅鲁藏布江兴建的。起先是越来越亮的江水泛着银色的粼粼的光，反射到岸边的路面上，后来由于路又绕到了远离江水的一侧，便再也见不到那种美丽的景象了。扭头从车子向后望去，西藏的山在巍峨中一座座地渐渐远去，水在温柔里缠绵难舍。此时，月亮似乎在成全这种离情别绪。在有人间烟火的夜色里，拉萨和月亮是不会同我们一同离开的。

忘却的童年
游戏中间
仿佛听见连绵的歌声在头顶回旋
也许是睡在摇篮里的缠绵
庙里晨时的祈祷随香风传来
阵阵鼓声伴着铜器在悠扬和弦
我遥望窗外的那边
仿佛又见到童年的夜晚
母亲慈祥的眼睛
布满了我的面前

——藏礼联想

残垣断壁

由于我们在拉萨期间主要住在一个藏族朋友的家里，吃喝起居出游几乎都在一起，因此能够从主人那里了解到许多其他旅游者在短时间内所不可能了解到的东西。其中就包括许多藏族的风俗礼仪。由于藏族的历史非常悠久，其风俗礼仪一方面因其地理位置的关系，具有非常明显的独特性；另一方面在藏民族的发展过程中，由于受到中原文明和印度、尼泊尔等地域文化的影响，其礼仪风俗又在许多方面呈现出共同性。经过我的亲眼观察和切身感受，我认为藏族的许多生活习惯和风俗，受中原地区的影响更大。尤其佛教进入西藏地区后，藏族的礼俗与佛教也产生了密切联系。可以说，藏族的风俗礼仪具有多样性。

先说献哈达。献哈达是藏族最普遍的一种礼节。婚丧嫁娶、觐见尊长、礼拜佛像、联络往来、朋友相会、送别远行等等，都有献哈达的习惯。哈达是一种生丝织品，一般的哈达纺织较稀松；优质哈达则用丝绸织成。根据质量和长短，又分为“朗佐”、“阿喜”、“索喜”等十几种。哈达长短不一，长者达一二丈，短者仅三五尺。献哈达是对受者敬重、诚心、忠诚和内心纯洁的表示。古往今来，藏族人将白色视为纯洁、吉利的象征，所以哈达一般以白色为主。西藏的哈达共分为5种颜色，为蓝、白、黄、绿、红。蓝色象征蓝天，白色表现白云，绿色代表江河之水，红色则是人间护法神，黄色等于土地。五彩哈达是献给菩萨和近亲时做彩箭用的，是最隆重的礼物。佛教教义解释五彩哈达是菩萨的服装，所以五彩哈达只在特定的时候用。一般情况则只献白色的哈达。

据说哈达是在元朝时传入西藏的，萨迦法王八思巴会见元世祖忽必烈回西藏时，带回西藏第一条哈达。当时的哈达，两边是万里长城的图案，上面还有“吉祥如意”字样。据此可以说哈达应该是从内地传入西藏的。只是后来，由于佛教的影响，人们给哈达附会上宗教解释，说它是仙女的飘带。

献何种质量的哈达，一般则依据自己的经济条件来决定。另外要注意普通人在拜谒活佛献哈达时，不能直接递到活佛的手里，只能放在其面前的桌子上。

再讲一讲磕头。磕头也是西藏常见的礼节，一般是礼拜佛像、佛塔和活佛时磕头，也有对长者磕头的。现在一般藏族群众，尤其是年轻一代基本上不行此礼了。一般藏传佛教信徒的磕头可分磕长头、磕短头和磕响头三种。这与我们古代汉族的习惯相吻合。

我在大昭寺、布达拉宫及其他寺庙中，看到最多的就是磕长头的信徒。磕头时他们两手合掌高举过头顶，然后自头

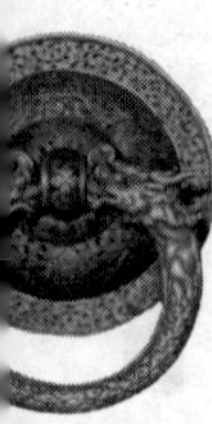

顶、到额、至前胸，共作揖三次，接下来双臂前伸匍匐在地，双手心朝下平放在地上，身体从手尖到脚尖完全贴在地面上。然后，再屈体起立重复前面的动作。这就是“五体投地”的形象化过程。我们经常看到一些虔诚的佛教徒，从四川、青海等地磕长头到拉萨朝佛，行程数千里，用自己的身躯“五体投地”地磕着长头奔拉萨。我曾经在布达拉宫下面碰到一位从青海来的藏民，他告诉我他磕了3年才到这里。他家里的全部财产都在他身上，等一会儿将全部贡献给佛主。我了解到，其实他身上的财产除了几百块人民币，就是一大块酥油和他背上的破旧铺盖衣物等。藏族朋友告诉我，有许多朝拜者会死在艰辛的路途之中。即使这样，他们也觉得这才是诚心诚意而毫无怨言。大昭寺前的那些粗石板，就是被磕长头的人磨成沟壑的。

我在哲蚌寺还见到磕响头的。当时有男有女有老有少，大约有几十个从远地方来的藏族信众。只见他们纷纷先合掌连作三个揖，然后拱腰到佛像脚下，用头轻轻一顶，以此表达对佛的诚心忏悔之意，同时祈求佛的保佑。

磕短头的方法则与内地没有什么区别。

藏族人还很讲究鞠躬。主人告诉我，1959年西藏民主改革前，人们遇见长官、头人和尊者（高僧、活佛、名医等），要脱帽、弯腰四十五度。帽子拿在手上低垂近地。见到一般人或平辈，鞠躬只表示礼貌，帽子放在胸前，头略低；也有合掌作揖与鞠躬同时进行的。对尊者合掌需要过头，并弯腰点头。回礼动作也相同。

藏族人对敬酒茶也有一套规矩。节日和婚丧期间，到藏族人家里做客，主人应敬酒或茶或烟，并双手奉上。敬茶、酒时手指千万不能伸进碗口内。请喝青稞酒是农牧区的一项习俗。青稞酒是不经蒸馏、近似黄酒的水酒，酒度在15度至20度之间。西藏几乎男女老少都能喝青稞酒。敬献客人时，客人必先喝三小口再将杯中酒喝干。比较讲究的场合敬酒时，客人须先用无名指蘸一点酒弹向空中，连续三次，用以祭天、地和祖先，之后轻轻呷一口，主人会及时添满，再喝一口再添满，这样连喝三口。在第四次添满时，客人要一饮而尽。这是一种约定俗成，如果不按规矩主人肯定不高兴。会认为客人不懂礼貌或是客人瞧不起他。喝茶则是日常的礼节。一般是客人进屋坐定后，主妇或子女必来倒酥油茶，习惯是客人一般不自行端喝，喝酥油茶时，主人倒茶，客人要待主人双手捧到面前时，才能接过来喝。这样，才算是懂礼貌。

藏族人对人表示尊敬的语言表达方式也很有特点。前面已经说过，藏族一般在他的名字后面加一“啦”字表示尊敬。如同汉族的“老”、“小”等。藏语还有敬语和非敬语之分。用敬语，对尊者或客人说话，表示尊敬对方。

对于吃饭行路等日常生活细节，藏族的习惯则与内地汉族相仿。吃饭时要食不满口、嚼不出声、喝不作响、拣食不越盘的规矩。行路时，不抢在人前，相遇必先礼让。坐时不能抢主宾席、不能东倒西歪，不能随便伸腿等等。藏族长辈经常用此教育子女。这其实与汉族是相同的。

至于其他方面的礼仪对于初上西藏的人来说，也应该知道一些。如陪同客人时，无论是行走还是言谈，藏族人总让客人或长者为先，并使用恭敬语言。名字后面的“啦”字一定不能省略。切记藏族人尤其忌讳直呼其名。迎送客人时，藏族人还躬腰曲膝，面带笑容。在室内就坐时，他们一般盘腿端坐，特别忌讳双腿伸直将脚底朝人。接受礼品时，他们通常双手去接。而赠人礼品时，则躬腰双手高举过头。

另外，在饮食禁忌方面，藏族人绝对禁吃驴、马肉和狗肉，有些地区也不吃鱼肉。

藏族人还忌讳在别人背后吐唾沫、拍手掌等。行路遇到寺院、玛尼堆、佛塔等宗教设施时，必须从左往右绕行，不得跨越法器、火盆，经筒、经轮不得逆转。藏族还忌讳别人用手触摸头顶。

为了节省篇幅，下面我把我所见证的有关藏族的其他风俗习惯也尽其所知地介绍给大家。

一是馈赠礼物。由于藏族人十分重视馈赠，因此凡有喜庆必送礼致贺。一般是有送必有还，且还礼的数目往往还要加一倍，否则即被视为小气和失礼。

二是佛教的礼节。由于佛教在西藏影响非常大，在西藏几乎处处需要与佛教人士打交道，所以应该知道佛教徒交往的一些起码规矩。如僧人见到自己的教师要行叩拜礼，如觐见堪布或活佛时，要行三叩头礼。坐垫子是根据地位不同而有高低之分。西藏民主改革前逢宗教节日时，达赖、班禅给朝拜者摩顶也有分寸，对噶厦政府官员行叩头礼和用双手摩顶，对中等官员用一只手摩顶，对一般平民则用一条丝穗子在其头上指一指以表示赐福。达赖与班禅见面行碰头礼，驻藏大臣与达赖、班禅见面要献哈达。

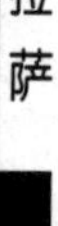

三是关于敬老的规矩。藏族自古就有敬老的美德，在许多节日里，都有向老人祝拜的习惯。藏历年除夕晚上，全家吃面“古突”辞旧迎新的时候，总是先请老人吃第一碗。初一黎明，家中最小的姑娘或媳妇要抢先背回第一罐水，调制成酥油茶敬献老人，以此表示晚辈对老人的孝敬和祝福。我们内地到西藏的人，也应该处处尊敬和礼让老人，这同中原地区一样，只要能够做到，就不会被人家看不起。

四是关于婚姻。一夫一妻制也是藏族主要的家庭形式。西藏在民主改革前由于经济落后，为防止财产分散，曾存在过一妻多夫、兄弟共妻、姐妹共夫等婚姻现象。一夫多妻制的情况多发生在上层家庭，即领主、土司。他们大都是为了通过联姻扩大自己的势力范围才这样做。目前在西藏普遍流行的藏传佛教中的黄教是严禁僧人娶妻的，而在家修行的宁玛派的一些僧人则可以结婚、生子、传经。

藏族婚礼仪式独具特色。婚日一早，鸡刚叫头遍，新郎家的舅舅及亲友数人至女方家迎亲，新娘由亲戚女伴陪送。男家村邻每家赠送一桶清水，从门前依次排成长龙，最末一只桶旁，男方主人放置若干茶包，供新娘下马踏用，以此祝福新人生活美满富足。新娘下马后，由送亲人在每个水桶上放一条哈达以示对村邻的感谢。新娘进门前，男方亲友用柏树枝蘸水扬洒，有时还撒麦子，据说可祛魔除邪。入室后，新郎家长向新娘捧敬一碗牛奶，祝他们爱情真挚纯洁。主婚人将一条哈达抛挂中柱，讨求吉祥。继而由主婚人念颂词向新人祝福，然后众人庆贺嬉闹，尽歌酣舞。新人床上铺上一块洁白的毡子，上用青稞、小麦画上吉祥图案，新娘在男家住一日或三日后返回，有的地方新娘要数月后才到男家，开始夫妻生活。

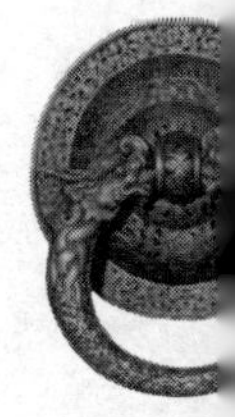

五是有关养育后代方面的习俗。婴儿出生后，父母请喇嘛为之行命名礼。喇嘛取名多源于佛经，并且选的是含有“美”与“福”的字眼，如扎西彭措（扎西意为吉祥，彭措意为长

赶肉市

寿)、晋美才仁(普美意为无畏,才仁意为长寿),等等。

藏族小孩生下来的第三天(女孩是第四天),亲朋好友携青稞酒、酥油茶、小孩衣物等前往祝贺,并举行旁色仪式(旁色,藏语意为清除晦气)。旁色是吐蕃时期留下来的古老仪式。这天早上,人们在生了小孩的人家门口放一堆小石子,生的是男孩,便堆上白垩小石子;生的是女孩,什么石子都可以,并在石堆旁燃烧松柏香枝。前来祝贺的人们,在石堆和香堆上撒上糌粑面,然后再进入主人家门。

孩子满月之后,便要选择黄道吉日举行出门仪式。这天,母子(女)俩都换上新装,由亲人陪着(陪同的人也穿新衣裳)出门,首先到寺庙朝佛(拉萨人到大昭寺),祈求菩萨保佑新生儿长寿,在世上少受灾难。然后到亲朋好友家串门,多选择有福气的人家,以期孩子将来也能建成幸福家庭。孩子第一次出门时,人们往往在其鼻子上擦一点锅底,意思是使婴儿出门时不被魔鬼发觉。

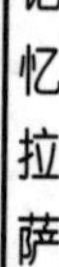

藏族女子至十六七岁便要择吉日举行成丁礼仪式。这天家长要请一位生年属相好、父母双全、有福气的同龄女性,给姑娘梳两条辫子(卫藏地区的幼女都梳一条辫子,成年后就改梳两条辫子,带“邦典”,表示到了成婚年龄),戴上“巴珠”头饰,围上“邦典”彩裙,然后由父母、亲友及来宾向姑娘献哈达表示祝贺。仪式结束后,姑娘在三四位亲友陪同下,前往寺庙朝佛,回来后摆宴招待亲友来宾。成丁礼之后,姑娘就可以参加男女之间的社交,并可行婚嫁之事。

六是关于藏族的禁忌。藏族最大的禁忌是杀生,受戒的佛教徒在这方面更是严格。虽吃牛羊肉,但他们不亲手宰杀。

遇到寺院、玛尼堆、佛塔等宗教建筑时必须下马,并要求从左往右绕行。但信仰苯教的信徒则从右往左绕行。

进寺庙时，忌讳吸烟、摸佛像、翻经书、敲钟鼓。吃过韭菜和蒜之类气味很强烈的食物的，在短时间内也不要进入寺庙。对于喇嘛随身佩带的护身符、念珠等宗教器物，更不得动手抚摸。

在寺庙内要肃静，就座时身子要端正，切忌坐活佛的座位。绝不可在寺院附近大声喧哗、打猎和随便杀生。

此外，以下这些忌讳也要有所了解：

藏族人还忌用单手接递物品。主人倒茶时，客人须用双手把茶碗向前倾出，以表敬意。

忌在拴牛、拴马和圈羊的地方大小便；不得随意动手摸弄藏族人的头发和帽子；忌用有藏文的纸当卫生纸或擦东西；进入藏族群众的帐篷后，男的要坐在左边，女的则坐在右边，更不得混杂而坐；吃剩的骨头也忌讳扔到火中焚烧。

藏族家里有病人或妇女生育时，门前都做了标记，有的在门外生一堆火，有的在门口插上树枝或贴一红布条。外人见到此标记，切勿进入。

西藏农村偏远地区的藏族一般不吃鱼虾、鸡肉和鸡蛋，因此一般不要勉强劝食。但现在这类饮食习惯已有很大改变，也不必一定循规 矩死抱传统不变。

每个藏族人都有自己的凶日和吉日。凶日中，一切事情都不能做，只能在家里念经或出去朝佛。藏族人相信藏历的每一个地支终了、第二个地支开始时是一个凶年，如每个人的13岁、25岁、37岁、49岁（以此类推），都是凶年或“年关”，要特别小心，只有多念经、多放布施才能避灾难。

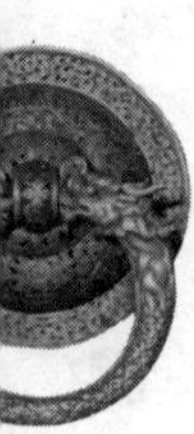

拉萨民居一角

雪域归来 考文化

经过厚重的云层
平坦的大地也变得崎岖
在稠人广坐之中谈天
我虽然是一棵小草
但喝过不同的雨水
可以告诉你鹰的故事
请给我一点清新和空间
让我把故事讲完

——对你说

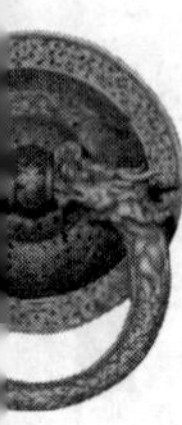

这次西藏之行的一个最大收获，即是通过对于一个相对偏僻封闭的民族地区的实地考察，与当地民族人民的深入接触，加深了我对藏民族文化的感性认识，最终增强了我对宏观民族文化问题的理性思维能力。其实这也是我1993年西藏之行的一个主要目的。直到我即将完成此篇拙作的时候，我才深深地意识到西藏之行的收获，远远大于我当初所期望的。如果能够用“上层次”的说法来概括的话，西藏之行的确使我在诸多学问方面登上了一个新的台阶，尤其在人文科学方面。

文化是一个涵盖范围十分广泛的概念，在人类活动的所有时空领域，文化现象无处不在无处不有。原始人有原始人的文化，现代人有现代人的文化，西方人有西方人的文化，东方人也有东方人的文化，中国人有中国人的文化，俄罗斯人和美国人也都有他们各自的文化等等。此外，从民族的角度划分，不同的民族也有不同民族的文化，汉族人有汉族人的文化，藏族人有藏族人的文化、维族人有维族人的文化……各民族有各民族的文化。

总之，不论哪一个时空坐标上的何种文化，都是由人所创造的，并且不断地塑造着一代代人。它们都为其所产生的那个社会中的所有成员所共同拥有，并以社会文明的形式得以传承、进化和发展。这就是所有文化具有的共性。同时，不同时空坐标上的文化，还具有各自的特殊性，存在着具体的文化差异。如果以时间作为尺度来考量，石器时代的文化肯定不同于青铜器铁器时代的文化，而青铜器铁器时代的文化又肯定不同于今天以各学科尤其电脑技术的广泛应用为标志的科技信息社会的文化。如果以空间作为尺度进行度量，我们还会发现东方文化与西方文化之间的巨大差异（当然这种差异正在随着全球化的进程不断地缩小），以及阿拉伯文化不同于东亚文化，西藏高原文化与我国中原文化的显著区别……诸如此类不胜枚举。

文化的这种具体差异性，表明了每种特定文化的特殊性或个性。正是这种不同文化的个性或特殊性，才使得整个人类的文化表现为丰富多彩的缤纷世界。

人类文化的具体差异是十分复杂的。从历史的纵向来说，不同的社会形态或历史阶段，其文化差异是很大的；同一历史阶段的不同朝代，以及同一朝代的不同时期，其文化特点也有很大不同。从横向来说，不同地域有不同地域的文化，不同国家有不同国家的文化，不同社会有不同社会的文化，不同民族有不同民族的文化，不同阶级有不同阶级的文化，不同的阶层或群体也有他们不同的亚文化。

当然，人类文化纵向的差异和横向的差异是纵横交合、密不可分的。因为任何时代的文化，都莫不有其丰富多彩、复杂多样的形式和内涵，又都是由具有历史时代差异的不同历史时期的文化演变而来的。人类文化复杂多样的具体差异，主要的可以分为两种：人类文化的历史时代差异和民族差异。具体研究人类文化的历史差异与详尽地考察和分析其民族差异，分别是文化史家和文化人类学家或民族学家的任务。此篇，只是对文化的民族差异问题从宏观方面作一探讨。

人类文化的起源、进化和发展过程中，始终存在着使其出现民族差异并不断强化的力量。这个力量在文化起源和发展过程中的反作用，必然影响或制约着人类文化向融合与统

一方向演进的速度，起着使人类文化的民族差异性加大的作用。那么到底是什么因素构成了这个力量的呢。

经过西藏高原之行，我认为构成这种力量的因素很多，但在诸多因素之中最重要的一个因素应该说是地理因素。如果结合藏民族文化形成的过程来分析，我们就不难得出这个结论，即不同的地理环境是造成人类文化的民族差异性的最直接原因。

文化在产生之初主要表现为人类祖先“人化自然”的过程及成果。那时人类祖先征服和改造自然的能力相对于自然界本身的力量来说十分薄弱。因此，他们怎样去改造自然和在什么程度上改造自然，他们改造自然是为了满足自身什么样的要求和能满足到什么程度，在很大程度上并不取决于人自身，而是取决于他们置身于其中的外在的自然条件或地理环境。

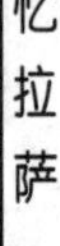

马克思在谈到地理环境对文化的作用时说：“生活资料的自然富源，例如土壤的肥力、鱼产丰富的水等等；劳动资料的自然富源，如奔腾的瀑布、可以航行的河流、森林、金属、煤炭等等。在文化初期，第一类自然富源具有决定性意义；在较高的发展阶段，第二类自然富源具有决定性的意义。”关于地理环境对文化的作用和影响，普列汉诺夫(1856–1918)论述得较为全面和系统，他说：“人是从周围的自然环境里取得材料，来制造用来与自然斗争的人工器官。周围自然环境的性质，决定着人的生产活动、生产资料的性质。”“显然，人类有着同一个出发点。但是，由于生存斗争的自然条件不同，因此人类共同生活的形式也渐渐地具有不同的性质。”

西藏民族在高原缺氧的情况下，是怎么生存的？从现代医学的角度分析，藏民族的适应能力是经过他们祖先在与自然环境不断的斗争中获得的。不知多少年前，正是那些迁移到高原居住的周边低海拔地区的人，在经过寒冷缺氧环境的磨砺，使得自己的身体发生了一系列解剖学和新陈代谢方面的变化，从而才能适应西藏的生活。祖祖辈辈在高海拔地区生活的人们，从他们的基因分析中可知，他们与低海拔地区民族相比在高原生活方面占据有明显的优势。有趣的是，妇女似乎比男子更适应高海拔的生活。这可能是因为她们要承担繁衍生育的天职，从而更要具备索取氧气的能力使然。

藏北高原是个寒冷而贫瘠的地区，看起来根本无法居住。然而，20世纪80年代在那里发现的石器表明，藏北地区是目前已知的最古老的人类居住地之一。至少在5万年前，人类就曾在此地居住过。

西藏北部地区是科学家们前往开展调查的重要地区，我在西藏的那些天里，就在朋友家里、人群集中的地方和野外的一些遗址等地，多次与国内外的不同学科的专家相识。当然，他们都是研究社会科学的。

的确，在人类文化产生的初期阶段，地理环境或外部自然条件的作用和影响十分重要。人类最基本的需要是衣食住行等生活资料，这些生活资料在一开始几乎都是直接取之于人周围的生存环境或依赖于人生存于其中的自然条件的。常言说，靠山吃山，靠水吃水。我们的原始人祖先更加懂得，面对不同的地理环境和自然条件，人们必须采取不同的人化自然方式，这样才能创造出不同的人化自然成果。正是这种不同的人化自然方式，产生出不同的文化特质，并进一步发展和演化出不同的文化单元，最终形成不同的文化类型。

生活在西藏高原上的以游牧方式为主的藏民族，他们的

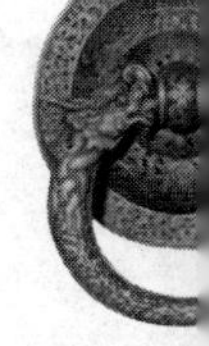

衣食住行等文化现象，无不与游移不定的畜牧生活方式密切相关，无不与辽阔的大草原独有的自然地理环境相和谐、相适应。他们吃的是牦牛肉、奶酪、羊肉，喝的是牛奶、羊奶和后来的酥油茶，穿的是羊皮袄、牛皮靴，铺的是羊毛毡和毛织卡垫，住的是易于搬迁的兽皮搭盖的棚子或类似于蒙古包的住房……这些生活方式集合起来形成了一整套具有内在联系的高原畜牧文化。直到唐朝以后，特别是近几百年以来，西藏高原才在周边地区尤其是中原文化的影响下，逐渐引进了农业文化特有的生活方式，如饮茶、广泛种植谷物等。

相对于意识形态领域不同文化之间的相互影响来说，自然地理环境对物质文化的作用和影响更为有形和直接。因为物质文化作为“人化自然”过程的直接成果，是直接取之于“自然”并受特定的自然条件和自然规律的作用和影响的。翻开我国地图，我们会发现，发祥于黄河流域，以后逐步扩散到中国大陆平原地区，占我国人口最多的汉族，居住、生活的南边和北边是山，西边为高原、沙漠，东边为大海。在这样一个形似簸箕的大地理环境内，如同一个四周封闭的盆地，高山、沙漠和海洋挡住了我们祖先的视线，把他们与“簸箕”外的世界隔离开来。几千年封闭的自给自足的农耕文化，养成了汉民族后来又影响了整个中华民族的勤劳、智慧、安祥、宁静、稳重、成熟的民族性格。

当然，地理环境或自然条件对社会文化的作用和影响并不是一成不变的，也不是一概有必然的因果关系。随着人类文化的发展和人的主体能动性的提高，自然环境越来越多地被改造成了人为的或人化的自然环境。这种人为的自然环境反过来又有力地干扰着自然环境对社会和人的影响。使得自然环境对社会和人的影响从直接变成了不完全直接甚至出现间接的倾向。

然而，自然地理环境对人类文化的影响，毕竟是根本的，因而它永远也不会完全消失。应该说，地理环境不但在原始阶段对人类有着很大的影响，就是对于现代文明社会也有着很大的影响。这是因为，虽然人与自然的关系会随着自然逐渐被改造成人化的自然而不断变化，但是，有一点是永远也改变不了的，即自然地理环境是人类的文化创造活动中的一个不可缺少的因素，是人类生存、发展的永恒舞台。因此，只要人类还存在，他与自然的关系也就永远没有完结，自然地理环境对人类文化的影响也就永远不会完全地消失。

另一方面，一种民族文化一经产生，也就形成了自己的民族个性。民族文化个性主要通过民族文化精神和民族文化传统表现出来，并主要通过民族心理和民族意识与其他民族文化相区别。

人类文化总是不断地进步和发展的，然而，其各民族文化的发展速度又是不一样的。其中，以人与自然的关系为主要内容的物质生产文化的进步和发展，由于科学技术的飞速发展而表现得最为活跃。西藏自1951年以来所发生的巨大变化就说明了这个道理。我国改革开放20多年来，中央政府为西藏的经济发展投入了大量的人力物力，科学技术也同时迅速地融进西藏地区社会生活的方方面面。因此，藏族文化正在加入更多更新的内容，许多落后的东西也渐渐消失。但是，以民族心理意识对人的影响为主要内容的观念文化的进步和发展则比较缓慢。正是由于这个原因，地理环境或自然条件对文化的最初作用和影响，才能通过观念文化被长久地保存下来。尽管观念文化中落后的内容终究要随着社会的进步而发展、改变以至消失并产生新的文化元素，但作为观念文化

中稳定的部分却并不会随着各民族之间的交融与社会的发展，特别是物质生产的迅速发展而完全地消失。

民族文化的具体差异性和世界文化的复杂多样化，是在人类还不具有现代化的交通工具和信息传输手段时期逐步形成的，高山、河流、沙漠、海洋等成了阻隔不同民族进行文化传播和交流的天然屏障。然而，正是由于这些屏障的隔离，客观上为不同民族文化个性的独立发展提供了一个天然的环境和条件，同时也为落后的民族和文化提供了一个天然的避难所。恩格斯在谈到地理环境的隔离作用时说："早在中世纪的后半期，意大利、法国、英国、比利时以及德国的北部和西部都已纷纷摆脱了封建的野蛮状态，……德国的一部分却落后于西欧的发展水平。资产阶级文明沿着海岸、顺着江河传播开来。内地，特别是贫瘠而交通阻塞的山区就成了野蛮和封建的避难所。这种野蛮特别集中于远离海洋的南部德意志和南部斯拉夫区域。这些远离海洋的地方因阿尔卑斯山脉而跟意大利的文明隔绝，因波希米亚山脉和莫拉维亚山脉而跟北德意志的文明隔绝，同时碰巧又都位于欧洲惟一反动的河流的流域之内。多瑙河非但没有为它们开辟通向文明的道路，反而将它们和更加粗野的地区连接了起来。"从在西藏高原的实地考察结果看，恩格斯的论述无疑是正确的。只不过西藏作为中华民族大家庭不可分割的一部分，从唐朝甚至更远的时代开始，却始终没有因高山大河而与中原先进文明相隔绝，相反，正是通过唐古拉山、横断山、昆仑山等山脉和金沙江、雅砻江以及长江和黄河的源头水流等，而与周边先进文化保持着千丝万缕的联系。问题只是不管怎么联系，由于西藏高原地域的独特地理环境，一方面使得西藏自身的文化得以顽强的保留，另一方面，又造成周边先进文化难以轻

易进入或者是只能缓慢地融入。所以才使人们时至今日还能看到独具特色的藏民族文化。不过相信随着时代的不断进步，特别是当高山大河已经不再成为隔绝民族之间交往的地理屏障的时候，不同民族文化之间的差异必将越来越小，直至最后消失。

除了上述地理环境是造成民族文化差异性因素之外，文化自身的因素往往也是造成文化的民族差异的重要原因。在文化自身的因素中，一个首要的因素便是各民族文化的价值观念和文化传统的不同。文化价值观念和文化传统，是不同的民族文化经过长期的分化和发展而形成的相对稳定的心理和精神上的一种素质。它作为一种结果是区分不同民族文化的一种主要标志，同时也是进一步再生产或再创造这种民族文化差异的一个重要成因。

地理环境的不同及其隔离作用，使不同的民族形成了自己特有的文化价值观念和文化传统，而文化价值观念和文化传统的不同，又形成了一种无形的隔离机制，从而进一步强化这种差异或不同。这一点在藏族文化中就表现得十分突出，高海拔的自然地理环境，养成了他们相对封闭保守的民族性格，这种民族性格作为一种固步自封、闭关自守的文化价值观念和文化传统，严重地阻碍和影响着他们同其他民族文化的接触和交流，以致使他们无法加快与中原先进文化的接触与交流，即便是其他周边地区或国家的先进文化，他们也因此受到极大的限制。当然，因佛教文化十分独特所以它的异常发展属于特例。

此外，造成民族文化差异性的另一个因素，使是各民族普遍存在的“民族本位主义”或“民族中心主义”。每个民族

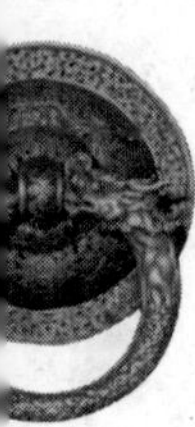

总是习惯于按自己的文化眼光去观察、理解和对待其他民族及其文化，人们总是把自己的本文化说成是优秀的、文明的，而把其他的异文化看成是低劣的、野蛮的、边远的。英国最卓越的政治学家李约瑟博士在谈到欧美文化中的民族中心主义或“西方文化中心论”时说：“在西欧以及欧洲体系的美洲的许许多多人深受所谓精神优越感之害。他们坚持认为只有他们自己的文明才是惟一具有世界性的文明。他们对于其他人民的社会文化思想和传统一无所知。”我国文化中同样也存在着比较严重的民族中心主义倾向，古代史书上总是把异族描写得野蛮无比、不可教化。如班超在《后汉书》中曾有这样的记载：“夷狄之人，食而好利，被毛左衽，人面兽心，其与中国殊章服，异习俗，饮食不同，言语不通，……是故圣王禽兽畜之。”这些描写一方面反映出当时我们的文化确实比其他民族的文化要先进、要发达，另一方面也暴露了我们民族文化中高傲自大、自我欣赏的民族中心主义倾向。这种倾向即使在我们的文化落后了之后也还依然严重地存在着。藏族文化底蕴深厚，博大精深，历史悠久，现有的历史文献在数量上仅低于汉族文献。有萨迦寺的贝叶经、有百科全书之称的藏文大藏经《甘珠尔》《丹珠尔》，有丰富的历史文化遗存（如故宫、园林、寺院、古堡等）……藏族文化中蕴含着丰富的先进文化，诸如天文、历史等科技知识，但就目前而言，藏族文化遇到了许多挑战。主要是继承与发展，保护与弘扬的关系问题。

民族本位主义和民族中心主义的偏见，的确是影响各民族之间进行正常文化传播和交流的一个障碍，也是造成各民族文化之间差异的一个重要原因。这种偏见的存在，使得我们很少有人抱着一种客观的态度和按照一种平等的眼光去观察、理解和看待其他的民族及其文化。要缩小不同民族文化之间的差距，要促进各民族文化间的交往、交流及相互融合，从而为建立统一的中华民族文化和世界文化服务，首先就必须消除深深扎根于各民族文化心理结构深层的民族本位主义和民族中心主义偏见。

在文化自身的因素中，各民族文化间关系文化的差异，特别是不同的社会政治制度及阶级关系的差别，往往也是造成不同民族间文化差异的一个重要原因。我们不妨称之为关系文化的隔离因素。关系文化的隔离因素，往往在由同一民族分裂分化而成的不同国家或不同制度间的文化差异中表现得十分明显，这样的例子如统一前的两德，现在的朝韩、内蒙古与蒙古、中国大陆与台湾，中国大陆与香港等，他们之间的分裂或分化虽然仅有几十年近百年的历史，但很多方面都表明，他们的文化却已有了甚至相当大的差异，而且这些差异或差别有进一步发展和增大的趋势。今天，我们清除“姓资”还是“姓社”等“左”的思想影响，扩大对外开放，积极吸收资本主义文明中积极的，对我们有用的东西，就是要冲破这种人为的藩篱，越过人为的鸿沟，促进中外文化的交流与融合，使世界走进中国，使中国文化走向世界。

文化的交流与传播是通过语言来进行的。语言作为文化的一个十分重要的内容，是通过特定的语词、语法等以高度抽象的形式折射或反映了一个民族的价值观和世界观的，因而它是区分一个民族与另一个族的主要标志之一。应该说，寻根溯源，几乎是有多少个民族，就有多少种语言。一种语言只为本民族内部的成员所使用，共同的语言如同一条无形的文化纽带，把人们的思想、感情联系到了一起，增强了民

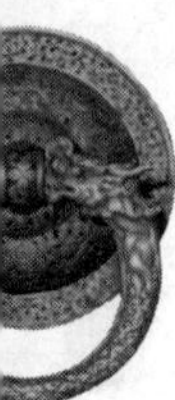

族自身的凝聚力。然而，对于不同民族的人们来说，语言的不通，却成了一个严重的障碍。它严重影响了不同民族间文化的传播、交流和融合，从而也就成为造成各民族间文化差异的一个重要原因。为了冲破语言对不同民族交流的限制与隔离，增进不同民族间的了解和文化融合，一些文化使者主动承担起介绍异文化或本文化的工作。这样的人物古今中外数不胜数，像我国古代中原的玄奘，西藏的八思巴、禄东赞，近代的严复、林则徐等，现代的瞿秋白、郭沫若等，当代的则无法记数。他们对中华民族大家庭多种文化分支的交流与融合，对中国文化与世界文化的交流与融合做出了重大的贡献。

太阳下的喇嘛们

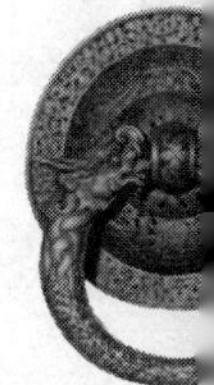

佛教道教思想对唐代诗歌的影响

从西藏回到北京，我的一个最大的收获就是对佛教有了深入的认识。当时由于正在做一篇有关中国古代文学方面的论文，一时没有想好写什么题目。忽然有一日，我正在位于白石桥的国家图书馆里查阅资料，思考这篇论文的题目时，一个念头闪进我的脑海。我为什么不写一篇关于佛教思想对文学影响的东西呢？在西藏，正是佛教文化给了我那么多的感受和启发，我为什么不能将同样是人类文明优秀成果的佛教文化对其他文化的影响，进行一次自我的探索呢？我必须借助西藏带给我的学术灵感和无边神力，进行一番学术探索！于是，我即刻想好了论文的主题和题目。尽管文章的字里行间没有出现一个西藏的字眼，但是，这篇文章的灵感通篇都来源于有关西藏、有关拉萨的记忆……

下面就是那篇论文的内容，它曾经得到了著名的文艺理论家许自强教授的高度评价。现在我把它呈现给读者，以期获得大家的认同。

一、佛道思想对唐代文化的影响

唐代是中国古代诗歌发展的顶峰时期，也是佛教道教诗歌创作的繁荣时代。众所周知，佛教至唐，趋于鼎盛，出现了不少名响古今的高僧，如玄奘、神秀、智能等，而且还进一步将印度佛教中国化，使之成为具有中国特色的佛教。创立了天台宗、唯识宗、华严宗、禅宗、净土宗等派。其中尤以禅宗覆盖面广，影响深远。对唐代诗人的思维方式和传统文学产生了难以估量影响的，也就是禅宗。唐代不仅诗僧众多，而且有许多诗篇程度不同地含有禅意。禅宗祖师慧能一改过去的繁仪缛节，倡导"明心见性"、"法在自心"、"我心即佛"、"顿悟成佛"、"不立文字"等理论，开辟了自修自悟达到佛界的途径，使修佛普及化。同时，慧能又主张"经"由人造，"佛"由人成，"欲求见佛，但见众生，不识众生，则万劫觅佛难逢"。进一步打破了佛理的神秘性。一时，佛教深入民间，接近社会现实。不仅僧人的诗歌贴近世俗、反映社会问题，而且许多文人的诗歌在原有反映现实的基础上更进一步与禅意结合起来，从更为独特的角度表现人生、传达大

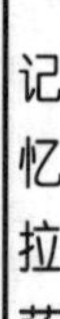

众心理、喊出人民呼声，从而形成新的创作方法和诗歌特点。

道教对唐诗的影响也相当深广，不能低估。唐朝诸帝认老子李耳为始祖，视道士为宗室，使道教居于三教之首。太祖、太宗、高宗、玄宗等皆崇信道教，亲书道经，追求长生，遂使唐代道教鼎盛。士大夫，特别是不少诗人亦热衷道教，企望长生成仙。其中王勃、卢照邻、陈子昂、孟浩然、贺知章、李白等，都写下了不少慕道、咏道，仙气十足的诗篇。贺知章、李白等人甚至还登坛受录，自愿为道士。被称为诗仙的李白，浸淫道教最深。李白“五岁诵《六甲》”，“十五游神仙”，成年后则终日和东严子、元丹丘等道士、隐士为友。他在一篇序文中说：“吾与霞子元丹、烟子元湹，气激道合，结神仙交，殊身同心，誓老云海，不可夺也。”他豪迈浪漫，神奇幻化诗风的形式确多受益于道教的熏陶。他常天真地进入冥思玄想：“玉女四五人，漂漂下九垓，含笑引素手，遗我流霞杯。”相信总有一天仙人会来招引他到神境琼界。“安得五彩虹，架天作长桥，仙人如爱我，举手来相招。”由于李白虔心学道，到处求仙访道，所以在他的诗里，也充满了丰富的想象和仙道内容。其代表作即为最脍炙人口的长诗《梦游天姥吟留别》。诗中所描绘的无限绮丽的仙境给人以无穷的遐想，为唐代诗歌创作浪漫风格树立了最高的典范，增加了唐诗的色彩与美感。

当然，由于魏晋隋唐，尤其到唐代，儒、佛、道三教的兼融与交流日趋频繁和广泛，所以很难区分某个文人是崇儒、崇佛还是崇道。他们往往是崇道、崇儒同时也信佛。普遍情况是儒、佛、道兼于一身。例如陈子昂、王绩、卢照邻、孟浩然、贺知章、王维、李白、李贺、白居易、李翱、储光羲、李商隐等。儒家的关心现实、济世救民；佛家的看破红

尘、普渡众生；道家的清静无为、弃世绝俗，凡此等等，从各方面给诗人补充了营养，丰富了诗歌的题材与内容，给诗歌创作以不息的源泉与灵感。

二、佛道思想对唐诗的审美影响

在唐代大诗人中，王维倾心佛禅，诗作多隐佛理佛性，多具禅义禅趣，人们称他为诗佛。李白学道求仙，访道士、入道观、受道录，想遗世而独立，欲羽化而升天，其诗多飘逸神韵，如在梦幻仙境，人们称他为诗仙。青年诗人李贺，构思奇特，意象光怪陆离，与道教也颇有渊源.孟浩然、韦应物、王梵志、白居易、刘禹锡、柳宗元、李翱、裴休、贾岛、李商隐等一大批著名诗人，或奉佛，或向禅，或深受庄禅影响。与僧道交往唱和已成为高雅的时尚和风气。即使一度排斥过佛老的韩愈，也与僧人道士如大颠、高闲、文畅之属频繁交往，且常谒寺庙，而他的死亡又由于相信道教炼丹服食之术而吞吃了丹药。由此可见佛道思想的侵蚀力量之巨。

唐代诗风的变革者首推陈子昂，但他也崇信佛教，所受影响亦非浅。他的《夏日晖上入房别李参军》云:“讨论儒墨，探觅真玄，觉周孔之犹迷，知老庄之未悟，遂欲高攀宝座，伏奏金仙，开不二之法门，观大千之世界。”由此可见一斑。

李白既信奉道教，号称诗仙，但也偶作禅诗。如《庐山东林寺夜杯》云：“我寻青莲宇，独往谢城阙。霜清东林钟，水白虎溪月。天香生灵性，天乐鸣不歇。宴坐寂不动，大千人毫发。湛然冥真心，旷劫断出没。”诗中所用佛典甚多，如

“虎溪”、“天香”、“天乐”、“宴坐”、“大千”、“真心”、“青莲宇”等，用来传达禅意禅理。

被誉为“诗圣”、儒家色彩甚浓的杜甫，在伤时咏事之余，亦有“可灿是吾师”等追心禅宗祖师的诗句，视“回欣向初”为悟道成佛的“第一义”。其“江山如有待，花柳自无私；水深鱼极乐，林茂鸟知归。”“风流心不竞，云在意俱迟”的诗句亦是禅机盎然的上乘之作。其五言律诗《望牛头山》超凡脱俗而且数用佛典，可见杜甫对佛教文化的关注和喜爱。“牛头见鹤林，梯径绕幽林。春色浮山外，天河宿殿阴。传灯无白日，布地有黄金。休作狂歌老，回看不住心。”

王维是唐朝诗人中最有佛性的一人。他崇信佛教，早先心向北宗，遵“渐修”法门，后又改宗慧能之“顿悟”说，且为惠能作传铭碑。出自他手的禅典、禅理和禅趣诗，不胜枚举，有的几与佛家偈颂同俦。如《夏日过春龙寺谒操禅师》诗曰：“龙钟一老翁，徐步谒禅宫。欲问可心义，遥知空病空。山河天眼里，世界法身中。莫怪销炎热，能生大地风。”他的禅趣诗更为著名。如“中岁颇好道，晚家南山陲。兴来每独往，胜事空自知。行到水穷处，坐看云起时。偶然值林叟，谈笑无还期。”其意境与造化相表里，有一种浮游万化、蝉蜕尘埃之中的感悟。

其他如著名诗人白居易、元稹、张籍、柳宗元、刘禹锡和韦应物等人，亦无不醉心佛典，写过不少禅趣或禅理诗，而且“脍炙人口，传唱不息”。如白居易有诗曰：“自从为孩童，直至作衰翁。所好随年异，为忙终日同。弄沙成佛塔，锵玉趋王宫。彼此皆儿戏，须臾即色空。有为非了义，无着是真宗。兼恐勤修道，犹应在妄中。”（《白氏长庆集》卷55）此乃白居易一时参禅的写照，其中“有为非了义，无着是真宗”

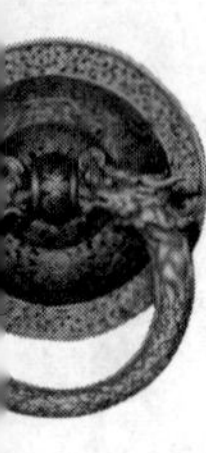

一句，则点出禅宗精义。在另一首《逍遥咏》中，他又言中禅之真味：“此身何足恋?万劫烦恼根。此身何足厌？一聚虚空尘。无恋也无厌，始是逍遥人。”与白居易过从甚密的元稹也谙此道。他有诗曰：“近见新章句，因知见在心。春游晋祠水，晴上霍山岑。问法僧当谒，还丹客赠金。莫惊头欲白，禅观老弥深。”（《元氏长庆集》卷14）而张继那首著名的《枫桥夜泊》诗，则更具禅味：“月落乌啼霜满天，江枫渔火对愁眠；姑苏城外寒山寺，夜半钟声到客船。”美妙之中充满了一派清、寒、幽、寂的禅观气象。与其相当，则有柳宗元的五绝《江雪》“千山鸟飞绝，万径人踪灭；孤舟蓑笠翁，独钓寒江雪。”更在一幅空旷幽寂的山水画中，道出一种只可意会难以言传的禅味来，达到了“总一切言语为一句，摄大千世界于一尘”的奇妙境界，令人传唱千古。此外，韦应物的“春潮带雨晚来急，野渡无人舟自横”。常建的“曲径通幽处，禅房花木深；山光悦鸟性，潭影空人心。万籁此俱寂，唯余钟磬声。”（《题破山寺》）等，都是唐代诗林之妙品。

当今学者钱钟书在《谈艺录》中曾透僻地阐述诗寓禅理禅趣的妙处。他说：“乃不泛说理，而状物以明理，不空言道，而写器用以载道。”“如以故无相，心而五蕴都空，一尘不起，尤名相俱断矣。而常建则曰：潭影空人心，以有象者之能净，见无相之本空，在潭影，则当其有，有无之用；在人心，当其无，有之之相，洵能摄摩虚空者也。”钱氏所谓“心”，既自性之异名。一语破的，点出诗中禅趣。又“万籁此俱寂，唯余钟磬声”，则于空寂之中，意关飞动，显示其意境之高远。

还有一位后来自愿皈依佛门的诗人王梵志，他所写的大量五言诗，几乎都与佛理佛典有关。而且诗风通俗易懂，朴素无华，言近旨远，发人深省。如，他将人比作圈里羊，以警人生受尘世所累。说:“身如圈里羊，命报恰相当，羊即披毛走，人著好衣裳。”他的诗对后世影响亦甚大。

文人诗如此。唐代还涌现出了不少诗僧，他们的作品约占全部流传下来的唐诗的十分之一，即五千首左右。著名的诗僧有寒山、拾得、灵一、护国、皎然、清江、法振、灵澈、无可、贯休、齐已等等。由于是僧人，其诗自然要表现禅意禅境，在此不再赘述。表现道观的诗歌亦同禅诗一样，但不像禅对诗的影响那样广泛，再加上道的清净无为、超脱遁世等思想影响，单纯表达道观的诗歌流传不如禅诗，更多的是禅道结合为一体的诗。像前面举的例子，哪一个又能说是无道之诗呢。

三、佛道观念对唐诗影响的几方面原因

首先，佛道思想的传播本身要求有完美的表现形式。尽管禅讲究“不立文字”,“直指单传”，靠人之顿悟去体验“明心见性”,“一落言诠即是偏”；要求中断逻辑思维，凭直觉去“悟”，但是，要不立文字而悟道，又必须借助“话头”，即一些形象性的概念，如“菩提树”、“明镜台”、“风动幡动”、“磨砖成镜”之类的比喻，或诗谒，以此为桥，引导人们豁然开悟。道教的传达亦同禅。而诗歌创作的特点正在于追求形象化、意境深邃，以精粹的语言，表达不可感觉乃至不可思议的妙趣，而佛道的传达恰恰需要的就是这点。唐代的许多著名诗人因创作了不少蕴涵禅机妙道的诗，使诗的意境兴味得

到新的升华，即是符合了这一内容与形式相统一的规律。

其二，羡慕神仙（佛）之极乐，追求仙境之美妙，幻想长生不死，修炼成仙，逃避现实的苦闷和劫难，是当时人们特别是文人们的一种思想倾向。这一方面是由于唐统治者昏庸的表现和妄想以此麻醉人民，另一方面，社会的动乱、政治的黑暗，也使广大知识分子找不到其真正的原因。于是，文人们便把诗歌创作的题材转向了颂禅游仙归隐这一方面。当然，在这类题材中，也有许多作品是揭示了现实问题的，并且是很成功的作品。

其三，老庄道家提倡“道法自然”，追求主观意识的绝对自由，在思想意识方面起了重大的解放作用。这无疑也对慨叹人生短暂，厌倦世事浮沉的诗人们有极大的诱惑力。即使美梦不能实现，也幻想能到仙境逍遥一番，消除一时的痛苦，抒发其愿与仙人为侣的理想。这必然成为诗歌创作永不枯竭的源泉，从而写作出瑰丽浪漫的诗篇。

其四，佛道二教的影响，为诗歌的创作理论和技巧带来了新的追求。早在禅宗出现以前，对于如何作诗、如何评诗，已有钟嵘的《诗品》。但是，由于禅宗的影响，却将这类问题提高到一个新的高度。唐朝诗人作诗遣句，每每掺和禅意，寓有禅趣。这是司空见惯的事情。后来，逐渐有人从禅道角度论诗、评诗。如诗人刘禹锡就曾指出：“梵言沙门，犹华言去欲也。能离欲，则方寸地虚，虚而万景入，入必有所泄，乃形乎词，词妙而深者，必依乎声。故自近古而降，释子以诗闻于世者相踵。因定而得境，故攸然以清；由慧而遣词，故粹然而丽。”（《全语诗》卷357）。唐代佛道诗的大量产生，也正是应了这种要求。这种情况，必然引起诗论家的重视（有不少诗论家本人就是僧人、道士或诗人），并从创作特点和规律方面进行理论上的归纳、阐发、论述，以期用理论进一步指导创作，因此，论诗之作崭然而出。例如，中唐皎然著作《诗式》，从玄奘创立的唯识宗的“外境依识而显，境生又转为新识”的法论中受到启发。他指出：“夫诗人之诗思初发，取境偏高，侧一首举体便逸，才性等字亦然，有以等闲，不思而得，此高手也。有时意静神王，佳句纵横，若不可遏，宛若神助。”在此，他不仅提出了“取境”的论题，主张“意静神王”，还引申出“造境”、“缘境”之说，对发挥诗人主观能动性和掌握诗歌技巧有了新的开拓。晚唐，出入佛老的司空图所著《诗品》，即是用佛理禅意寓于论述中，开了禅论诗之先河。

最后，也应该注意到，佛道二教对诗歌的影响，除上述积极作用外，也有消极影响。主要是思想上的消极厌世倾向，认识上的相对模糊态度，在精神上的恍惚和不切实际的梦幻，尤其在艺术上，一些诗人刻意追求禅典道境，以词伤意，使某些诗歌成了单纯宣扬佛道教义的谒语。这就脱离了诗歌创作的本意。

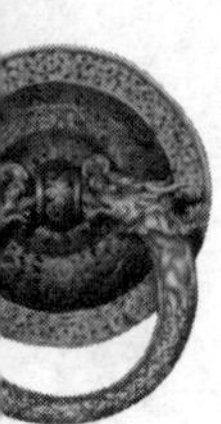

布达拉宫维修趣闻

举世瞩目的布达拉宫维修工程，历时五载，于公元1994年8月9日圆满竣工。竣工那天，西藏自治区人民政府和僧俗各界，在布达拉宫前举行了隆重的竣工庆典。脱去密密麻麻的脚手架，耸立在蓝天白云下的布达拉宫显得格外雄伟壮观。它在长达五年的维修工程中，产生了许多趣闻，使这座神奇的宫殿更加神奇。

维修起因和清理垃圾

布达拉宫始建于公元7世纪，距今已有1300多年历史，是西藏现存最大最完整的古代宫堡建筑群。

现在的布达拉宫是17世纪由五世达赖喇嘛在被毁宫堡的遗址上重新修建的。从那以后，一直到1959年以前，布达拉宫一直作为历代达赖喇嘛生活起居和从事政治活动的场所，成为西藏政教合一政权统治的中心。

300年的风雨沧桑，使这座一直未曾大修的建筑危机四伏。国务院国家文物局的专家考察发现，布达拉宫的问题已不是小修小补可以解决。宫殿的最底层是地垄，因为不通风，阴暗潮湿，石墙都松软了，由于作为地基的地垄不牢固，导致上面许多层的殿堂发生了倾斜。木构件的损坏更加严重，虫蛀、腐朽、扭曲、拔榫、断裂等险情比比皆是。西大殿的贵宾休息室有一排柱子竟向一个方向扭了45度。

1988年5月，国务院派出了由财政部、文物局等七部委组成的联合考察组进藏，经过18天考察，西藏自治区人民政府向国务院提交了一份文字报告。1988年10月25日，国务院正式批准维修布达拉宫的报告。

自公元1653年由五世达赖喇嘛重建竣工，并于当年入住以后，布达拉宫便成为一座集神权、政权于一身的“神宫”。因此这“神宫”里的一切都笼罩着一层神圣的光晕。300年的日积月累，地垄里垃圾充斥，异味熏人，有的地方垃圾已经堆积到屋顶。

维修是按照自下而上的顺序进行的，首先维修的就是地

垄。修地垄首先就得清除这些垃圾。考虑到喇嘛和信徒的宗教感情，全部倒掉可能接受不了，维修办公室先是试着倒了一些在红山（布达拉宫就建在红山上）东山坡上，可没过几天，在拉萨强烈的阳光照射下，垃圾就腐烂发臭，苍蝇乱飞。一下雨，更是污水横流，山下的居民意见很大，苦不堪言。为此，维修办公室向喇嘛们做了大量的说服、解释工作，征得他们的同意，最后才决定倒掉这些垃圾。

在西藏，维修寺庙时常常会有意外发现，因为垃圾中经常混有宝贵的文物。所以，对布达拉宫的垃圾，人们自然格外慎重对待。

先是把零碎垃圾用麻袋装出来，拿到空地上摊开，一样一样地检查，确信没有文物了才装起来倒掉。为确保可能发现的文物不致流失，所有这些工作规定必须有两个以上的人在场，不准单独行动。

这项繁琐的工作从1988年底一直持续到1989年上半年才结束。可是清理的结果却使人大失所望，因为仅仅发现了几颗价值不高的小珍珠和几枚旧藏币。所有垃圾整整运了469卡车。

随着现代运输工具的使用，今后布达拉宫里的垃圾自然也就不用存放在垄里了。

充满宗教色彩的开工典礼

1989年9月，布达拉宫维修的前期准备工作就绪。由于布达拉宫在宗教上具有特殊地位，维修办决定严格按宗教习惯举行开工仪式。

他们找到权威的自治区藏天文历算研究所，由他们算出了一套十分繁琐庞杂的开工程序。开工时间被算到了10月11日上午午时，而且从10月1日起还要诵读大藏经《甘珠尔》、吟诵《度母经》10万次。为了及时地、不打折扣地念完这两部经，维修办的佛事组特地请了60名喇嘛，在布达拉宫经堂内整整念了一个星期，加在一起总共念完了10万次。

10月7日，维修办举行新闻发布会，宣布维修工程将于11日开工。

10月9日，在布达拉宫占地约1600平方米的德央厦广场举行了另一项重要的宗教仪式火祭。广场上搭起白、红、黄颜色的三个祭台，祭台前用酥油和各色香草点起圣火。在来自上、下密院和布达拉宫的20多位密宗高僧的颂经声中，主祭人将20多种祭品投向圣火。

白、红、黄三色与布达拉宫的颜色一致。三种颜色的祭台分别祈祷布达拉宫维修工程顺利、各项事业发达、宫殿威严永驻不衰。

按照天文历算所的要求，工程的“奠基人”不能是某位领导，而必须是一位24岁的僧人。要求名字吉祥、长相端庄和气、身体健康、品行高尚、父母双全。佛事组的同志按此要求，终于在拉萨北郊的色拉寺找到了符合条件的喇嘛坚赞群觉。需要说明的是，坚赞的意思是宝幢，群觉是富有和精通佛法。

11日中午12时，即占卜要求的“午时”，年轻的喇嘛坚赞群觉在白宫北侧地垄里举起镐头，挖起第一堆土，宣告了维修工程正式开工。

阿嘎地和白玛草墙

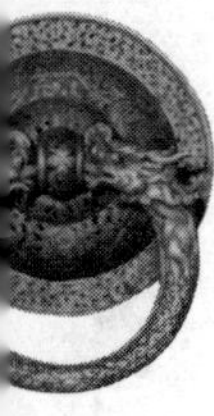

按照《文物保护法》的规定，维修古建筑必须“不改变原状”。根据这一原则，维修布达拉宫必须遵循一个宗旨：不是要塑造一个新旧杂陈的布达拉宫，而是要恢复布达拉宫昔日的容颜，要“整旧如旧”。整旧如旧就要求维修中必须使用和原来一样的材料。布达拉宫的建筑材料主要是石头和木材，与内地的木石结构建筑没有什么两样。但是另外有两种西藏独有的材料，却是鲜为人知的。

一种叫“阿嘎”的硬土尤为重要。“阿嘎”其实就是一种风化石，它的样子似土似石。在西藏主要用来铺房顶和室内的地面。“阿嘎”用车拉来时还是一块一块的，保留着石头的形状，使用时需碾成粉末。

“阿嘎”地的制作程序是：在卵石和粘土垫成的基础上，再铺约10厘米厚的“阿嘎”土。先由人工踩实，然后再一边加水一边夯打。“阿嘎”吸水性强，要不断泼水，使之充分吸收水分，直到起浆为止。夯实后，再铺一层较细的“阿嘎”，再泼水拍打，然后用卵石磨光表面，并涂上榆树皮熬的汁。干了以后，再涂若干次清油就算完工了。

在西藏，寺院里的僧人特别注意对“阿嘎”地的保护，平日脚下常垫两块羊皮，擦地而行，天长日久，地面就如同水磨石一样平整光滑，亮如明镜。

“阿嘎”是西藏独有的建筑材料，在运输不便、科技落后的旧西藏，它不愧是一种天才的发现。直到如今，一些古建筑专家仍对它推崇备至。西藏的“阿嘎”资源极其丰富，但由于打制特别费工费时，在旧西藏只有寺庙和一些贵族家庭才用得起。布达拉宫由于其至尊的地位，里面几乎全是“阿嘎”地面，整修起来自然格外费工费时费钱。但为了“整旧如旧”，维修中不允许采用任何新型材料作代用品，只是考虑到漏水的问题，才在宫顶的大片“阿嘎”地面中掺了少量防水剂。

另一种独特的材料叫白玛草，是一种墙体建筑材料。白玛草本身是一种柽柳枝，秋来晒干，去梢剥皮，再用牛皮绳扎成拳头粗的小捆，整整齐齐堆在屋顶檐下，等于是在墙外又砌了一堵墙。然后层层夯实，用木钉固定，再染上颜色。

在西藏，无论是布达拉宫的女儿墙，还是寺观宫堡的檐下，都有一层如同用毛绒织就的赭红色的东西，这就是白玛草墙。它不仅增强庄严肃穆的装饰效果，还由于白玛草的作用，可以把建筑物顶层的墙砌得薄一些，从而减轻墙体的分量。这对于高达 13 层的布达拉宫来说，显得至关重要。

这种柽柳枝本身不贵，当时一拖拉机才卖 100 元。但制造的工序复杂，利用率又低，老百姓是绝对用不起的。所以，它的使用也成了旧西藏社会等级的标志之一。

金银珠宝作颜料

布达拉宫，是壁画和彩绘的集大成者。

维修宫殿，不可避免地涉及到壁画和彩绘的问题。对此，维修中采取了一系列独特的技术，如清洗和保护。清洗只要使用专门的清洗剂，就能去掉烟渍，使颜色艳丽如初，对画面却没有任何伤害。保护则是在空臌的画面上钻一个小孔，往夹层里灌入胶水，令其重新粘合。

难度较大的则是揭取。布达拉宫的壁画与敦煌壁画不同，敦煌的墙面平整，壁画底面还渗入了麻和稻草，韧性好，容易揭取。布达拉宫的墙面是凹凸不平的石墙，仅仅用泥抹平后，就把壁画直接绘制在上面。由于底面不平，黄泥的韧性也差，别处的经验无法借鉴。这就使得揭取工作十分困难。

维修中，工作人员另辟蹊径，首先用一张宣纸贴在要揭取的壁画上，然后做一个与壁画大小相仿的木架子，里面衬上布和棉花，再覆在壁画上。接下去便从背面小心翼翼地切割，割下来后，背面立即刷上强力胶，以防破碎。就这样，等墙砌好了再贴上去。

维修壁画和彩绘的另一任务是重绘。由于壁画的残缺较少，维修中破损也降低到了最低限度。因此今天我们所见的壁画中，新绘制的面积并不大。但其他彩绘的工作量则大得多，新的梁柱、门窗、墙面都要重新绘制，工程量不说，仅颜料费用就耗资巨大。

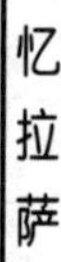

这尤其与颜料的构成有关。也许是几百年前缺少化学颜料，也许是为了追求高档豪华，布达拉宫用的全是令人感到不可思议的贵重颜料。金色用黄金，银色用白银，白色用珍珠和白海螺粉，红色用红珊瑚和珠砂，绿色用绿松耳石……为了“整旧如旧”，彩绘时也要照用这些材料。

将这些金银珠宝制作成颜料成本极高。但为了保证质量，在研磨成粉后，除了加水和胶，不允许掺任何代用品。为确保这些特殊材料的供应，中国人民银行特批了15公斤黄金、40公斤白银，其他材料国家也全部满足。

管理这些宝贝也是件令人担心的事，维修办为此费尽了心思。绘制之前，先对各种材料用量进行准确测算，然后由技术、财务、保卫等几方面的人一起到保险库称出来。使用时，有专人在一旁监督，下班时，未用完的颜料立即收回封存。

事实证明：这些矿物颜料的魅力确实非其他颜料可比。不仅时间无法改变其容颜，连日晒雨淋也对其影响甚小。

藏族艺人的绝活

令人难以置信的是，如此庞大而又有重大影响的维修工程，竟是由一支藏族施工队承包的。这些工匠的精湛技艺以及在维修中所表现出的藏式建筑的神奇，令人叹为观止。

一位著名的古建筑专家对布达拉宫做了长期的考察和研究后发现，恢宏壮丽的布达拉宫尽管外表看起来结构十分紧凑，而实际上，内里各建筑部分之间却是自成体系，接而不连。木结构的连接方式更为特别。

内地建筑木结构追求的结合牢固，布达拉宫却以宽松为特点，梁柱之间，仅仅是在梁上挖半个鸡蛋大的凹窝，柱子上留同样大的凸起，就算接在一起了。檩条则直接铺在横梁上。这种结构使木结构在一定程度上允许变形，增强了木结构的抗震性能。

正因如此，“偷梁换柱”、“打牮拨正”等古建维修手段在布达拉宫维修中能得到充分的施展，有时甚至起到不可思议的作用。

在平措堆廊的施工中，有几根过道“牛腿”、过梁被虫蛀得腐朽不堪，必须换掉。可是，“牛腿”埋进墙里三米多，上面压着坚固如新的三层楼，有人说必须先行拆楼。结果，几

位藏族老艺人力排众议，硬是把上面的大梁和承重的墙支顶了起来，采取偷梁换柱的办法，换掉了腐烂的“牛腿”。仅此一项就节约资金近百万元。

五世达赖灵塔殿，是整个宫殿的心脏，里面满是金银珠宝。布达拉宫当年的建设投资一小半投在这里面。维修前，里面的几根大柱子倾斜了20多厘米，稍加外力，就会倾倒。为了安全起见，有人建议拆了重建。可一些老艺人认为，在殿内实施打牮拨正有绝对的把握。最后，采纳了藏族工匠的意见，柱子拨正了，而屋顶上的金顶和屋里的灵塔安然无恙。

这些绝活令国家文物局的一些古建专家十分惊叹。他们多次提出要总结藏族老艺人的绝活加以继承和推广木材处理中的现代技术

木材处理中的现代技术

在整个维修工程中不使用现代技术是不可能的，木材的干燥和防腐防虫处理就是一个例子。在布达拉宫隐患中，可以说绝大多数是木材的问题，就是一些墙、地的毛病，也都与下面一层或几层的梁柱有关。

为彻底解决木材的问题，1989年12月，中国林业科学院派专家前来考察。结果，专家认为，布达拉宫只要能将木材的含水量控制在20%以下，就能有效防止腐朽、变形、断裂、扭曲等问题，再加上防腐、防虫化学处理，肯定能有效地延长寿命。

在维修中，不论是新用材还是保留材，都要进行重新处

理。仅是干燥一项，如果按传统的办法，用大灶熏，一根木材至少得熏上一个多月。

1991年起，中国林业科学院帮助解决了风干的问题。在拉萨河边专门建起了一个木材防腐厂，弄来五台大型木材风干机24小时连续吹，几天就风干了全部木材。

干燥之后还要进行防腐防虫处理。对新木材用的是一种大防腐罐，罐里装上药，木材放进去以后抽真空、加压，把药液压进去。对一些细木棍和木板，则用喷雾器喷，将药渗进木材。

对一些拆卸不便的梁柱，特别是非常粗的柱子，如东、西大殿的大柱子，就在上面钻孔，往里面注药。对一些不太粗的，则采用蒸熏的办法，像平措堆廊，就是熏上药，再用塑料布蒙住，使其漫漫渗透进木材中。

药的选择也有讲究。在文物集中的地方，要考虑到对文物无害，在人活动频繁的地方，还要考虑对人无害。当然，木材永远也不会和石头一样坚固。但经过这次维修后的木质材料再也不会像过去那样脆弱了。

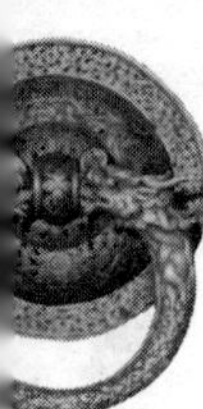

巫术与占卜

藏族原始巫术和占卜术，集中表现在苯教的各种仪轨之中。佛教传入西藏并占主导地位后，古老的巫术和占卜习俗在藏族民间依然流传，但往往以藏传佛教的面貌出现，这时还有了从外地传入藏区的星相术。

巫术

降神　和平解放以前降神巫术在西藏盛行，即通过一定的巫术招引鬼神附于人体，此人即可代鬼神发言。18世纪西藏噶厦地方政府成立后，凡遇重要政务和军事行动，事先都必须举行降神仪式以断难释疑。

驱病　巫师在藏族民间还充当巫医的职责。当人们遇顽疾时，需请巫师借助魔力治愈疾病。

施咒　咒师被认为具有无限的威力。藏族酿酒不成时，便请咒师对石子诵咒，并将此石子投入酒糟中，以催酒发酵；遭遇风雪、雷电、冰雹、霜冻或旱涝等灾害时，人们更要请咒师施咒。

占卜

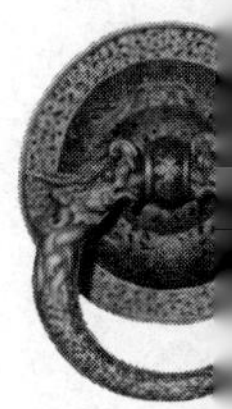

藏族民间占卜名目繁多，最流行的有念珠占卜、骰子占卜、诊脉占卜和星算占卜。

念珠占卜　先念诵一段祈颂文，将念珠放在两手掌心，求卦者任意抓住两手拇指和四指之间的一段念珠，然后从这段念珠的两端开始，每次数3个。占卜的结果取决于最后所剩的念珠数目，按卦书释意。

骰子占卜　占卜者从精致的小盒中取出3个骰子，首先向吉祥天女誓愿，祈求如愿以偿，然后庄重地掷出。根据骰子所掷列的点数，参照卦书以释吉凶。藏族出远门、丢失财物、经商、问医、盖房等活动，一般都用念珠或骰子占卜测算吉凶祸福。

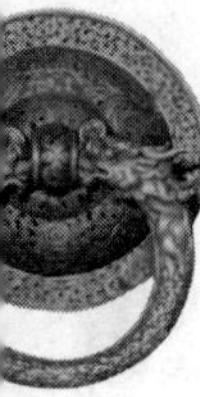

星算占卜　这是一种根据星相、历数和阴阳五行推算吉凶的方法，据说是文成公主带进西藏的。藏族遇到红白喜事时，必须请星算师卜卦。在藏族心目中，星算占卜是关系到人生的重大仪式，因此这种占卜术在藏族日常生活中也就具有了重要地位。

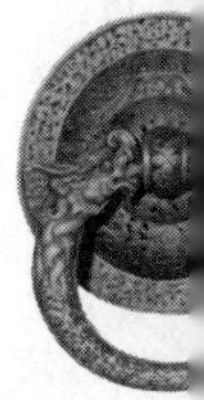

藏族人的称谓

在拉萨的日子里，我学到了不少有关藏族的知识，藏族的姓氏称谓我算是搞明白了。汉族人的姓氏称谓方式尽人皆知。我们刚到拉萨因不了解藏族习惯，见到藏族朋友时，往往也要问："您怎么称呼？""您贵姓？"弄得那些藏族兄弟姐妹简直不知如何回答是好。后来才知道，其实藏族一般无姓，大多用四个字作为名字。如：扎西多吉、次仁旺堆、洛桑次仁等等。

藏族人的姓氏从历史上看就没有什么规定性。据史料记载，公元前360年（周显王九年）吐蕃的所谓天座七王的聂赤赞普的后代穆赤赞普、丁赤赞普、索赤赞普、美赤赞普、达赤赞普、塞赤赞普便都取母亲名字的一个字作自己名字的一部分。像母亲的名字叫“朗·穆穆”，儿子的名字便叫“穆赤”；母亲名叫“索·汤汤”，儿子名便叫“索赤”；母亲名叫“达拉嘎姆”，儿子名便称“达赤”，如此等等。因为当时吐蕃社会仍留有母系氏族社会的残迹，是没有什么姓氏之分的。

西藏进入阶级社会后，人便出现了高低贵贱之分。地位高的人为使自己的家族世袭相传，便把家族名作为自己的姓，于是姓氏出现了。如：娘·敏迪日孜故，他的后代的名字叫娘·觉绕序乌。又如：嘎尔·东米赤加，他的一个后代名字叫嘎尔·东德玉松。这种以家庭名为姓的称法，就像汉族中的“赵氏世家”、“王氏世家”一样。后来，松赞干布的吐蕃王朝建立，分封有功之臣以领地和封号，人们便把领地名冠在自己名字的前面，以显示自己的地位和身世。如涅·赤桑羊顿；直·司如贡堆；吞弥·桑布扎。这种姓氏的构成方式一直延续着，如：庄园主多嘎·次仁旺杰的儿子叫多嘎·扎西贡布。因为庄园领地是世袭的，所以他们的子孙也冠上庄园的名字。

当公元7世纪佛教在西藏盛行以后，由于受佛教色彩的影响，人的名字也喜欢请活佛来起。如果是贵族、有地位的人，更是郑重其事地把小孩子抱到活佛那里。活佛给小孩举行简单的取名仪式，主人带来哈达及其他礼物。活佛念经并对孩子说一些赞颂和吉利的话之后，才取名字。要是准备出家的人，不管他年纪多大，一律要重新经寺院堪布剃度，取法名，俗名便取消了。这些堪布、活佛，用自己的名字的一部分赐给出家人，如堪布的名字是“洛桑次仁”，他给新僧人起的名字便是“洛桑多吉”、“洛桑旺堆”、“洛桑平措”或是“洛桑格烈”等等。

佛教的盛行使许多人的名字带上了浓烈的宗教色彩，如：丹巴——佛教、圣教，达杰——繁荣、发达，江央——妙音，多吉——金刚，格列——善、吉祥，群佩——兴法、兴教，丹增——主宰、圣教、掌执佛教的人，拉姆——仙女，卓玛——救度母。一个僧人或活佛，如果上升到上层僧职，他的名字便要加上僧职中的封号。例如：堪布·洛桑次仁。堪布是个僧职，他自己的名字叫“洛桑次仁”。又如：班禅额尔德尼·却吉坚赞，他的名字是“却吉坚赞”，“班禅额尔德尼”是封号。这是公元1713年康熙皇帝第一次封给五世班禅罗桑益希的。活佛的名字前面，一般应加上寺院或家庙的名字，如东嘎寺的活佛洛桑赤烈，全称叫做“东嘎·洛桑赤烈”；又如，多吉才仁当了热振寺的活佛后，他的名字便是“热振·多吉才仁”。对于有僧职的人，人们日常简称或尊称时，再不提他的名字，而只提寺庙称号。如：“东嘎活佛”、“热振活佛”等。当然，这里说的是一般的情况，也有的活佛没有寺庙，只有家庙，那么便用家庙的名字冠在前头。有的地方或房子出生过有名的活佛，那么，该活佛的“转世”名字前，往往会冠上相应的地名或房名。

一般平民的名字没有姓，是四个字。如：“多吉次仁”、“索朗旺堆”、“更堆群佩”等。为了称呼方便，一般情况下人们只用两个字来简称。有用第一、三个字的，如：“更堆群佩”简称“更群”，“单增曲扎”简称“单曲”；也有用前两个字或后两个字作简称的，如“多吉旦才”，简称“多吉”；“索朗旺堆”，简称“旺堆”。用一、三两字或前两字，或后两字作简称的是经常见到的，但没有见用二、四两字作简称的。

也有许多人的名字只用两个字，如：“单增”、“尼玛”、“次仁”、“达娃”等。平民起名字，都有一定的含义，寄托自

己一定的思想感情，因此藏族的名字丰富多彩。一种是用自然界的物体做自己的名字，如：达娃——月亮、尼玛——太阳、白玛——莲花、梅朵——花。也有用小孩出生的日子做名的，如：朗嘎——三十日、次松——初三、次捷——初八、次吉——初一。还有用星期为小孩起名的，如：尼玛——星期日（也作“日”、“太阳”解）、达娃——星期一（也作“月亮”、“月份”解）、米玛——星期二、拉巴——星期三、普布——星期四、巴桑——星期五（也作“金星”解）边巴——星期六。听到这样的名字，不用问便知道此人是星期几生的了。

不少父母在给孩子起名字时，寄托着自己的感情。如父亲嫌养小孩太多，想结束生育，便给小孩起名“仓木决”，意思是终止。“穷达”的意思是最小的，表示再不要小孩。如果父母想生男孩，便给自己的初生女儿起名“布赤”，意思是“带男孩”、“下次要生男孩”；或者为了保住所生男孩的性命，故意给他取女孩名字，如“格桑德吉”等。要是父母希望儿子长寿，便给孩子起名“次仁”、“次旦”。如果前面有孩子夭折的情况或是父母年岁大了，认为以后不可能再生小孩，或是这个小孩来之不易，便给孩子起名“拉则”（像仙女一样美丽），“诺布”（意思是宝贝）、“拉姆”（仙女）。

有的父母因为自己生下来的孩子死的多、活的少，为

了使孩子容易成长，故意把自己的小孩名字起得很贱、很随便，这一点像汉族一样。如："其加"（狗屎）、"帕加"（猪屎）、"其朱"（小狗）等。

在牧区和一些偏远的地方，人们由于文化水平较低，给自己的小孩起名也很随便。如：措姆——大海、玛琼——大块酥油、那日——黑蛋（黑黝黝的）、那森——黑头发、白巴——青蛙、郭日——圆头、嘎嘎——可爱的和心爱的、括低——陶壶。藏族人起名由于有上述原因，所以同名字很多，如"次仁"、"丹巴"、"巴桑"。

在一个集体或一个村庄里，经常可以同时听到二、三个相同的名字，甚至更多相同的名字。为了区别，人们便在名字前面加一些说明。一是在名字前加大、中、小，如：大巴桑、中巴桑、小平措。一种是对不同地方来的人，名字前加上地名，如：堆穷旺堆、亚东旺堆中的"堆穷"和"亚东"都是地名。又如：仁布多吉、堆龙多吉中的"仁布"、"堆龙"也是地名。一是用人的生理特征放在名字后面加以区别。如：格桑索却——拐子、格桑扎西巴杂——麻子、扎西丹巴国钦——大头、丹巴多吉辖过——瞎子、多吉巴桑甲马——胖子、巴桑旺钦跌布——矮个子、旺钦次丹堆古——驼背。还有一些是用职业来区别人名，如：玛钦次旦——炊事员、次旦谐本齐美——泥水匠、齐美兴索强巴——木匠、强巴安姆吉格桑——医生（格桑）。还有用性别和老幼来区别的，如同样一个"达娃"，男的叫"普达娃"，女的便叫"普姆达娃"；又如大人和小孩都叫扎西，区别老小可叫"波扎西"（扎西爷爷），"普扎西"（小孩扎西）；"莫央金"（央金老太）、"普姆央金"（央金姑娘）。

1951年后，随着时代的变迁和生活条件的改善，在起名

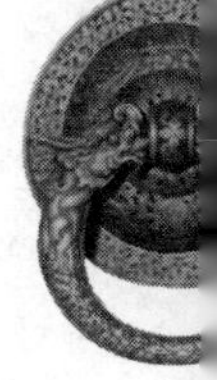

字的时候，也增加了一些新的内容。如：金珠——解放、达玛——红旗、德吉梅朵——幸福花、萨杰——新生，这类名字多数取自具有时代意义的汉文含义。

在四川、青海、甘南等汉藏杂居的地方，以及解放比较早的昌都地区，因藏汉联姻或受汉族姓名的影响，出现带汉族姓、藏族名的名字。如：刘旺堆、马次加、王贡布、周仁增。在青海藏族地区也有依照汉族立姓的，如他的家族名叫“卓仓”，意为“麦家”，就用麦字近似的汉字“梅”作姓，起名“梅多吉”、“梅托米”等。

藏族的名字多数是男女共用的，如：达娃、尼玛、巴桑、扎西、格桑等。但也有一部分需严格区分，如只用于女性的：旺姆、卓玛、卓嘎、央金、桑姆、曲珍、拉珍、拉姆、仓（姆）决等等。只用于男性的，如：贡布、帕卓、顿珠、多吉、晋美、旺堆、珠杰、罗追、占推，等等。

西藏北部由于地方性语音的差异，出现本来是四个字的名字，说习惯了，便成了三个字，如：“次仁吉”，本来应是“次仁德吉”。因为说快了，把后面的第三音节“德”字省略去。又如：“央扎西”，本来是“央金扎西”，习惯把第二音节“金”字省去，变成“央扎西”。但在青海地区的藏族也有起三个字的名字，如“桑杰加”、“卓玛措”等等。

藏族的名字变化是很多的，这里说的只是一般的情况，特殊的叫法多得很，不能一一列举。对亲戚的称谓，藏族与汉族也有许多不同之处。汉族对祖父、外祖父、祖母、外祖母的称呼是严格区分的，但藏族就没有严格区别。祖父、外祖父统称为“波拉”；祖母、外祖母统称“莫拉”。汉族对亲戚的称呼也有严格的区分，比父亲大称“伯伯”、“伯母”，比父亲小称“叔叔”、“婶婶”。藏族就没有那么严格，凡是父亲

的兄弟，都称“阿库”；凡是父亲的姐妹，都称“阿妮”。藏族对父系统的称呼，区分不甚严格，显得十分亲热；相反的，对母系统的称呼，比较严格。例如，对老丈人称“曲波”，对丈母娘称“曲母”；对妻子的兄弟称“归不”；对妻子的姐妹则称为“归母”。

此外，藏族为了表示对人的尊重和礼貌，往往在名字后加上“啦”作为后缀。如见到“巴扎”后，称他为“巴扎啦”。

在拉萨的时候，活佛就曾为我们两个人各起过一个名字：“多吉”和“格列”，意思就是“金刚”和“善良”。在这之后，回到北京，我们的小女儿就诞生了，所以当我们想给她起名字的时候，首先想到的就是在西藏研读的《金刚经》中关于缘的解释，一切物质都和缘有关，生命一开始有它的生长缘，在成长过程中它需要养分，这是它的成长缘，然后它会结果，最后周而复始，又开始它的新的一轮的生长。我们的女儿能够降临就是她的缘分，我们希望她一生随缘，平安成长，所以我们给她起的名字就叫戴缘。

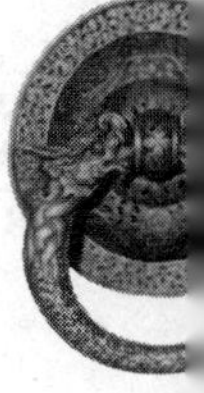

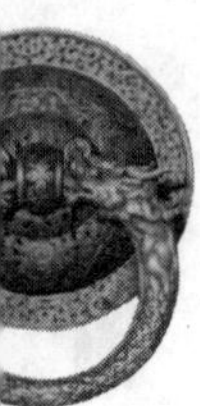

藏民族的服饰

藏族的服饰很有特点，雍容华贵，具有唐代遗风。由于青藏高原气候寒冷，人们多着长袖大襟皮袍“楚巴”，华丽的“楚巴”外面是大紫大绿的缎面。袍子的下摆及领口、袖口镶有水獭皮，水獭皮越宽越显富贵。牧民平时只穿无面子的羊皮“楚巴”，白天作衣裳，夜晚当被褥，出门是口袋。女子虽然也穿“楚巴”，但主要的装束是黑色无袖的长坎户，内着色彩鲜艳的长袖短身内衣，腰系横条图案围腰“邦典”。男子衣着宽大，腰束丝线编制的腰带，常袒露右臂，显示出豪放的性格。

藏族男女都蓄长发，康区一带的男子常把油黑的头发梳成辫子盘在头顶，并用一些红丝线把辫子挽联起来，扎成一个红色的“英雄结”，显得威武雄壮。女子的发型要多一点，除了也把辫子盘在头顶外，有的还把头发梳成许多根细细的长辫披在两肩和身后；也有的梳一根粗大的独辫，辫子里编进各色毛线，并将毛线续于梢后。

藏族喜爱戴帽，夏季多戴呢毡大盘礼帽，既可遮阳，又可挡雨；冬季多戴野兽毛制成的藏帽“金花帽”，高高翘起的帽沿极富民族特色。穿靴和戴帽同等重要，人们普遍爱穿一种靴尖翘起的高腰藏靴，靴上有彩色花纹装饰。

藏族佩带的饰品多以金、银、铜和珠宝玉器制成，造型粗犷厚重。女人们头缀红珊瑚和绿松石，项上挂着用琥珀、翡翠、九眼石等串成的项链，再加上耳环、手镯、戒指等各种首饰，浑身上下珠光宝气。康巴妇女的服饰特别华贵，在四川省甘孜藏族自治州，你可以看到有的藏族女子头上缀着茶碗般大小的银饰，耳垂造型奇特的大金耳环，前胸和腰际挂着比碗口还要大的嵌金银饰，走起路来叮当作响。

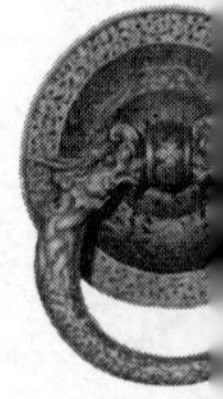

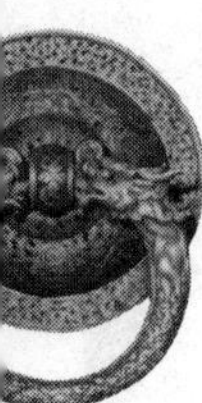

藏民族的饮食习惯

藏族饮食因地区差异而有所不同，农区以糌粑为主食，牧区以牛羊肉为主食。现将较具代表性的几种主食、饮品和菜肴介绍如下：

糌　粑：是用炒熟的青稞或豌豆磨成的粉，类似炒面。将茶、酥油和糌粑用手指拌匀后捏成块即可食用。

酥油茶：是把砖茶熬成茶水后倒在一个长约1米、直径10余厘米的木制茶桶里，加上酥油、盐巴，用桶内所附的木杵上下冲捣，使茶水、盐巴、酥油三者交融，即成酥油茶。酥油茶醇香美味、营养丰富，是藏族人民日常生活中的上乘饮料，也是款待客人的佳品。酥油越多，茶的质量越好。

青稞酒：用青稞酿成的酒。藏族极为喜爱，也是招待客人的佳品。

风干肉：是把整块整段的肉挂起来通过高寒风干而成。可生吃。

麻　三：把优质糌粑、细酪粉和红糖混匀，用融化的酥油拌成半固体状，然后放进模子里制块并用酥油装点而成。

土豆咖喱饭：先把新鲜酥油化热，放入少许葱，把切成块状的羊肉倒入锅里炒至半熟，加上小茴香、咖喱、盐等佐料，接着将煮熟剥皮的土豆切成块状放入锅里一起烧即成。上席时先将米饭盛入高脚铜饭盒内，上面加土豆咖喱肉。

肉包子：将牛肉、板油和葱等一起剁细并加上作料为馅，面不发酵直接和成。蒸熟后的包子，以吃时能流出汤汁为佳。

咪　达：意为命名粥。拉萨三大寺的僧侣获得格西学位后，按规定应向寺内僧众布施稠粥，以示庆贺。它的做法是：把米饭煮成稀粥，加少许盐、酥油、肉丁、红枣、杏干、葡萄干，盖紧锅盖用小火焖上几小时，起锅时再充分搅拌即成。

灌羊肠：把肠煮成半熟，将肉末、羊血及茴香、盐、胡椒、野葱等佐料拌合后灌满肠子，然后煮熟冷却，再切成一节一节油炒即成。

灌羊肺：先用面粉做稀糊，把各种作料磨成细粉和水成汁，加少许香油调匀，然后灌满羊肺，放入开水中煮片刻后捞出冷却，再切成片油炒即成。

血　肠：把切碎的肉丁、板油、调料和血拌匀后灌进小肠，放到开水锅里一涮两滚，不等肠内的血完全凝固就捞出，捏住两端边吃边吮，味道鲜美。

羊头凉拌：将羊头上的毛拔干净后煮熟，然后将肉剔出来，加上咖喱粉、茴香和辣椒粉，用羊脑浆拌合即成。

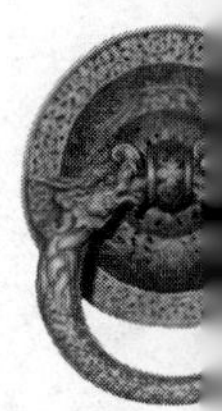

藏民族的居住与娱乐

西藏的传统民居，与西藏的其他文化形态一样，也具有其独特的个性。藏族民居丰富多彩，藏南谷地的碉房、藏北牧区的帐房、雅鲁藏布江流域林区的木构建筑各有特色，就连窑洞也能在阿里高原上寻见。

西藏民居的历史十分久远，4000年前的卡若新石器时代遗址已有了丰富的建筑遗存。

藏族最具代表性的民居是碉房。碉房多为石木结构，外形端庄稳固，风格古朴粗犷；外墙向上收缩，依山而建者，内坡仍为垂直。碉房一般分两层，以柱计算房间数。底层为牧畜圈和贮藏室，层高较低；二层为居住层，大间作堂屋、卧室、厨房、小间为储藏室或楼梯间。若有第三层，则多作经堂和晒台之用。

碉房具有坚实稳固、结构严密、楼角整齐的特点，既利于防风避寒，又便于御敌防盗。

帐房与碉房迥然不同，它是牧区藏民为适应逐水草而居的流动性生活方式而采用的一种特殊性建筑形式。普通的帐房一般较为矮小，平面呈正方形或长方形，用木棍支撑高约2米的框架；上覆黑色牦牛毡毯，中留一宽15厘米左右、长1.5米的缝隙，作通风采光之用；四周用牦牛绳牵引，固定在地上；帐房内部周围用草泥块、土坯或卵石垒成高约50厘米的矮墙，上面堆放青稞、酥油袋和干牛粪(作燃料用)，帐房内陈设简单，正中稍外设火灶，灶后供佛，四周地上铺以羊皮，供坐卧休憩之用。帐房具有结构简单、支架容易、拆装灵活、易于搬迁等特点。

藏族是一个爱美也善于表现美的民族，因而对于居所的装饰也十分讲究，常见的有在室内墙壁上方绘以吉祥图案，客厅的内壁则画蓝、绿、红三条色带，以寓意蓝天、土地和大海。日喀则的民居在门上或绘制日月祥云图，或悬挂风马旗，而昌都芒康的民居则竭力渲染外墙和门窗，富于彩绘装饰，气势不凡。

富有浓厚的宗教色彩是西藏民居区别于其他民族民居的最明显的标志。

民居室内外的陈设显示着神佛的崇高地位。不论是农牧民住宅，还是贵族上层府邸，都有供佛的设施。最简单的也设置供案，敬奉菩萨。

藏族家居的内部陈设也很有民族特色。藏族居室一般分

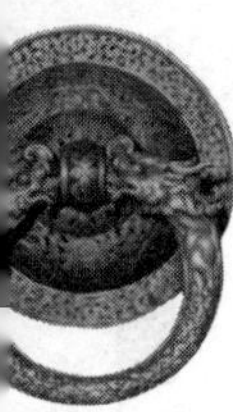

卧室、客厅、经堂和厨房等部分。藏族一般不用床铺和椅凳，多靠窗沿墙摆着一圈卡垫并放藏桌，供家人或客人围坐饮茶用膳。卡垫亦可睡卧。藏族室内家具主要有藏柜和藏桌，表面都绘有各种花纹、禽兽、寿星、八宝吉祥图案，四周有回纹、竹节等图案，色泽鲜艳动人。

藏族住宅的客厅、卧室、门庭和大门两边大都绘有各种花饰图案。一般室内墙上方四周绘三色条纹花饰，下方涂乳黄或浅绿色颜料，柱头梁面画有装饰图案。住宅大院的门廊两壁绘有双虎图，象征预防瘟疫、招来吉祥；或者画财神牵象图，画中有行脚僧牵来载满珍宝的大象，象征招财进宝。

富有宗教意义的装饰更是西藏民居最醒目的标识，外墙门窗上挑出的小檐下悬红蓝白三色条形布幔，周围窗套为黑色，屋顶女儿墙的脚线及其转角部位则是红、白、蓝、黄、绿五色布条形成的“幢”。在藏族的宗教色彩观中，此五色分别寓示火、云、天、土、水，以此来表达吉祥的愿望。

还有以墙体装饰表达藏传佛教派别的。如萨迦民居的墙上涂有白色条带，在条带上再涂以相同宽度的土红色和深蓝灰色色带，中空为白色，在建筑主体或院墙直角转弯处及较宽的墙面上，还自上而下地用土红色和白色画出色带，以标识该地区信仰的是萨迦派。

西藏最具代表性的聚落方式是宗教聚落。宗教聚落的形成与发展增添了西藏民居的魅力，如拉萨的八角街民居群即是围绕大昭寺发展起来的，是城镇宗教聚落的典型代表。农牧区的民居聚落的形成以寺院为中心，自由布置、彼此错落，形成不相联属的格局。

西藏民居在注意防寒、防风、防震的同时，也用开辟风门，设置天井、天窗等方法，较好地解决了气候、地理等自然环境不利因素对生产、生活的影响，达到通风，采暖的效果。

1959年民主改革以前，西藏大部分居民住着低矮的窝棚，无家贫民只能寄居檐下，栖身道旁。西藏自治区成立后，政府投入大量资金改善居民住房，到1994年，城市人均住房面积达12.24平方米，农村人均20.36平方米。由于旧西藏经济发展缓慢，建筑材料仅仅局限于块石加粘土，现在的民居已经充分利用各种现代建筑材料，盖起了许多高层建筑，使藏式建筑风格得到了更好的发挥。旧西藏绝大部分人家的室内设施极其简陋，现在电视、收录机、成套的藏式家俱已进入普通的藏族居民家庭。中国人的改革开放使藏族居民身上有了更多的钱，他们将自己的住房装修得漂亮且具特色。

今天，农区及城镇的房屋，除了现代化的新式楼房外，传统的住房形式仍为平顶，一般采用石块、土坯或圆木砌墙，厚且整齐、坚固。门窗上端有斗拱作檐，屋高一般约2.5米。改革开放以后，在农区，一部分生活富裕的人家楼房有三四层。按照传统，底层圈牲畜、住佣工，二、三层才住主人，最上一层供佛像。房顶是平台，供散步、眺望用。

在城镇，有的住宅设计十分雅致，周围是房间，中间有天井，沿边是走廊。房屋旁边有转经筒，屋顶插旗幡。如果家里曾出过大活佛，门外便立一铜顶高杆，以示光彩。

牧民大都逐水草而居，居住的依然是便于移动的帐房。

藏族人的娱乐一般包括竞技娱乐和民间游戏两种，而且竞技与游戏往往结合在一起。有二王棋、密芒、克朗球、掷骰、抱石、射箭、放风筝等。

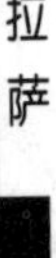

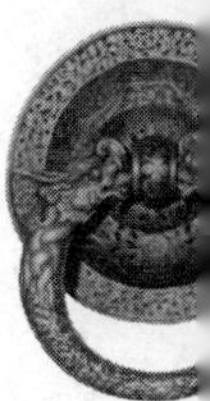

传统藏族节日
（按藏历计算）

西藏古时候没有藏历。当时人们认为桃花一开就算一个新年的开始。现在的藏历起源于公元1027年，这与中原文化的交流有密切关系。文献记载，公元前一百多年，西藏就有自己的历法，当时以月亮的圆、缺、朔、望来计算月份。那时的新年初一相当于现在的藏历十一月一日。这也是苯教的历法。在山南地区曾经发现过一部历书，叫做《纺线老月算》，书中详尽地总结了当时西藏人民丰富的生产经验和天文历算知识。直到现在日喀则地区一些地方还按照这种推算方法去过年。

文成公主入藏后，藏历计算新年的方法改进为以星辰为依据。从宋仁宗天圣五年即公元1027年开始，藏历与皇历(阴历)统一。到了八思巴的萨迦王朝时，藏历成熟固定直到今天。从元朝开始，藏历确定一年为12个月，以12年为一个小循环，60年为一个大循环。

藏历新年的第一天便被固定为藏历年的新年开始节日。藏历年相当于汉族的春节，节日期间家家户户团聚，用吉祥如意等美好语言相互祝福。

正月

藏历年：藏族传统节日，藏历正月初一，与汉族春节相差天数根据藏历的计算方式每年有所不同。节期三到五天，藏语称“洛赛”节。

祈愿大法会(传大召)：西藏最大的宗教节日，由格鲁派创始人宗喀巴1409年在拉萨发起。于每年的正月初三、初四至十五举行。地点一般在拉萨大昭寺。它是为纪念释迦牟尼及佛教在西藏的传播而集中举行的大型传法活动，藏语称“莫朗钦茂”。届时还举行格西学位考试。

摆花节：藏历每年正月十五日传昭大法会的最后一天，为了庆祝佛教对其他教派辩论的胜利而举行。青海、甘肃两地的藏族聚居地称为“酥油花灯节”。

二月

送魔节：具体内容是在二月初七这天，藏族群众将化装成魔鬼模样的人赶至大夏河对岸，七天内不准返回。其意义在于将魔鬼赶跑了。

亮宝会：二月初八，藏族群众纷纷晾晒佛像，同时展示各种宝物。

充曲：二月下旬，也称小祈愿法会或传小召，由卫藏佛教界组织展示唐嘎佛像和三大寺的珍贵宝物。

三月

世轮金刚节：三月十五日，为纪念藏历第一个绕回的第一天(火兔年，公元1027年)而举行的佛事活动，内容不定。

四月

萨嘎达瓦节：藏历四月十五日是纪念释迦牟尼的诞生、圆寂和涅槃的日子。上午成千上万的人围绕拉萨城的转经线转经。下午则在龙王潭畔举行仪式，纪念释迦牟尼佛祖的诞生，同时追忆释迦牟尼成佛、圆寂和文成公主进藏。甘肃拉卜楞寺地区僧俗男女这一天还开始不吃、不喝、不说话，时间持续一天两夜，称之为“娘奈”节。

浴佛节：于每年四月八日举行。在四川甘孜藏族自治州康定地区则称为转山会，届时要祭神祈福拜佛。

五月

“桑吉曼拉”节：传说五月初五这一天，药圣会撒下圣水灵药。于是人们在这一天纷纷上山采药爬山。

逛林卡(又称“赞朗结桑”)：五月初一至五月二十日，传说为世界神灵降临之日，十五日这天达到高潮。人们纷纷来到景色宜人的林卡，设帐野餐，尽情歌舞，同时观赏自然风光。

“智达得钦”节：传说五月初十这天是莲花生大师的诞生日。西藏山南地区的协扎和洛扎卡曲等地于每年这天都要举行庆祝活动，每年举行一小庆，十二年为一大庆。

六月

“丹伊得钦”(又称朝山节)：传说六月四日是释迦牟尼口

授“四大真经”之日。人们要在这天朝佛、诵经、点灯。

七月

雪顿节：每年藏历七月一日举行，节期四到五天。“雪顿”藏语意为“酸奶宴”，也叫喝酸奶子的节日。后来逐渐演变成以演藏戏、娱乐休息为主的节日，所以也称“藏戏节”。拉萨人在这一节日期间也要到罗布林卡等园林游乐几天。

沐浴节：藏语叫“嘎玛日吉”（洗澡），于藏历七月六日到十二日举行。

八月

望果节：这是西藏人民渴望丰收的传统节日。一般在秋收前选择吉祥的日子举行，历时一到三天。节日一过，便开始秋收。

九月

降神节：传说诸神于九月二十二日降临，人们在这一天举行朝佛、布施、诵经等活动。

十月

仙女节：藏语称“摆拉旦珍”传说是仙女下凡的日子。人们为表达期盼的心情，于每年十月十五日举行各种宗教活动。

燃灯节：藏语称“葛登阿曲”，黄教领袖宗喀巴于十月二十五日圆寂后，为纪念这位对藏传佛教作出巨大贡献的杰出人物，藏传佛教界将十月十五日定为燃灯节。规定这天晚上各地俗家和寺院都要在屋顶上点灯，寺院内还要举行宗教仪式，用以纪念宗喀巴大师。

十二月

驱鬼节：藏语称之为“古突”。藏族传统认为一年到终，必须将袭扰人们的魔鬼驱走，否则会带到来年继续作祟。因此藏历十二月二十九日这一天，各地寺庙都举行盛大的跳神活动，家家户户也要打扫卫生，驱鬼销灾，迎接新年。

除以上正规节日以外，藏历还规定每月的初八、十五、三十这三天为“聂当杰松”。在这几天，人们要多多地进行转经礼佛活动。

西藏宗教法事与喇嘛生活

西藏宗教主要是藏传佛教。佛教从公元7世纪传入吐蕃，历经1350多年，在复杂曲折的历史进程中，形成了独具特色的藏传佛教。随之也产生了一些礼佛供佛法事及习俗，僧人——喇嘛生活也较之其他宗教有很大差异。

西藏藏传佛教寺院主要法事活动大体相同，只是因教派之别及寺院大小而存在少许差异，也有一些寺院在念经和祭祀等方面增加了某种特殊内容。自公元775年西藏创建第一座佛教寺院桑耶寺开始，寺院就成为主要的礼佛供佛场地。几乎在每个大小不同的寺院里，天天都举行规模不同的法事活动。有早祷诵经，也有会供法会。适逢藏历每月八日、十日、十五日、二十五日、三十日的药师佛节、空行母节、佛祖节、无量兴佛节之际，都要举行相应的法会。而每年一月十五日的“神变节”、四月的“萨嘎达瓦”节、六月四日的“竹巴次布”节、九月二十二日的“拉帕堆钦”节、十月二十五日的“嘎丹阿曲”、十二月二十九日的“驱鬼仪式”等所举行的法事规模更大，参加人数更多。其中最重要的法事活动即是每年藏历一月三日至二十五日的传召大会，规模之大，内容之繁，可谓藏传佛教法事活动之首。此外寺院根据不同的历史和不同的纪念对象，举行形式各异的法事。

信奉藏传佛教人家的法事活动虽不像寺庙里那样集中，但也贯穿于一家人的日常生活、乃至一个人的一生中。

在一般信教人家中，都设有供物，有的人家还有专门的经堂，经堂内摆有用金、银、铜、香泥不同材料塑造的佛像，有的供有唐卡或纸质佛画像，还有佛龛、供灯、供碗等。每天早晨打完酥油茶后，头一道茶要献在佛龛前，并往供碗里盛新水，有的还每天燃香点灯，有的则在藏历吉日点供灯。遇有家中娶亲、生病、丧事之际，还要请僧人或咒师念经作法事，规模较大者一般请四名僧人，举行会供法会，用糌粑、奶渣、红糖等做会供物——措，一般要做几十块到几百块不等。此时亲朋好友带着哈达、酥油、茶块、羊肉、礼金等前来祝贺。主人要把这些“措”分送给每家每户共同享用。

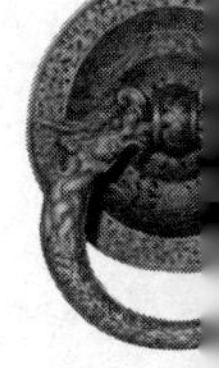

藏传佛教僧人即喇嘛的生活，也独具特色。根据律经规定，小孩到达能驱走乌鸦的年龄，大约七八岁，方可出家。入寺时家人为孩子剃光头，只留下头顶上的一绺，由堪布亲自为其剃去，从此成为一名出家者。

从剃度到二十岁之间，授沙弥戒。沙弥戒是出家人第一次受的戒，包括不偷盗、不杀生等33戒。授戒时，由于地区的差别规范师（阿梨）的人数不等，但不得少于五位。

比丘戒授戒者必须年满二十岁，且必须受过沙弥戒。授戒时和授沙弥戒一样不得少于五位阿梨参加。比丘戒是佛家大戒，共有253条戒律。

茶是藏族饮食中不可缺少的一部分，在寺院里更是如此。每天早晨，僧人们参加早祷仪式。在领经师的主持下，众僧共同诵经。然后喝酥油茶、吃糌粑。中午僧人聚集在寺院的各所属“扎仓”(僧院)的经堂里，边喝茶边祈祷诵经，形式与早祷相同，但规模较小。到了晚上，僧人们聚在按所属地域划分的小组织“康村”内喝茶祷告，规模更小。藏语称为“康恰”。

在寺院里，施主向僧人施茶粥的情况很普遍。施主在施茶粥的同时把自家需念经文的名称条，递交僧人诵读，以求避邪平安。还有一些佛学造诣很深，已列“格西”之名的学经僧人给全寺僧人布施茶粥。除了施茶粥之外，还有布施钱的。一些家境贫寒的僧人基本上靠各种布施来维持生活。

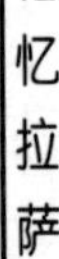

入寺小僧刚开始要学习藏语文基本知识，同时背诵一些简单的颂词及祷文。有一定文学基础后，始入“曲热”(法苑)学习佛教经典。一般头三年要学习广、中、略三部摄类学(启明因明学)，然后依次学习因明、般若、中观、俱舍、律经等五部大论。

从学制上来说，一般有十三级和十五级两种。如拉萨三大寺中的色拉寺和甘丹寺分为十三级，而哲蚌寺分为十五级。总之，各扎仓(学经院)总体上学程要在十多年至二十余年以上。

学经过程重学习，更重辩经。学员每天到“曲热”，或听上师讲经、或进行辩论。一人立宗，一人攻宗，你问我答，好不热闹。每年冬夏二季，在桑普和热堆二地分别进行辩经活动。学僧通过一系列的诵经、学经、辩经活动之后，熟谙经典。此时方可参加所在寺的各级答辩会，通过考核者可逐渐参加拉萨大法会的辩经。

藏传佛教学位分几个等级，各种学位的总称为格西。其中一级格西叫拉让巴格西，是在拉萨传昭大法会上通过辩论考取的；二级格西叫措让巴格西，是藏历二月传小昭法会考取的；三级格西叫多让巴格西，是在寺院内部进行答辩通过后获取；四级格西林色格西，是在本寺院扎仓内通过答辩者。

如果一个普通僧人想达到最高法座——甘丹赤巴(法台)位置，必须具备已考取拉让巴格西的资格，另外还必须进入拉萨上下密宗院修习密宗，取得密宗“阿让巴”学位，然后担任一年或半年格贵，三年翁则、三年堪布，再转为堪苏。若为上密院的堪苏就等待甘丹寺夏孜法王的位置，若为下密院的堪苏就等待甘丹寺绛孜法王的位置，然后甘丹赤巴这个职位依次由夏孜和绛孜的候补人轮流交替递补担任。任期七年，期满卸任。但达到此位的僧人几乎已到耄耋之年。可见佛学的深奥及获取学位的艰难。

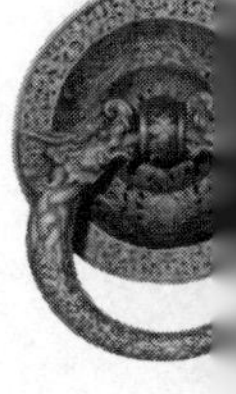

藏传佛像的绘画规则

藏传佛教密宗最注重事相，所以密宗所供奉的佛像必须严格按照经轨所规定的规则如法绘画。

绘画释迦牟尼佛像的规则

画师先入无胜法坛灌顶，授咒句印法，求证出世大涅槃处，才能动手画释迦牟尼像。再命净行婆罗门善信童女，教净护持，捻治织缝，不能以粗恶丝织画，不能用刀截断。阔量四肘，长量六肘，或阔三肘，长量五肘。以净香水如法蘸浴。水调和彩色，用以香胶调色画彩。或取释迦牟尼种族中教法规则，画像即可得。画释迦佛像，必须在佛神通月画饰庄采，所谓正月、五月、九月、每月初一日或十五日方能起首画模，其画像处，于佛堂殿，或于山水间洞修处。这种地方方圆百步必须无臭秽，清洁净美。在绘画的地方必须日日如法以香水涂洒。其画师要根正端好，性善真正，具信五根。画彩时要八戒斋，一出一浴，穿洁净衣饰，中断与外人的闲谈。画正中画菩提树，各种宝装饰枝叶花果。树下画释迦牟尼像：坐莲花蒲团，结跏趺坐，作说法相。

绘画阿弥陀佛像的规则

先以香水泥地作坛，唤三名好画师，日日洒浴，与其画师受八戒斋，咒师也应日日洒浴。咒师和画师都不能犯戒破斋，不吃酒肉之物。作坛中央着帐，四方献饮食果子，种种音乐供养阿弥陀佛。画师穿白净衣服，用种种色彩，以藏香和之。咒师坐于坛外面向西，画师向东，咒师面前燃点数十炷藏香，夜里燃灯不熄，咒师作阿弥陀佛身印，诵咒语，然后画师画像。画中央置阿弥陀佛，结跏趺坐，手作说法相，左右大拇指无名指头各相捻，以右大指无名指头压左大指无名指头，左右指头中指小指开竖。佛之右厢作十一面金刚手菩萨像，左厢作文殊菩萨像。

绘画护法神像的规则

画师先育六字真言，然后画像。画师事先应在清净处三时洗浴，身着白衣。侍供画师的人等也要清净，对于那些下等人及恶流辈皆不能见，画时须转读经文，受八戒。蓝青雌黄及紫矿料等彩色，都必须用香水浸渍。白色用龙脑香浸渍，黄色用百合香浸渍，赤色用檀香浸渍，黑色用酥合浸渍。画师须护持禁戒，常思六念。画中央置贡布神像，坐狮座，以二莲承，身黑色，左手施无畏相，踏踩小鬼，右手执法器。

绘画天龙八部像的规则

画时画师一出一浴，以香涂身，着净衣服，寂然断语，受八戒斋。盏笔彩色皆令净好。正中置七宝陀迦山，其山腰像须弥山腰，山巅九嘴犹如莲花，当中嘴状如莲花台，山上画诸宝树花果，山下海中画鱼兽水鸟。天王宫殿画种种装饰。宫基凌虚，殿中置莲花宝座。其上坐诸天王像，身披金色，面貌熙然，首戴宝冠，冠有化佛，二手当胸合掌。

绘画度母像的规则

画师受八戒斋，清净画像，其彩色中忌用皮胶，于新器中调色。如画白度母像，身着白色，结跏趺坐，身披圆光，容姣艳，神态妩媚。

藏传佛教经典常赞叹绘制佛画的功德。正是由于藏传佛教对绘制佛画的鼓励，佛画艺术在西藏才得到了进一步的发扬。

佛像绘画的量度

绘画佛像除了相好和手印外，还应注意度量。就立像而言，以全身之长为一百二十分，其肉髻高四分，就是佛顶上有肉块高起如髻，状如积粟覆瓯，名为不见顶像。由肉髻之根下至髻际长四分。面长十二分。颈长四分。颈下到心窝，即是与两乳平，为十二分。由心窝到脐为十二分。由脐至胯为十二分。以上是上身量，共为六十分，当全身之半。胯骨长四分，股长二十四分，膝骨长四分，胫长二十四分，足踵长四分，股长二十四分，膝骨长四分，胫长二十四分，足踵长四分。以上是下身量，也是六十分，亦当全身之半。形象宽广的量度：由心窝向上六分处横量至腋为十二分，由此向下量至肘为二十分，由肘向下量至腕为丨六分，由腕向下量至

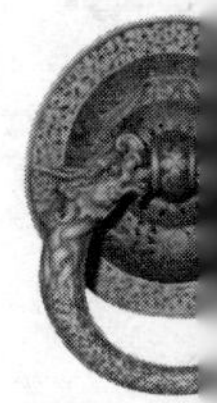

中指尖为十二分，共为六十分，当全身之半。左右合计，等于全身之量。坐像的量度，上身与立像相同。由胯下加四分是结跏双趺交会处。由此向下再加四分，是宝座的上边。由趺会处向上量至眉间白毫，即经其长为两膝外边的宽度。两踵相距是四分，这是藏传佛教绘画佛像的量度。

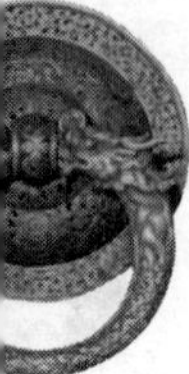

菩萨像绘画的量度

正规菩萨像的画法，与佛像一样，要注意至相好、服饰、手印和量度。一般说来，佛的相好要端正温肃；菩萨相好则要柔丽慈祥。佛的服饰是单纯朴实，披服袈裟，偏袒右肩，显露心胸；菩萨的服饰要华美庄严，首戴天冠，身披璎珞，手贯环钏，衣曳飘带。各个菩萨也有一定的手印姿式。观世音菩萨手持莲花，天冠中有一化佛（阿弥陀佛）；大势至菩萨也手持莲花，天冠中有一宝瓶；弥勒菩萨手持宝塔；文殊菩萨手持经卷；地藏菩萨手持摩尼珠和锡杖等。

菩萨像的量度：大致与佛相仿，所不同的是顶无肉髻，胯无胯骨，发际、颈喉、膝骨、足趺各减佛四分之一。以上六处共减二十分，如佛身量为一百二十分，菩萨身量便是一百零八分。宽量是由心窝平量至两腋是十分（较佛减二分），由此下垂十八分至肘（较佛减二分），再下十四分（较佛减二分）至腕，由腕至中指尖是十二分，共为五十四分，左右合为一百零八分。

护法神像及罗汉像的绘画量度

一般护法神像除面相忿怒外，服饰如同菩萨像，手印也各有一定的仪轨。护法神像的量度，上身如同菩萨像，中是腹与胫各减四分之一（各十八分）。如佛身量为一百二十分，菩萨身量为一百零八分，护法神身量便是九十六分。其宽度由心至肘减为十四分（少四分），由肘至腕为十二分（减二分），手仍是十二分，共四十八分，左右共九十六分。

罗汉像的量度标准与菩萨的量度通常是相同的。所不同的是，藏传佛教把罗汉像分为两种，一种是罗汉，一种是缘觉。罗汉称为声闻，言其受佛教化，闻声得度的；缘觉又称独觉，是生在无佛之世，自悟十二因缘的道理而得解脱生死轮回，证入涅槃的果位的。但缘觉的画像却属于罗汉之类，依据经规，罗汉像属支佛类，面目与佛同，但身着僧衣。

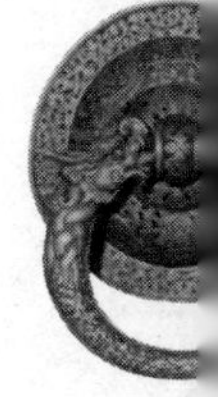

天龙八部像的量度

天神的量度，全身长九十六分，无颈项。面轮十二分，由下腭至心，由心至脐，由脐至胯各十二分，股十八分，胫十八分。发际、膝盖、足踵各三分。共为九十六分。宽度从心间横量至腋为十分，由腋至中指尖为十二分，共为四十八分，左右合为九十六分。

鬼神的量度，宽广各七十二分。面轮十二分与天神同。由下腭至心、由心至脐、由脐至胯各十分。股与胫各十二分。膝盖、足踵各三分。其上无发，共七十二分。从心横量至腋为六分，由腋下至肘为十分，由肘至腕为八分，由腕至中指尖仍为十二分，共为三十六分，左右共七十二分。

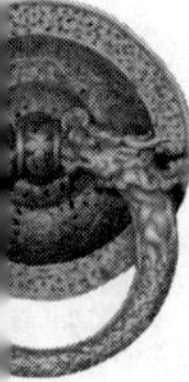

高僧像的量度

高僧像的量度没有一定，纵广不等。一般身量为八十四分，而宽广为九十六分。也可以由画师任意确定量度。

藏传佛教供品

藏语中的“供品”这个词，既指对神佛的恭敬与崇拜，也指实际供奉给神佛圣物的物品。藏传佛教认为适合用作供品的物品是指那些外观漂亮能欣赏的物品，美妙动听的声音，能闻能尝的美食，轻巧柔软的衣服，珍贵的珍宝装饰等等。

对某些宗教仪式来说，释迦牟尼佛已经详细地列举了仪式中所有法物的主要部分。根据这一规定和口头流传下来的遗嘱，将释迦牟尼佛没有列举的物品，也可以依据其各自的效能作为供品使用。这样，仅有印度传进来的供品类型才被限定在佛祖预定的范围内，需遵循一定的法则。

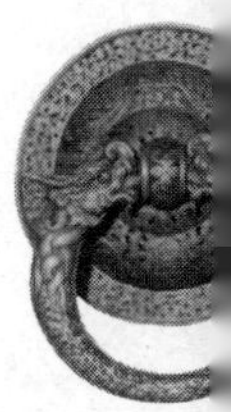

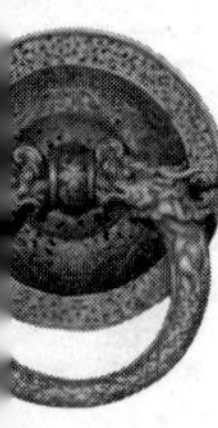

藏族人有一个传统的礼仪和爱好，这就是大量地制作供品，即使在西藏绘画中也能看到这种传统。在西藏绘画中，常以珠宝、果实、鲜花作为供品，这些供品是敬仰崇拜神佛及佛法的标志。同样，唐卡画四周的锦缎装饰，神佛塑像所穿的衣袍都用最好的材料，包裹经书也用棉布、丝绸或锦缎，都是崇敬佛法的标志。表达对神佛的崇敬还可以用通过给金属雕像镀金、修饰的方法来体现。建于户外的佛塔，也应该精心保养并加以修饰，以此表达对佛法的崇敬。

西藏宗教传统的供品是“朵玛”，包括各种形状，不同颜色（有白色、红色和黄色）。“朵玛”是用藏族人的主食青稞面做成的。如果“朵玛”仅仅作为供品使用，“朵玛”的外观就比较简洁；但如果用作修习目的，“朵玛”的外形就要多样化。有的“朵玛”表面有各种颜色的装饰图案和酥油雕塑。

关于“朵玛”供品的制作还有专门的仪轨规定。它们根据“朵玛”的性质，定出适合于各种不同场合的“朵玛”供品的图形，并且指明制造“朵玛”应该遵循的工艺程序。供献“朵玛”供品的人可以通过向神佛供奉形色俱佳的“朵玛”，获取更多的善业功德。

从前，由于馒头是主食，印度的圣徒大都把馒头作为他们的主要供品，以致时至今日用“馒头”（音“若帝”）这个词来指代“食物”一词。一些以稻米为主食的地区也这样称呼。敬献供品时，要以抑扬顿挫的音调念诵祈祷文，不断地击鼓、击钹、吹响长法号“顿钦”、吹响海螺号和一种类似双簧管的乐器少喇子。

一般在进行宗教敬拜活动时，还要向神佛供奉香料植物、鲜花、点燃的酥油灯等等。向神佛供奉“净水”的做法更为常见，它构成了藏传佛教礼拜活动的一项内容。阿底峡尊者赞扬雪域的水具有八种优点，仅仅用水作为供品就足够了。尊者曾说："雪域之水，尝一口冰凉爽口，新鲜纯净，清澈又香甜；喝起来不伤脾胃又滋润心田。"这就是有八种优点的藏地之水。

因而，当向神佛供奉"净水"之后，作为供品的"净水"就已经具备了以上所列出的八种优点。虽然水比较容易获取，但作为供品的"净水"已不同于一般的水，那么以"净水"作为供品的人就不会因为向神佛供奉的供品价值太低而导致恶业。

"净水"可以盛在用金、银、黄铜、青铜或玻璃等任何一种材料制成的容器中，藏语称之为"却顶"。贫穷的人家甚至可将自家的饭碗洗净之后作为盛"净水"的容器。容器没有固定的形状，随个人的喜好而定。但是如果有可能的话，"净水"容器的体积要比一般用的饭碗大一些。给神佛供奉的"净水"（指盛在容器中的"净水"），也没有固定的数量限制，最为常见的是供奉五碗、七碗、十碗或一百碗"净水"。

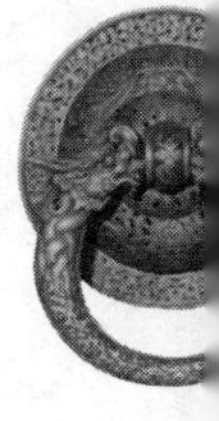

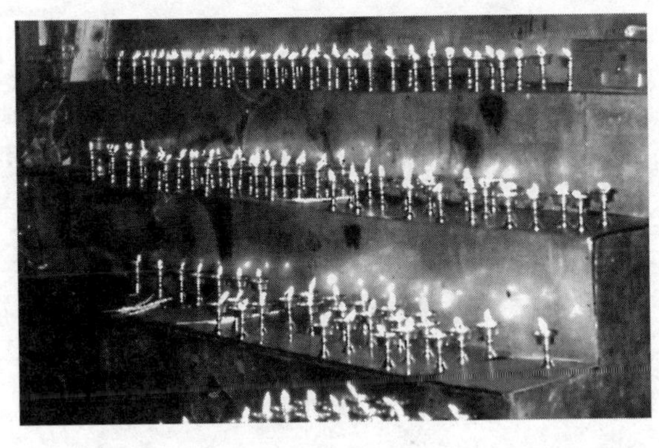

坛城

“坛城”一词，梵文称曼陀罗，它可能指好几种各不相同的东西，我们这里讲的“坛城”是作为供品的坛城。坛城是一种象征宇宙世界结构的供品，是应用很广泛的供品之一。坛城供品的意义在于佛徒崇尚信仰，这种信仰认为宇宙万物皆是业力（众生有情的所作所为）作用的结果。每个由于业力的作用，并且自身也处于整个宇宙之中，故都要为宇宙世界有所贡献。如果供奉了坛城供品，就等于为宇宙做出了贡献，担负了他本应该分摊的一份责任。坛城供品与其他供品一样，也是为上供者积聚善业的算途径之一。至于所积善业的量有多少，则取决于所献供品的类别。可以这样以为，供奉象征虚空宇宙的坛城供品，最终会比供奉其他供品积累更多的善业，构成坛城供品的坛城容器开关各异最为常见的是用一个带有很高直边的平底圆盘上面再配置三至四个没有上下底的圆形套圈。这几个圆形套圈都按同一个圆心一个个地垒上去，套圈的直径由下到上逐渐缩小，容器与套圈中的窖由作为供品的青稞等谷粒填满。坛城容器的最上端配置一件装饰物，称顶饰。顶饰的中央通常有一只法轮。坛城容器可以用金、银、黄铜、青铜制造，也可用木材、石块、石板、甚至用胶泥来制作。具体采用什么材料，这要根据个人的爱好和富裕程度来定。

制做坛城供品的简要方法如下：用手把最底层带有平底的基座容器把稳，然后将第一个圆形套圈置于其上，用手捧上青稞或小麦、稻米等仔细地将套圈内的空间填实。填充物除了谷外，还有药材种籽、绿宝石、珊瑚、珍珠、金粒、银粒或其他金属块，往往将这些东西与谷物种籽掺合起来作填充物。待填充的物品与第一个套圈套齐平之后，再往上面放置第二个套圈。此后依此类推，都用如上所说的方法放置第三、第四个套圈。最后将顶饰置于第四个套圈之上。如上所说，坛城容器中应填入一种谷物或上面提到的各种宝石和贵重金属，但是如果没有以上的材料，也可用小石块和沙粒来代替。

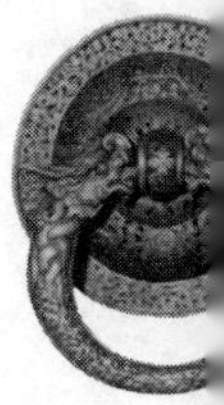

安置好坛城供品后，就要念诵与坛城供品内容相关的颂文。此后，用手一捧一捧地捧着谷粒堆到坛城供品上，通常是三十五棒（三十五是最大的数。此外还有二十五、二十三和七）。与七种王室宝物（或称七政宝）等供品具有象征意义

一样，坛城供品也具有象征意义，坛城每一层都象征整个宇宙的组成部分；堆在坛城容器上的每个谷物是整个供品的有机组成部分，它还可以使人们明确所献供品的实际意义。假如某个人将一件供品的不同部分按同一圆心垒施起来，那么他就会在很短的时间内做成坛城供品。这正如一个人通过针眼看山，或者用一个手掌大的镜子看到了自己的整个面貌一样。用这种方法，制作坛城供品的人就可以将制作坛城看作是拥有整个宇宙的途径。

供品也可以分为若干类；可分为有主供品，例如生长在私人庭院中的花朵；无主供品，例如长在荒野之外的野花。也可分为有形供品和无形供品。还可分为外供，即为外在五官感知的供品；内供，如献者已确定了观修的神灵，在观修的过程中，由他所献的经过祈颂的供品，像茶酒等等（神灵将对茶酒供品进行佑护）；密供，如供献的妇女伴偶。信徒还可以在他获取“空”之后，供奉“空”之供品。那些还没有达到圣者位的人可以供奉业力供品（又称有上供品或世间供品）；那些达到圣者位的人可以供奉无上供品（或称出世间供品或法供）。供品还可以进一步细分为十六类或十类。具体是根据供品反映的内容，供品的形态，供品的属性不同而变化的。

虽然并不是所有的崇拜形式都来源于佛教的故乡印度，但是也不能因此就把这些崇拜形式看成是佛教以外的东西。藏传佛教的一些崇拜形式早在佛教传入西藏以前就已经在西藏地区广为流行了。佛教传入后，旧有的崇拜形式被吸收到佛教的崇拜形式当中，这个转换过程已经为西藏人所完全接受。事实上，人们没有必要非议藏传佛教仪规中至今仍在奉行的崇拜仪式。有些人还没有深入研究藏传佛教的传承过程，仅仅因为那些陌生的仪式，便认为藏族人信奉的佛教不同于印度的佛教，只是简单地用“喇嘛教”加以概括。在这里应该强调的是，“喇嘛教”这个称谓其实是有不敬之嫌的。这就好比人们将我们汉传佛教称做“和尚教”一样刺耳。虽然“喇嘛教”一词曾经非常流行，但现在经过西藏文化与内地文化的广泛交流以及人们对藏传佛教的重新认识，“喇嘛教”一词已经很少有人用了。

一种为大多数人所认可的宗教可以影响一个地区或民族固有的传统和习俗，西藏和藏民族的发展就是个例子。应该承认，不同的崇拜方式，对宗教的教义并不产生什么影响。

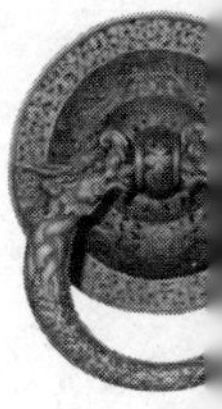

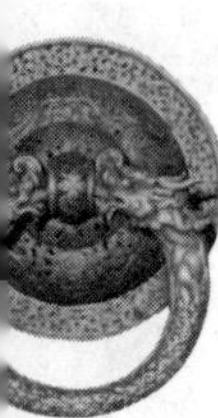

法　器

藏传佛教的各种法门、法器繁多，大致可分为息灾、增益、怀爱、诛魔四种法门；礼敬、称赞、供养、持验、护身、劝导六类法器。使用法器时，息灾法多用白色，如银制之件；增益法多用黄色，如金质之品；敬爱多用红色，如铜器之类；降伏法多用黑色，如铁制法器。法器其形式大多仿自印度，偶或稍加变化。六类法器细述如下：

1．礼敬类

(1) 袈裟：式如薄帛之方单，着时，即缠身而露右肩。袈裟一般为紫红色，活佛的袈裟可以用明黄色。

(2) 项珠：也称挂珠。种类很多，有菩提子、金刚子、莲子、水晶、珍珠、珊瑚、琥珀、玛瑙、玻璃、青金、白金、人头骨等，作法时挂于项上。

(3) 哈达：以薄绢制成，长方形，有白、红、黄、蓝诸色，大者长丈余，小者三尺。尤以献哈达表以敬意，其长短及颜色则视尊者之地位而定。

2．称赞类

(1) 钟：有大小各式。

(2) 铎：此即大铃。铎、铃、钲、铙、槃五者，形状相似，但铃、铎有舌。

(3) 钹栗：亦名悲栗，系胡乐，其声甚悲。

(4) 鼓：有大鼓、腰鼓、羯鼓、铜鼓等，更有骷髅鼓，俗称为嘎巴拉鼓，藏语称为“扎玛如”，是用两块人顶骨弧面粘接而成，然后两面蒙上猴皮，左右有骨坠，下有一个小柄及丝绦带子。有大小两种，直径分别为20厘米和10厘米左右。按照密教经典规定。修双身法用的手鼓的骨要用童男童女的头骨制成，童男要16岁的，童女要12岁的，然后蒙以猴皮，并在上面画“雅布尤姆佛”(雅布为父意，尤姆为母意，即父母佛，一般称双身佛)。这种手鼓在法会演奏时和金刚铃并用。鼓的种类很多，除骷髅手鼓外，另外还有一种曲柄鼓，它的鼓锤曲如弓形，鼓的直径约一米，下有一柄，诵经时，喇嘛自己用左手持鼓柄，右手用曲柄的鼓锤伴奏。这是汉地寺庙地所绝没有的。

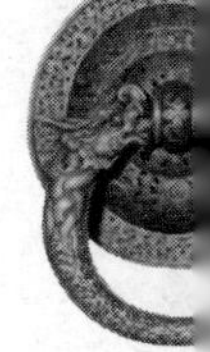

(5) 白海螺：是法会吹奏的一种乐器。按佛经说，释迦

牟尼佛说法时声音响亮如同大海螺声一样响彻四方，所以用来代表法音。在《大日经》中即有“汝自于今日，转于救世轮，其音普周遍，吹无法法螺”。就是这个意思。它或可称为“妙音吉祥”。

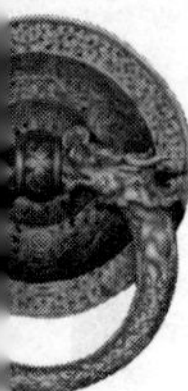

（6）骨笛：藏语称为“罡洞”，长约30厘米，是用人的小腿骨制成，局部包银或铜。

（7）六弦琴。

3. 供养类

（1）香炉。

（2）灯台。

（3）水盂。

（4）供献器，如瓶、盘、盆和钵、杯、碗等。

（5）幢：有羽毛、宝石、金饰、丝绢等类，其形式如呈圆柱形，叫做胜尊幢。用来代表解脱烦恼，得到觉悟的象征。藏传佛教更认为幢是戒、定、慧、解脱、大悲、缘起和脱离偏见之象征，所谓有11种烦恼只有胜尊幢才能降伏。

（6）方蕃：其形状多如船用之风幡，即旗幅下垂，长短大小各式均有。

（7）白伞盖：伞在古代印度本来是贵族和皇室的象征，是贵族出行时的仪仗器具。后来被佛教采用，象征着遮蔽魔障，守护佛法。

（8）璎珞、花笼等。

4. 持验类

（1）念珠。

（2）金刚杵：梵名叫“伐折罗”，原来是古印度的兵器，后来被密教吸收为法器。印度古代传说，有位钦酪的仙人，他死后骨头变成了金刚骨，帝释天用它制成了金刚杵作为兵器。佛教密教则用它来代表坚固锋利之智，可断除烦恼、除恶魔，因此其代表佛智、空性、真如、智慧等。《大藏密要说》说，金刚材是菩提心义，断坏二边契于中道，中有十六大菩萨位，亦表十六空为中道，两边各有五股，五佛五智义，亦表十波罗蜜能摧十种烦恼。金刚杵有独股的、三股的、五股的、九股的，一般以五股的为多见。在图案和曼陀罗上，还常可以看到两个金刚杵垂直交叉，呈十字形，称为金刚交杵，据《陀罗尼集经》卷四《十一面观音神咒经》说："如果要使修法有成就，修法时的坛场外院四角要安立金刚杵交叉如十字形。"

(3) 金刚铃：金刚铃也是修法时用的法器，柄端也有佛头、观音或五股金刚杵形。这五股金刚杵形的称为五生牯铃。铃的意思是惊觉诸尊，警悟有情的意思。在和金刚杵一起使用时，就有阴阳的含义在其内，一般以金刚杵代表阳性，以金刚铃代表阴性，有阴阳和合的意思。

(4) 金刚橛：原来也是兵器，后来被密教吸收为法器，有铜、银、木、象牙等各种材料制成，外形上大同小异，都是有一尖刃头，但手把上因用途不同而装饰不同。有的手柄是佛头；也有的是观音菩萨像，头戴五骷髅冠，最上端又有马头。它含有忿怒、降伏的意思。金刚橛又叫四方橛或四橛，修法时在坛场的四角竖立，意思是使道场范围内坚固如金刚，各种魔障不能来危害。

(5) 灌顶壶（瓶）：此即灌顶时所用之秘密壶（瓶）。

5．护身类

(1) 嘎乌，汉语即为护身符，一般是用银或铜制成的小盒，很为小巧，外表雕饰非常精美，还有镶嵌宝石、松石、珍珠的，里面也有泥塑或金属制的小佛，随身携带用以祈佛保

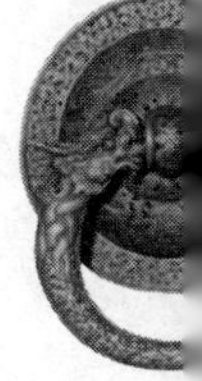

佑。

(2) 秘密符印。

6. 劝导类

刻写有六字真言的轮、筒、壁、幢、石，如玛尼旗、玛尼堆、转经轮、转经筒等。

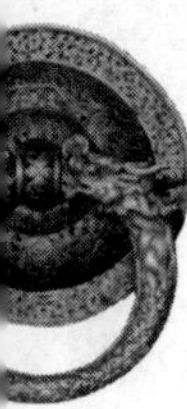

跳　神

跳神，是在藏区各地喇嘛寺举行法会庆典时，由喇嘛僧侣表演的一种宗教仪式舞蹈。这种舞有单人舞、双人舞和集体舞三种形式。跳舞时带假面具，穿长袍，佩彩带和刀盾。伴奏的乐器有舞钹、牛角号、唢呐等。

据说，公元7世纪，佛教从印度、尼泊尔和唐王朝传入西藏的过程中，藏族僧侣将西藏土风舞、苯教巫舞与印度瑜珈派面具神舞相结合，创造了一种以“驱鬼镇邪”为主旨的宗教舞蹈，并在兴建桑耶寺的奠基仪式上表演获得成功。这便是原始“羌姆”(藏语蹦跳之意)的雏形。

各地各派因其信奉的本尊和护法神有所不同，因而举行

跳神的日期、程序、舞蹈、服饰也有所不同，拉萨地区跳神节的时间是每年藏历十二月二十九日。届时，大昭、布达拉宫等黄教寺院都要举办一年一度的跳神法会。布达拉宫的跳神节，在仁乃贡萨殿前举行，演员由南木林札仓(经院)的喇嘛担任。跳神之前要念经，并举行牲祭仪式，但并不真正杀牲，通常只是用器物或地上图案代替。

跳神开始时，场上鼓钹、蟒号齐鸣，先由铁棒喇嘛带领仪仗队出场，然后黑帽金刚、各护法神、鬼怪、骷髅依次鱼贯而行，绕场一周，展示各种佛法形象。礼毕，再分段表演各种神鬼舞。在表演各舞段之间，还要表演宣扬乐善好施的佛本生故事片段，如哑剧"舍身饲虎"、"割肉贸鸽"等。最后一场是排甲兵驱鬼迎祥，众神兵出动，携火枪和兵器送"尕玛"，将其押至寺外，点火焚烧。顿时土枪火炮齐鸣，口哨声、吆喝声响成一片，以驱一年之邪，祈来年之福。

而过去在日喀则，每年藏历七月初"弃山星"(金星)出现之际，班禅大师和后藏的僧俗官员要进行沐浴。节日期间，除演出藏戏、狮子舞、牦牛舞、寿星舞和大鼓舞外，头两天由扎什伦布寺滚康僧院的喇嘛表演"羌姆"。这里表演的"羌姆"分为16段舞蹈进行。

由于"跳神"是佛法形象的象征显现，是随着喇嘛教的传播而传开，并流入青、甘、川、滇等藏族地区及内蒙和北京雍和宫等黄教寺院。只不过叫法不一样：雍和宫叫"跳布扎"；云南、四川藏区叫"麻羌"；青海叫"跳跹"；内蒙则叫"查玛"。都含有驱鬼迎祥之意，实际上都是西藏"羌姆"的传承、演变和发展。

藏香

藏香，是西藏民间日用中不可缺少的，人们用它朝佛、驱邪。凡是举行宗教活动时都用它。市场上供应的品种名目繁多，其中有种叫果乐聂阿香，它是藏医师们按照藏医书中记载的方法研制成功的，它主要采用价格昂贵的麝香、穿山甲、檀香、肉豆蔻、野丁香五种药品，渗进草果、沉香、芸香、黑香、白芸香、茯苓、冬青子、青蒿、唐古拉青蓝、当归、菖蒲、肉桂、唐古拉缬草、菌陈蒿、青木香、广木香、火漆、甘松等25种药品炮制成粉，调和为泥状，再加工成人们点的藏香，用它防治传染病、流行病等多种疾病，据说还可预防核武器的放射性毒素之污染。其用法是在凌晨将这种卫生香点燃，嗅15分钟为最佳，吸收后将会感到渗透肺腑，达到预期的效果。

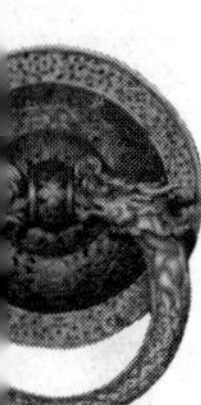

密宗和显宗

藏传佛教寺庙中一般都专门有密宗殿，里面塑着一些表情很凶的形象。按照佛教说法，他们都是佛、菩萨转化的愤怒像，是保护佛教不受外来敌人侵犯的保护神。当然这些外敌主要指妨碍修法的无明邪魔。另外还有大量男女相拥的双身佛像。这就是密宗修法最高阶段的双修法，也称为无上瑜珈秘法。此外，庙中还设有坛（曼陀罗），像是层层的院落图案或宫殿图案。这是密宗的修法坛。

密宗称为真言宗，藏语叫桑俄。密宗认为这样传授的才是“法身佛”大日如来的深奥密法。实际它是古代印度佛教和婆罗门教某些教义结合的产物。公元8世纪中叶，密宗由莲花生大师从印度传到西藏。在相当长的岁月里，它战胜了苯教的抵抗，同时也吸收了苯教的某些内容，包括将苯教的神转化为佛教的保护神。

密宗以《大日经》、《金刚顶经》、《时轮金刚根本经》为经典教义。它认为世间万物均由地、水、火、风、空、识构成，这“六大”就是佛的法身。僧人要认识宇宙万物，必须在修行时通过特定的手印和坐式，口诵真言（咒语），心中深念本尊神的形象。这样即可除去烦恼罪恶，身心清净。长此修习可即身成佛，认识宇宙万物。

藏传佛教的各个教派都十分重视密宗。格鲁派还规定，只有在三大寺院学完显宗，考取格西学位后，方可到密宗学院学习密宗。

修习者要选择师傅，并由师傅用宝瓶水洒在头上，然后喝下用人头骨制成的碗（西藏民主改革前三大领主推行其统治的烙印，这类法器还包括人皮鼓、人骨号等。）盛着的酒，完成这个灌顶仪式。修习者每天要上殿四次，早殿从凌晨2点开始，而且无论冬夏都要坐在卵石上赤脚苦修。为了皈依佛法僧三宝，修习中要五体投地行大礼，供奉象征坛场的曼陀罗，口念金刚百字咒各十万遍，然后才进修本尊大法。

藏传佛教有很多本尊，各本尊都有名字：喜金刚、怖畏金刚、时轮金刚、胜乐金刚、文殊师利菩萨、密集金刚……

修习者由师傅选择一位本尊，修习时要仔细观察所修本尊形象，努力记忆。这样，日久天长便可深入脑海，渐渐地仿佛自己如本尊那样进入所追求的境界。

修习的最后阶段，再进行男女双身修。实际上，这是大圆满法的一个修行次第，包含很深的内容。这样修行者便以生死轮回净化了生死轮回，达到完美境界。它有一套繁琐的修法仪式和繁杂的手印及各种咒语。修法时严禁外人观看。

相对于密宗的其他宗派均是显宗，也是佛祖的公开学说，是可以用通行的语言文字表述的，修法时公开进行。显宗的佛像都是端正安祥的。

一般认为，学习密宗必须先学习十数年显宗后才能进行。

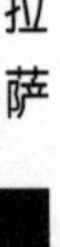

五 明

在接触藏传佛教时，经常会见到或听到关于“五明”的概念。所谓“五明”其实是古代印度佛教传授僧徒所有知识的概括，它包括五大学问。佛教传到西藏后，使得佛教与西藏固有文化紧密结合，在对一些学科的说法和概括方面，均吸收了古代印度佛教的习惯。其中关于各类学问的概括就是这样。具体讲“五明”包括：

一、声 明：语言学、文字学、音韵学等。

二、工巧明：各种工艺学，如绘画、雕刻、建筑、天文、历法等。

三、医方明：医疗学和药物学。

四、因明：逻辑学。

五、内明：佛学。

当然，五明的内容也是随着时代的发展而发展的。像数学、地理这些学问就是后来归纳进去的。今天，随着电子信息时代的到来，相信藏传佛教也一定会逐渐地在“五明”中加入相关的学问。

西藏的许多僧人都在五明方面做出过突出贡献，产生了众多的著名学者。藏传佛教的艺术作品大多出自僧人之手。为了系统地传授掌握这五大学问，在大的寺庙中，均设有扎仓专门教授有关课程。因此，西藏的许多寺庙实际就是大学。

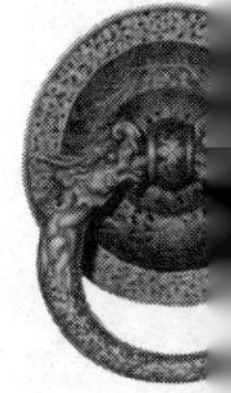

藏传佛教造像中的财神

藏地佛教以其特有的密宗传承而称著于世，藏式佛教造像亦以其独具的造型、韵味为当今的藏家所重。

藏传佛教的造像艺术，在长期发展的过程中，曾深受古印度斯瓦特河谷、喀什米尔、东印度帕拉、尼泊尔和汉地雕塑的影响。同时，在与自身文化的融合中，不仅形成了其鲜明的民族特点、地域特点和时代特点，而且依教派的不同，风格上也始终存在着较明显的差异。

一般来说，从清代中后期至民间，汉地佛教造像已变得彻底的世俗化而罕见精品，以至于将造像艺术应有的神圣、庄严与蕴涵也连带着失掉了。反观藏地佛教造像，或者是她独特的地域、文化传统及相关联的政治因素，虽然在大多情况下，其艺术的表现力及精美程度上也很难与元明间的成就相媲美，但在不少方面却依然保留了独树一帜的风格和艺术魅力。

特别是格鲁派在清廷的全力支持下一统藏区政教大权后，其与清政府的来往日趋频繁，关系更是随雍正朝数次平定反黄教运动而牢不可破。反映在金铜造像中，汉地传承中护法神形象在此时期大量进入藏传佛教的造像群中，其中尤以黄财神造像为突出。

财神在藏语中称“赞布禄”或叫布禄金刚，有红、黄、黑、白和三首六臂等多种形象，均属世间护法神。

所谓世间护法神，究其渊源，却大多不是佛教本来的神祇。他们一部分来自古印度的婆罗门教，一部分是在佛教传播的地区“土生土长”的，如汉族古代传说故事、历史人物中有李靖(托塔天王)、哼哈二将等；藏传佛教中则融入了许多苯波教的神灵。这些神祇，按佛教说法属世俗之神，因为他们本身还没有超出欲、色、无色“三界”还是“众生”的范畴。但在大乘佛教中，常将他们比作方便度化众生的佛、菩萨化身，所以也具有息灾、增益、敬爱、降福四种济世功德，也因此受到信徒们的顶礼膜拜。

藏传佛教的财神造像中，黄财神最为常见，一般呈矮壮愤怒金刚形象，以手中托“吐宝白鼬”为辨识最直观的依据。

黄财神本为四大天王中的多闻天王。而多闻天王与增长、广目、持国诸天王又是古印度婆罗门教的天神。其变为佛教四天王传入中国后，首先在中国本土化，为玉皇大帝分守天门，形象也就演变为中原将军的装束和面目。因多闻天王身兼司财之职，故单独供养时就成了财神。但比较明确的藏式造像是骑生灵座或坐或站在灵山的形象。这尊神祇，全身贯甲，兽坐骑狮，右手持伞（已失），左手握白鼬，因此定名为多闻天王，属清代较典型的藏式造像。身闻天王，则结金刚坐式于莲台，台座为单层履莲台，莲瓣肥厚而下泻；头戴五佛冠，表示其有佛的五种智慧；面部神情凸目开声，显示其威猛。其左手托一肥硕的吐宝白鼬，因此其定名为黄财神属西藏风格造像。还有种造像则身着铠甲，腰束蟒带，脚踏战靴，坐于金刚宝座。其左腿结跏趺坐，左掌按龙抚于左腿；右腿前舒，右手平托，手中持物。面部表情略显平和，当为降龙罗汉。上述几例，虽然都是黄教中常见的造像，但不仔细观察，极易混淆。

白财神藏语叫“赞布禄嘎尔布”，造像中亦常见，因其生灵座是一条飞舞的龙，故又称骑龙布禄金刚。黑财神和红财神等造像罕见，尤以三首六臂的财神形象至为珍贵。

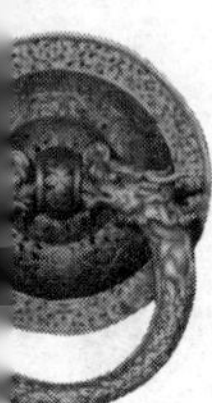

藏传佛教节日中的四大佛节

藏历一月四日至二十四日，是西藏最隆重的“大祈愿会”宗教节期，藏语叫“默朗钦博”。俗称“传大召”。传说公元前511年1月，释迦牟尼在古印度弘扬佛法时，与六方外道斗法。他大显神通，降服了六方外道。宗喀巴为纪念此事，于公元1409年在拉萨大昭寺倡建了一次宣扬佛教、发愿祈祷的大法会。当年藏历正月，宗喀巴在乌思藏地方首领阐化王的资助下，举行祈愿法，为与会僧众讲经15天。他以博学多闻、雄辩善论的智慧，论述了宗教经典，获得与会僧俗的信服和尊重。以后每年例行集会，遂成定制。宗喀巴圆寂后，法会中断了19年，到二世达赖重新恢复。下面介绍的“传大昭”法会主要是西藏民主改革以前的情况。

最初，大法会只限讲经说法、化募等佛事活动。到五世达赖受清王朝册封，掌管西藏地方政权后，大法会的规模日益扩大，内容也逐渐增多。在节期开展辩经活动，在三大寺中选拔21名僧人为“拉让巴格西”。“格西”的意思是“善知识”，即喇嘛学完必修的显宗经典后，可以考不同等级的“格西”，此后可任扎仓或中小寺院的最高主持人（藏语叫“堪布”）。“拉让巴格西”是头等格西学位。这种选拔年年举行，形成制度。在法会期间，由哲蚌寺的铁棒喇嘛接管拉萨市区，维持秩序。

在整个传大召期间，有四次较大的活动：15日夜里，在大昭寺和四周八角街上陈列酥油花、酥油灯，通宵达旦地歌舞庆祝。这天白天，各寺庙的喇嘛和民间艺人，用酥油捏成各式各样的灯架，将事先做好的五彩缤纷的花灯挂在街道上。人们到各寺朝佛祈祷。夜幕降临，街道里花架上陈列五颜六色的酥油花、酥油灯点燃后，宛若群星降落闪闪烁烁，一片辉煌。花灯上有五彩油塑的花卉，还有惟妙惟肖的人物和飞禽走兽。僧人和民间艺术家用酥油制作出多彩多姿的酥油花盘及各种姿态的供奉天女。神话故事中的场面、人物和景象，有的成屏连片，像立体连环画一样。此外，还有木偶表演。人们徜徉在灯海之中。这就是四大佛节之一的花灯节。据说这一佛节是根据佛经上所说释迦牟尼1月15日降生时，有各方神灵向他贡献各种供果的故事而定的。22日举行“鲁波安营”仪式，由500名贵族家丁化装的古代蒙装骑士，在鲁波广场接受检阅。23日，在拉萨北郊的扎希广场，对化装

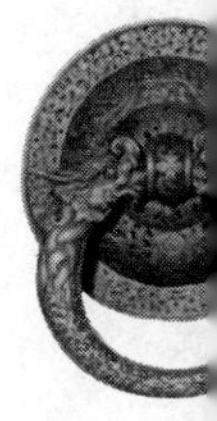

的古代蒙装骑士举行点兵仪式。24日为法会结束日，要举行送鬼仪式，藏语叫“默朗道嘉”，即燃烧干草，同时鸣枪放炮，以示驱逐灾祸和邪魔。法会结束后，从1月25日到27日。还要举行三天体育比赛，主要是赛马、摔跤、跑马射箭、赛跑等。

在法会期间，由清朝中央和西藏地方政府以及王公、贵族、活佛、土司等选派人员斋茶、供养与会僧众，并向三大寺发放布施。（1986年，藏历火虎年一月十五日，班禅大师在拉萨主持祈祷大法会，向10余万名僧俗和群众讲经传法、讲述关于释迦牟尼宿世行传的《三十四本生传》。自治区领导亲临会场观看法会盛况，并为僧众发放布施、斋茶和斋食）。

藏历四月被称为“萨嘎达瓦”，是宗教活动最集中的一个月，藏历四月十五日是西藏藏传佛教纪念佛祖释迦牟尼诞生、圆寂、成佛和文成公主进藏的日子。所以，这天是整个萨嘎达瓦节的高潮。

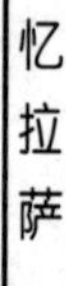

清晨，拉萨淹没在香火和烟雾之中，成群结队的信教群众围绕着布达拉宫和大昭寺转经。从头天晚上就爬到哲蚌寺背后的高山上的信徒，一大早就在山上点起香火，进行祈祷。

上午，手持酥油灯的信徒们在大昭寺内排成长队，徐徐进入寺内。他们虔诚地来到文成公主从内地带来的释迦牟尼佛像前，顶礼膜拜，并点燃几千盏长明灯。

按照传统习俗，这天信教群众要禁止杀生、戒肉食一天，并自愿向寺院喇嘛和街上的乞讨者发放布施。拉萨市民通过古老的泼水仪式，祈祷雨水，有些人从窗户里向街上的人泼洒清水，以示老天降雨。

布达拉宫后面的龙王潭畔是这天活动的中心。在湖心小岛上的龙王庙内，藏族群众向神龙像添灯祭供，祈祷龙王为民消灾祛病，风调雨顺，五谷丰登。湖面上荡漾着西藏特有的牛皮船。湖边树荫下、草坪上搭起五彩缤纷的太阳伞和帐篷，卡垫上摆着各种节日的食品。青年人聚在如茵的草地上，伴随着悠扬的乐曲，载歌载舞。

燃灯节是纪念宗喀巴圆寂的节日。1419年藏历十月二十五日，宗喀巴在甘丹寺圆寂。为纪念这个日子，每年这一天，各寺庙和家家户户的屋顶上、窗台上都要燃灯表示祝福超度。

传大召、花灯节、萨嘎达瓦节和燃灯节称为四大佛节。

图书在版编目（CIP）数据

记忆拉萨 / 戴京著. —北京：时事出版社，2003
ISBN 7-80009-767-6

Ⅰ.记...　Ⅱ.戴...　Ⅲ.游记—西藏
Ⅳ.K928.975

中国版本图书馆CIP数据核字（2003）　第039272号

出版发行：时事出版社
地　　址：北京市海淀区万寿寺甲2号
邮　　编：100081
发行热线：(010) 88547590　88547591
读者服务部：(010) 88547595
传　　真：(010) 68418647
电子邮箱：shishichubanshe@sina.com
网　　址：www.sspublish.com
印　　刷：北京时事印刷厂

开本：850×1168　1/32　印张：11.625　字数：260千字
2004年2月第1版　2004年2月第1次印刷
定价：23.00元